CAROLYN DAVIDSON
Obligados a casarse

Editado por HARLEQUIN IBÉRICA, S.A.
Núñez de Balboa, 56
28001 Madrid

© 1995 Carolyn Davidson. Todos los derechos reservados.
OBLIGADOS A CASARSE, N° 10 - 19.12.13
Título original: Gerrity's Bride
Publicada originalmente por Harlequin Enterprises, Ltd.
Este título fue publicado originalmente en español en 2008

Todos los derechos están reservados incluidos los de reproducción, total o parcial. Esta edición ha sido publicada con permiso de Harlequin Enterprises II BV.
Todos los personajes de este libro son ficticios. Cualquier parecido con alguna persona, viva o muerta, es pura coincidencia.
® Harlequin y logotipo Harlequin son marcas registradas por Harlequin Books S.A.
® y ™ son marcas registradas por Harlequin Enterprises Limited y sus filiales, utilizadas con licencia. Las marcas que lleven ® están registradas en la Oficina Española de Patentes y Marcas y en otros países.

I.S.B.N.: 978-84-687-3662-4
Depósito legal: M-25675-2013

Uno

Señorita Emmaline Carruthers
Lexington, Estado de Kentucky
El motivo de esta carta es anunciarle el desgraciado fallecimiento de su padre, Samuel Carruthers. Murió durante una inundación junto con su esposa Arnetta. Esperamos nos informe cuanto antes sobre qué hacer con la hija de los fallecidos, Theresa, de sólo cinco años.
Quedo a su disposición,
Oswald Hooper, Abogado.

—Hasta Hades es mejor que este sitio en medio de la nada —susurró ella.

Sus palabras se fueron con el viento tan pronto como las pronunció, como si nunca hubieran existido. Pero habían sido reales, igual que la esbelta figura de la mujer que las había pronunciado y que seguía mirando con ojos incrédulos el árido paisaje de Forbes Junction.

El tren en el que había viajado se había detenido allí

un momento para que ella pudiera bajarse. Segundos después, un sonoro silbato había marcado la puesta en marcha de los vagones. Miró en la dirección en la que se había alejado, ya no era más que una mancha en el horizonte y el humo de su locomotora se disolvía en el aire.

El sol estaba en lo más alto y pegaba con fuerza. Recordó el calor que había pasado en el tren durante las últimas horas. Se había pasado toda la mañana abanicándose con un periódico doblado y limpiándose el sudor de la frente con su delicado pañuelo de encaje.

—Arizona, hasta el nombre suena abrasador —murmuró mientras levantaba un pie y se lo miraba.

Sus elegantes y caras botas estaban cubiertas de polvo. Miró después a su alrededor para decidir lo que podía hacer. Frente a ella, la puerta de la estación estaba abierta. Se imaginó que era su única oportunidad de refugiarse del sol.

La estación era pequeña. Se imaginó que no debía de usarse muy a menudo. Se agachó para recoger su bolso de viaje y dejó en el andén el gran baúl que contenía su ropa. La bolsa era pesada y lamentó haber metido en ella tantos libros.

—No entiendo para qué quieres llevarte todo eso —le había dicho Delilah—. De todas formas, no vas a quedarte el tiempo necesario para poder leerlos todos.

—¡Eso espero! —susurró entonces en medio del andén.

Suspiró, levantó la barbilla con determinación y fue hasta la puerta de la estación.

La sala estaba en penumbra y eso era lo único bueno que tenía, protegerla del sol. Todo estaba sucio. Una pequeña ventana en la parte trasera le daba algo de ventilación al lugar, aunque no la suficiente como para que pudiera refrescarse.

Se llevó la mano a los botones superiores de su traje. Le tentaba la idea de desabrocharlos. Pero no dejó que el calor la tentara y se acercó a la ventanilla vestida con todo el decoro que debía una mujer de su edad y condición.

—Perdone... —murmuró.

Sabía que el decoro y la dignidad eran las únicas armas para enfrentarse a su situación. Creía que esos valores conseguirían darle la fuerza que necesitaba entonces, igual que había pasado durante el largo viaje en tren.

—Sí, un momento —dijo alguien desde el otro lado del mostrador—. ¿Qué puedo hacer por usted? —le preguntó el encargado de la estación poniéndose entonces de pie.

Llevaba un almidonado uniforme que acentuaba aún más su delgadez. La miraba por encima de sus gruesas gafas, que llevaba bajadas sobre el puente de la nariz.

—Se supone que debía haber un vehículo aquí del rancho de los Carruthers para recogerme, pero no veo a nadie por ninguna parte. ¿Tiene usted algún recado para mí?

—Puede que sí y puede que no. Dígame para quién sería el mensaje, por favor.

—Soy Emmaline Carruthers.

El hombre la miró con renovado interés, de arriba abajo, fijándose sobre todo en su moderno sombrero y en las curvas que se destacaban bajo su severo traje oscuro.

—Sí, está claro que se trata de usted —le dijo él—. Se parece a su padre mucho. En los ojos y también en el pelo.

—¿Eso cree? —repuso ella con algo de incredulidad.

—Sí. Su hermano va a venir a recogerla.

—¿Quién ha dicho que viene? —preguntó ella con algo de irritación.

—Su hermano —repitió el hombre.

Emmaline se quedó mirando a ese sujeto con el ceño fruncido.

—Yo no tengo ningún hermano —replicó con frialdad—. He venido para conocer a mi hermana, Theresa. No tengo ningún otro pariente en este pueblo —le aseguró ella.

Y era lo cierto, no tenía a nadie más. Pero tenía una hermana y ese hecho la había llenado de alegría. Susurró de nuevo el nombre de la niña, le gustaba hacerlo y saborear las sílabas que lo componían. Tenía sólo cinco años y era la hija de Samuel.

—Por cierto, le acompaño en el sentimiento. Fue una pena lo de su padre.

Ella asintió para darle las gracias.

La noticia del fallecimiento de su padre había sido una gran sorpresa, pero se había recuperado pronto. Era difícil para ella sentir dolor por ese hombre. Para ella no era más que un recuerdo lejano, alguien en el que había preferido no pensar durante sus largos años de ausencia.

Recordó la carta que el abogado le había enviado para informarle de su deceso. Su padre y la esposa de éste habían muerto por culpa de las inundaciones. Samuel y Arnetta Carruthers. Eran sólo dos extraños para ella, a pesar de que compartían el mismo apellido.

—¿Lo conocía usted bien? —le preguntó al hombre, dejándose llevar por un inesperado impulso.

—¿Cómo dice? ¿Que si conozco bien a quién? ¿A su hermano? Claro que lo conozco —repuso el jefe de estación con seguridad—. En Forbes Junction, todo el mundo conoce a Matt Gerrity.

—No, me refería...

No llegó a terminar la frase y se apartó de la ventanilla. No entendía nada, pero sabía que de poco le iba a servir seguir preguntando a ese hombre.

Suspiró para calmarse. Se imaginaba que pronto llegaría alguien a la estación para recogerla. Y también muy pronto podría conocer por fin a la niña. Estaba deseando poder verla. Se ajustó nerviosa la chaqueta del traje y su gracioso sombrero.

—Estará aquí muy pronto. A no ser que se entretenga charlando con alguna mujer. Las tiene a todas revoloteando a su alrededor —le dijo el hombre antes de cerrar la ventanilla.

—¿Revoloteando? —repitió ella.

—Es mi hora del almuerzo —anunció la voz del hombre desde el otro lado de la ventanilla.

Eso le recordó que hacía mucho que no había comido nada, desde la hora del desayuno. Y entonces sólo había tomado un poco de pan que había sobrado de la noche anterior y un melocotón algo pasado.

Vio un espejo en una de las paredes de la estación y se acercó. Tenía ojeras bajo sus ojos azules y una mancha oscura en la mejilla izquierda. Su pelo se había encrespado y algunos rizos rebeldes se escapaban de su pequeño sombrero.

—¡Estoy hecha un desastre!

—No es para tanto.

Se dio la vuelta con la boca abierta al oír esas palabras y se giró hacia la puerta de la estación. Estaba indignada y furiosa. Se enfrentó al hombre que la miraba desde el umbral.

—¿Cómo ha dicho?

Sabía que con su aspecto tras el largo viaje no podía permitirse el lujo de mostrarse altanera con aquel desconocido, pero al menos podía hablarle con la arrogancia que una impertinencia semejante se merecía.

Él le sonrió mientras se quitaba su sombrero. Tenía las manos morenas y los dedos largos y finos. Ese hombre se estaba riendo de ella.

—No es para tanto —repitió el hombre con voz algo ronca y divertida—. Tengo que decirle que usted es el desastre más bonito que he visto en mucho tiempo.

Respiró profundamente para mantener la calma. Le irritaba lo directo que estaba siendo ese desconocido con ella. Con la cabeza muy alta, se dio media vuelta y le dio la espalda.

—Será mejor que no sea descortés con el hombre que lleva las riendas, señora —le susurró al oído.

Estaba justo detrás de ella. Podía sentir el calor de su cuerpo contra su espalda. Se enderezó, apenas podía moverse. El jefe de estación salió de su despacho.

—Hola, Matt. ¿Cómo estás? Tu hermana te ha estado esperando.

Cerró los ojos al oír sus palabras. Estaba perdiendo la paciencia con todo aquello.

—¡Yo no tengo ningún hermano! —le contestó poniendo énfasis en cada palabra.

No le importó mostrarse irritada frente a esos dos hombres.

El recién llegado tenía ventaja sobre la situación y se aprovechó de esa circunstancia. Agarró sus hombros y se inclinó sobre ella para hablarle nuevamente al oído. Pudo sentir su cálido aliento en el cuello.

—Gírese, señorita Emmaline. Estoy aquí para representar a su familia —le dijo.

Movió los hombros para intentar deshacerse de esas fuertes manos, pero no le sirvió de nada. Él, sin decirle nada, la hizo girar hasta que quedaron frente a frente. Estaba haciendo lo imposible por contener su enfado. Lo miró con frialdad y sin perder la compostura.

—No sé quién es usted —le dijo ella—. He venido desde Lexington para conocer a mi hermana pequeña. Se llama Theresa Carruthers. Estoy aquí esperando a que venga alguien desde el rancho para buscarme. No tengo nada que ver con usted.

—Ahí es donde se equivoca, señorita. Sí que tiene algo que ver conmigo, aunque sea poco. Aunque no se lo crea, somos parientes. Mi madre era Arnetta Carruthers y, desde su matrimonio con su padre, me convertí en su querido hermanastro.

La soltó entonces para dar un paso atrás y saludarla con fingida elegancia. Le habló después con algo de emoción en la voz, algo que no pudo o no supo interpretar.

—Bienvenida a casa, señorita Emmaline Carruthers —le dijo con admiración en los ojos, mientras la miraba de arriba abajo—. Llevábamos mucho tiempo esperándola.

Emmaline se dio cuenta pronto de que el carromato no era mucho mejor que el tren.

—¿Suele usar este carro a menudo? —le preguntó mientras se agarraba con fuerza a su asiento.

—¿Le está costando mantenerse en su asiento? —replicó él mientras azuzaba a los dos caballos que tiraban del carromato.

Los animales comenzaron a trotar y Emmaline tuvo que agarrarse con más fuerza aún.

—¿Es que no tiene una silla de paseo? Eso habría sido más adecuado para estos menesteres.

El vehículo daba tantos saltos que hasta su voz vibraba cuando hablaba.

—Una silla de paseo no tiene apenas espacio para

transportar mercancía —le contestó él mirándola de reojo.

Se fijó en su rostro. La joven apretaba los labios y lo miraba con el ceño fruncido. Se dio cuenta de que ese trayecto iba a ser una especie de viaje de iniciación para ella. Estaba pálida, pero sus mejillas comenzaban a sonrojarse por culpa del calor y el sol.

Tiró un poco de las riendas para que los caballos se pararan. La miró y suspiró.

—Mire, hermanita...

—¡No soy su hermana! —replicó ella de mala manera y sin apenas mover los labios.

Se llevó la mano a la boca para esconder una sonrisa.

—Llámelo como quiera, señorita, pero el caso es que compartimos lazos familiares —le dijo él—. Eso es lo primero que quería dejar claro. Pero ahora lo importante es que vaya un poco más cómoda. No puede estar ahí al sol con toda esa ropa encima, está absorbiendo todo el calor. Sólo va a conseguir que le dé una insolación. Y si ocurre, de nada va a servirle venir a conocer a su hermana pequeña, no podrá serle de ayuda alguna a la niña.

Cuando él alargó la mano y ella se dio cuenta de que tenía intención de desabrocharle los botones, la joven se llevó las manos a la chaqueta para hacerlo ella misma. Aflojó la prenda, apartó las solapas y su garganta quedó expuesta.

Vio cómo cerraba los ojos aliviada en cuanto una leve brisa refrescó la piel que acababa de liberar.

Respiró profundamente y dejó que le llegara el aroma de las escasas plantas del desierto. Había algo de brisa y era una delicia sentirla sobre la piel. Estiró aún más el cuello para aprovechar su frescor.

Estaba disfrutando del momento y aliviando un poco su calor cuando sintió la mano de ese hombre agarrando una de sus muñecas.

Abrió atónita los ojos y parpadeó al encontrarse con la cegadora luz del sol. Vio entonces que él le estaba desabrochando los botones del puño de su chaqueta. Estaba demasiado confusa para decirle nada. Observó cómo doblaba su manga y la subía todo lo posible, casi hasta el codo. Después alargó aún más los brazos para desabrochar la otra muñeca.

Emmaline no podía dejar de mirarlo. Se daba cuenta de que aquello era una falta total de respeto por parte de ese hombre, pero tampoco podía dejar de pensar en lo cerca que estaban sus cuerpos ni en la sensación de tener sus ásperas manos sobre su pálida piel. Tragó saliva e intentó recomponerse.

Sintió una sensación nueva en el estómago y se dio cuenta de que quizás no fuera sólo hambre lo que estaba sintiendo, sino un extraño interés por ese hombre. Algo que ni ella misma conseguía entender.

—¿Se siente ahora mejor? —le preguntó en cuanto volvió a poner los caballos en marcha.

—Sí —murmuró ella.

—En cuanto lleguemos al rancho, será mejor que se quite las medias y todas las otras capas y capas de ropa que lleva bajo esas faldas —le sugirió él sin consideración.

Ella estiró la espalda y se enfurruñó de nuevo. Se sentía mejor y más fresca, pero no podía ni creer que él mencionara de manera tan ligera su ropa interior.

—¿Cómo dice? —replicó ella con frialdad—. No llevo ni más ni menos que cualquier otra dama.

—No va a encontrar esos corsés, enaguas ni combinaciones en un rancho de Arizona, señorita Emmaline —le dijo él—. Las damas llevan aquí colores más claros y pocas capas de ropa para poder combatir el calor.

—Estoy de luto —anunció ella con firmeza.

Le costaba pronunciar las palabras. Le resultaba difícil sentirse de luto por un padre al que apenas recordaba, pero era una mujer que seguía de manera estricta las normas sociales y llevaba ropa negra y velo en su sombrero, igual que haría cualquier otra dama en sus circunstancias. Aunque tenía que reconocer que había acabado quitándose el velo al descubrir el calor que hacía en aquella incivilizada parte del país. No podía creerse que acabara de dejar que ese hombre, un absoluto desconocido, le desabrochara los puños de la chaqueta y le dijera cómo tenía que vestirse y qué prendas íntimas no debía ponerse.

La gota que colmó el vaso de su paciencia fue recordar sus ásperas manos sobre sus muñecas. Se dio cuenta de que era un hombre muy mandón y arrogante. No le gustaba nada y aún tenía demasiado calor. El sol apretaba con fuerza y le costaba mantener los ojos abiertos. También estaba cansada después del viaje y empezaba a dolerle todo el cuerpo por culpa del abrupto trayecto en carromato. Aquello era demasiado. Tenía los ojos llenos de lágrimas, pero usó toda la voluntad que le quedaba para no llorar delante de aquel desconocido.

—Ya hemos llegado —anunció él por fin.

Levantó la vista y vio que pasaban en ese instante por una puerta con una señal colocada encima. El cartel anunciaba que aquellas tierras eran de los Carruthers. Pero se dio cuenta, al ver los edificios en la lejanía, de que aún tardarían un poco en llegar a su destino final.

Pasaron otros veinte minutos antes de que se detuviera finalmente el carro.

La casa principal se extendía en todas las direcciones, como si fuera una planta crecida en el desierto. Sus paredes estaban pintadas del color ocre de la tierra y había multitud de ventanas y puertas. El amplio tejado protegía y daba sombra, incluso había una zona de porche en el lado este de la casa. Vio a una mujer aparecer en una de las puertas.

Se estaba secando las manos en un delantal blanco y le sonrió para darle la bienvenida. Detrás de ella, la puerta semiabierta revelaba un interior en penumbra. Se moría de ganas de estar allí dentro, lejos del sol y de su sofocante calor.

Se movió en el asiento, preparándose para bajar. Al verla, el hombre que llevaba las riendas se puso en pie deprisa, saltó a tierra y fue a donde estaba ella para ayudarla. Ella se acercó más, apoyó las manos en sus fuertes hombros y dejó que él la tomara por la cintura para bajarla.

Era extraño verse por fin fuera del carro, aún le temblaban las piernas después del traqueteo del trayecto desde la estación.

—Por fin en tierra firme, ¿verdad, señorita? —comentó él mientras la miraba a los ojos.

Parecía poder adivinar lo que estaba sintiendo.

Se dio cuenta al tomarla en sus brazos para bajarla del carro de que era una mujer pequeña y delgada. Aunque pensó que quizás se redondeara algo más su cuerpo una vez estuviera libre de todos los corsés y refajos que llevaban las mujeres.

Ella se soltó en cuanto pisó el suelo. Se entretuvo

observando los graciosos movimientos de sus amplias y susurrantes faldas y la elegancia con la que movía sus pies. Aunque nada le llamaba tanto la atención como el pequeño y ridículo sombrero que adornaba su cabeza.

—Gracias, señor... —le dijo ella esperando a que él se presentara por fin.

—Llámeme simplemente Matt —le pidió él por primera vez—. Por aquí no perdemos el tiempo con ese tipo de formalidades, hermanita.

Vio cómo ella se enderezaba al oírlo.

—Muy bien. Gracias, Matt.

La joven pareció rendirse y no insistió en el hecho de que no eran realmente hermanos.

—Pase, pase —le dijo la mujer desde la puerta, mientras se echaba a un lado para que Emmaline pudiera entrar en la casa.

—María, aquí está la señorita Emmaline —anunció Matt—. María es nuestra ama de llaves.

La mujer asintió.

—He estado esperándola. Seguro que está muy cansada y muerta de calor. Y también hambrienta, a no ser que este hombre se haya detenido a darle algo de comer en el pueblo. Viéndola, me da la impresión de que le vendría de maravilla sentarse en un lugar fresco, beber algo y descansar un poco —le dijo María.

La señora entró en la casa y Emmaline la siguió. Llegaron a una sala bastante amplia. La decoración y los muebles eran sencillos, pero muy bellos.

Le costó ajustar la vista a la oscuridad de la casa, pero agradeció enormemente la bajada de temperatura. En las ventanas había ligeras cortinas blancas. Había también sofás y sillones de piel y alguna lámpara de pie para leer. Una gran chimenea ocupaba una de las paredes. A su lado había una mesa camilla con algunas sillas alrededor. Las paredes estaban encaladas de blanco y las adornaban varios cuadros muy coloridos y algunos tapices.

Todo estaba en silencio y se sintió de repente muy a gusto y aliviada después del largo viaje. No había esperado encontrar tanta paz en ese lugar.

Detrás de ella, oyó algunas voces. Algunos hombres estaban descargando el contenido del carro.

—Lleva el equipaje de la señorita Emmaline a la habitación de invitados —le dijo María a uno.

—Sólo he traído una bolsa de viaje y un pequeño baúl —explicó ella rápidamente.

Se había desentendido del baúl desde que el empleado del tren lo dejara en el andén de la estación. Y allí había permanecido hasta que Matt lo recogió y subió al carro con facilidad.

—No he traído muchas cosas conmigo —le dijo.

María estaba ocupada dirigiendo a los hombres.

—Entonces, ¿el resto de sus cosas llegarán más adelante? —le preguntó Matt desde la puerta.

—No —repuso ella mientras se quitaba el sombrero e intentaba controlar los rizos—. La verdad es que no pensaba quedarme mucho tiempo, no creo que vaya a necesitar más de lo que traigo.

El hombre frunció el ceño, separó un poco las piernas y apoyó las manos en sus caderas, desde donde colgaba la funda de un revólver.

—¿No? —preguntó él.

Ella levantó la barbilla con seguridad, como un desafío silencioso. Decidió dejarle muy claro desde el principio cuáles eran sus planes.

—Sólo he pensado quedarme el tiempo necesario para escuchar la lectura del testamento y hacer los trámites necesarios para llevarme a mi hermana de vuelta a Lexington conmigo.

Oyó un ruido a su espalda. No se había dado cuenta de que había alguien más en la habitación.

—¡No! —exclamó una niña con angustia.

Se dio la vuelta y vio a la pequeña asomando detrás de uno de los grandes sofás del salón.

—¡No quiero irme de aquí! No tengo que irme a Lexington con ella, ¿verdad, Maffew? —le preguntó la niña casi llorando.

—Claro que no, Tessie —le aseguró él para tranquilizarla.

Cruzó la sala con dos grandes zancadas y se acercó a donde estaba la pequeña.

Observó cómo el hombre tomaba a la niña entre sus brazos y ésta se apretaba con fuerza contra su cuerpo y escondía la cabeza en su torso.

Él la miró de reojo. Estaba claro que no había comenzado con buen pie en ese sitio.

—Ésta es su hermana pequeña. Se llama Theresa, pero la llamamos Tessie. Es una pena que no haya tenido una primera impresión de usted algo más positiva —le dijo él sin remilgos.

Ella respiró profundamente y reflexionó sobre todo aquello. Se acercó un poco más a donde la niña estaba en brazos de su hermano. Vio cómo le temblaban los hombros a la pequeña y no pudo sino sentirse mal por ella.

—Theresa, ¿no quieres mirarme? He venido desde muy lejos para poder conocerte —le dijo ella con suavidad.

Alargó la mano para tocar la de la niña, la que rodeaba el cuello de Matt. La niña se estremeció.

—¡No! No quiero verte. ¡Dile que se vaya de aquí, Maffew! —le pidió a su hermano de un grito.

——Señorita Emmaline, ¿quiere que la acompañe hasta su habitación? —sugirió María desde la puerta.

Se dio la vuelta y siguió al ama de llaves. Necesitaba salir de allí para que todos pudieran tranquilizarse.

—Buena idea —le susurró a la mujer.

Salió de la sala mirando de nuevo a la niña y pudo oír cómo volvía a suplicarle a su hermano con voz llorosa.

—Haz que se vaya de aquí, Maffew —le pedía a su hermano.

Le parecía increíble la facilidad con la que se había convertido en enemiga de la pequeña.

—No va a quedarse mucho tiempo, cariño —le respondió él con su voz grave y fuerte—. No va a pasar nada, te lo prometo. Sólo es una damisela de ciudad que ha venido a ver cómo estamos. No va a estar aquí mucho tiempo —repitió con firmeza.

Apretó la boca al oír sus palabras. Se dio media vuelta y siguió a María por el pasillo.

—¡Qué sabrá él! —murmuró entre dientes—. Una damisela de ciudad. Ese hombre sería incapaz de distinguir a una verdadera dama entre una multitud. No he venido hasta este desierto perdido en medio de la nada para que me traten así. Ya veremos quién se sale con la suya...

Dos

Emmaline miró con extrañeza la tortilla de maíz que tenía en su plato. Era el desayuno más inusual que le habían servido en su vida. Estaba acostumbrada a las galletas y el jamón que tomaba en casa.

—¡Coma, coma! —le dijo María desde la puerta—. He metido dentro huevos y carne para que tenga mucha energía. Suficiente para pasar toda la mañana sin hambre.

Sonrió a la mujer. Después, con determinación, cortó un pedazo de lo que le habían servido y se aventuró a probarlo.

—Acabo de hacer café —le dijo María.

El ama de llaves salió del comedor y regresó enseguida con la jarra del café.

—El señor Matt terminó su desayuno muy temprano hoy —le comentó mientras le llenaba la taza—. Ha salido a ver cómo van los potros recién nacidos.

—¿Dónde está Theresa?

Tenía que reconocer que aquel desayuno, fuera lo

que fuera, estaba delicioso. No podía creer que hubiera estado a punto de no probarlo. La combinación de sus ingredientes era de lo más sabroso que había comido en su vida.

—Está con su maestra haciendo deberes —le contestó María.

La mujer se dispuso a limpiar la mesa y recoger los utensilios y platos que ya habían sido utilizados. Se detuvo después un instante para mirarla con amabilidad.

El pelo de Emmaline era brillante y de un color entre dorado y rojizo. Rodeaba su cara toda una cascadas de rizos. Tenía los ojos azules y miraba todo lo que la rodeaba con gran interés. Sus rasgos eran simétricos y fuertes. El ama de llaves no pudo sino recordar en su rostro los rasgos de su padre. Se parecían mucho. La mujer, de origen mexicano, había trabajado para ese hombre durante los últimos veinticinco años y se sintió triste al recordarlo.

—Señorita Emmaline, me recuerda a su padre, ¿sabe? —le dijo con gentileza—. Él tenía el pelo del mismo color y también rizado. Era dorado a la luz del sol y rojizo como el fuego cuando estaba a la sombra —añadió con un suspiro—. Recuerdo con claridad el día que su madre se la llevó y cómo su padre la sostuvo por última vez en sus brazos. Sus cabezas estaban tan juntas que no podía distinguir qué rizos eran suyos y cuáles de su padre.

La miró con incredulidad al oír sus palabras.

—¿Se acuerda de mí? ¿Desde hace veinte años? No sabía que usted estuviera ya trabajando en esta casa entonces, María.

—Sí, aquí estaba. Su madre estaba siempre triste. No le hacía feliz vivir aquí. No le gustaba el sol, ni el calor seco, ni las lluvias de primavera. No dejaba de quejarse y siempre decía que quería volver a un sitio con hierba verde y brisas frescas —le contó la mujer suspirando.

—Ella siempre recordaba este sitio con angustia —le confesó Emmaline apoyando los codos en la mesa y la barbilla sobre sus manos.

La verdad era que su madre solía quejarse de todo y con bastante frecuencia.

—¿Qué le parece a usted nuestro clima? —le preguntó María—. A lo mejor tiene algo de su padre en su interior y le gusta el sol y los espacios abiertos de estas tierras, como le gustaban a él.

Ella se encogió de hombros.

—Llevo poco tiempo aquí, no sabría qué decirle. La verdad es que ayer no empecé con demasiado buen pie. El viaje en tren me dejó agotada y el trayecto desde la estación en carreta fue duro, pero supongo que eran las horas más calurosas del día —le dijo con sinceridad—. Me da la impresión de que Matt me estaba intentando poner a prueba. A lo mejor quería que cambiara de opinión y no me quedara aquí.

María sonrió, parecía estar de acuerdo con ella.

—Sí... Parece que no han empezado bien las cosas. Pero la verdad es que necesitaba ir con la carreta, tenía que comprar algunas cosas en el pueblo y el pequeño coche de paseo no tiene apenas sitio para mercancía.

—Bueno, fuera como fuera. No creo que me quede aquí mucho tiempo —repuso ella con rapidez—. Me encargaré de avisar al señor Hooper cuanto antes para poder verlo y que me explique todo lo referente al testamento de mi padre. Después...

—Después me imagino que recogerá sus cosas y se irá por donde ha venido, damisela de ciudad —dijo una voz grave tras ella.

Ella se enderezó y todos sus músculos se tensaron al oírlo. Matt la miraba con complacencia desde la puerta y le entraron ganas de echarle encima la taza de café caliente. Pero simplemente le dedicó una mirada fría y llena de desdén.

—Sí, me iré por donde he venido, pero acompañada de mi hermana —le dijo con firmeza.

Él rió, parecía no creerse lo que acababa de decirle. Frustrada, se puso de pie con gran ruido de faldas y se giró para mirarlo de frente.

Matt la miró con detenimiento. Observó sus delicados zapatos, sus amplias faldas y el corpiño del vestido, abotonado desde su estrecha cintura hasta la barbilla. Su cabeza, inclinada a un lado, era como un capullo brillante y delicado que crecía por encima de las oscuras ropas de luto que llevaba. Su pelo refulgía con fuerza a la luz de la mañana y sus rizos le daban un aire más salvaje del que su indumentaria reflejaba.

Era demasiado bonita. Había llegado a esa conclusión después de pasarse en vela gran parte de la noche. Le gustaba hasta su respondona boca y los mohines que hacía cuando se sentía ofendida. Sus ojos estaban llenos de fuego. Era más de lo que podía soportar.

—Pensé que había oído con cristalina claridad lo que Tessie le dijo anoche —replicó él—. No tiene ningún deseo de salir de aquí y trasladarse al otro lado del país con usted. Éste es su hogar.

—Pero ella es mi hermana. Tanto como suya —le recordó Emmaline—. No he venido hasta aquí para verla durante unos días y después irme sin ella.

Matt se acercó a ella. Olía a polvo, caballos y cuero. Le recordó lo que María le había dicho y lo que él había estado haciendo esa mañana.

—No arrugue su elegante nariz, señorita —le dijo él de mala manera—. Lo que huele es el fruto del trabajo honesto y de la tierra de Arizona. Claro que no creo que pueda reconocer ninguna de las dos cosas.

—Todo lo contrario —repuso ella—. Huele como los hombres que trabajan con caballos y eso es igual en Kentucky o Arizona. Estoy acostumbrada al olor de los establos.

—¿Sabe montar a caballo? —le preguntó él con los ojos entrecerrados e incredulidad.

Ella sonrió y lo miró con superioridad.

—He montado en caballos con los que usted nunca podría soñar. Los mejores del país —le dijo.

—Es una pena que no vaya a quedarse aquí el tiempo necesario como para probar lo que acaba de decirme —replicó Matt.

—He decidido ser benevolente con usted, ya que no sabe nada de mí ni de mis intenciones, excepto a la que se refiere a conseguir la guardia y custodia de mi hermana, por supuesto. Estoy siendo tolerante, pero será mejor que no vaya demasiado lejos, señor Gerrity.

Apretó los puños con fuerza. Ese hombre conseguía sacarla de quicio. Escondió las manos en los bolsillos de su traje para que no viera hasta qué punto estaba consiguiendo enfurecerla.

Pero se dio cuenta de que a él no se le pasaba nada por alto. La miró con media sonrisa.

—Me temo que no tiene nada de tolerante en su cuerpo —le dijo él—. Sobre todo en lo que se refiere a mi persona.

Ella se encogió de hombros y le dio la espalda. Decidió salir de la habitación y dar así por terminada la discusión.

—¡Señorita Emmaline! —exclamó él.

Consiguió que se parara en medio del amplio pasillo que conducía hasta el salón de la casa. Matt la había seguido hasta allí. Se dio cuenta de que era mejor enfrentarse a él. Suspiró y se dio la vuelta para mirarlo.
—¿Sí?

Ella le hablaba con frialdad. Parecía muy enfadada.
—Oswald Hooper vendrá dentro de poco. ¿Le apetece reunirse con nosotros en la biblioteca?

Ella asintió. Esperaba que se diera cuenta tan pronto como fuera posible de que él era el que tomaba las decisiones allí y de que sus planes tendrían que cambiar.

La situación no tenía nada que ver con lo que ella habría esperado encontrar. No contaba con que él existiera y estuviera allí, pero estaba segura de que el testamento de su padre arreglaría las cosas y le daría la custodia de la pequeña.

—Avíseme cuando llegue —le pidió intentando aparentar frialdad.

Pero lo cierto era que le sudaban las manos y apenas podía respirar con tranquilidad. Esa misma mañana iba a tener que enfrentarse a los deseos de su padre y a algunos temas que iban a resultar conflictivos.

Siempre había soñado con tener una familia de verdad. Su madre había sido una mujer débil y enferma que pasaba mucho tiempo acostada en la cama o en el sofá. Algún tiempo después acabó sucumbiendo a una terrible neumonía sin oponer demasiada resistencia. Sus abuelos habían sido generosos con ella, pero de una manera muy distante y fría. Le habían proporcionado todas las comodidades del mundo y la educación necesaria para que se convirtiera algún día en una estupenda esposa y madre.

Pero no había sido suficiente. El mensaje del señor Hooper le había abierto los ojos y había sido por fin capaz de darse cuenta de lo solitaria y absurda que había sido su vida hasta ese instante. El saber que tenía una hermana de cinco años, alguien de su misma sangre, su familia, había sido todo un regalo del destino. Llevaba mucho tiempo soñando con tener a alguien y ese deseo fue el que consiguió sacarla de su casa y darle la fuerza para atravesar el país viajando sola.

La fría bienvenida que le había proporcionado la niña no había sido capaz de desilusionarla. Estaba decidida a hacerse con el corazón de la pequeña y conseguir que la quisiera. No había pensado en otra cosa durante la noche anterior.

—¿Estará en su dormitorio? —le preguntó Matt observándola con los ojos entrecerrados.

Sus palabras la sobresaltaron, había estado tan ensimismada en sus propios pensamientos que había olvidado que él aún estaba allí. Enderezó la espalda y levantó la cara. Lo miró y asintió con la cabeza.

—Le diré a María que vaya a buscarla.

Ella asintió de nuevo y se alejó de allí.

Él se quedó observándola mientras recorría el pasillo. No pudo evitar sonreír contemplando el gracioso y elegante balanceo de sus faldas y la manera en la que el pesado tejido dibujaba sus curvas.

—No puedo creerlo —susurró Emmaline en medio del silencio de la biblioteca.

Con las manos cerradas en un puño, se dirigió hasta la ventana. Estaba haciendo un esfuerzo tremendo para mantenerse en pie. Se quedó pensativa contemplando el jardín de la casa.

El hombre sentado frente a la mesa de despacho la observaba con preocupación. Emmaline era la hija de su difunto amigo y Oswald Hooper ya había imaginado que reaccionaría como lo estaba haciendo. Hizo una mueca de desagrado. Estaba seguro de que cualquiera con dos dedos de frente habría tenido la misma reacción que estaba teniendo esa mujer. Creía que Samuel había actuado de manera irracional, ni él mismo lo comprendía.

—¿Ha sido idea suya? —preguntó ella entonces, rompiendo el silencio de la sala.

Matt no tuvo ninguna duda, sabía que Emmaline estaba hablando con él. Apoyado de manera relajada en la pared, se pasó un dedo por el labio inferior mientras la miraba con detenimiento. La luz de la ventana recortaba su silueta. Tenía una figura esbelta y cubierta por capas y capas de pesados tejidos negros. Sus manos, apretadas en puños, y su pálido rostro rompían el oscuro conjunto.

Negó con la cabeza y maldijo entre dientes al hombre que había provocado esa situación. Después se enderezó y se acercó a la joven.

—Su padre no necesitaba de mi ayuda, Emmaline. Ideó este plan por sí mismo.

Vio cómo sus labios se movían casi de manera imperceptible. Tuvo que inclinarse para oír sus palabras.

—No puedo hacerlo —susurró Emmaline.

Él se encogió de hombros.

—Pues no lo haga. Sólo tiene que subirse al carro de nuevo y la llevaré de vuelta a Forbes Junction. Allí podrá subirse al primer tren que la lleve hacia el este —le dijo él con firmeza—. Seguro que puede estar de vuelta en Lexington antes de que amanezca este mismo domingo —añadió con inocencia.

—Eso le encantaría, ¿verdad? —exclamó ella entre dientes—. ¡Le encantaría!

—No, claro que no, señorita —repuso él con exagerada educación.

Le gustaba cómo hablaba ella, su manera de pronunciar las palabras, su acento y la elegancia con la que hacía todo a pesar de estar fuera de sí. Sus ojos azules estaban llenos de ira y fuego, pero no dejaba de ser una dama.

—Supongo que preferiría la otra alternativa —sugirió ella con sequedad.

Durante un segundo, los ojos de Matt brillaron con intensidad. Cada vez le costaba más trabajo respirar y mantener la tranquilidad.

—Bueno, señorita, lo único que está claro es que no estoy en posición de decidir eso. Ni en un sentido ni en otro. Y estoy dispuesto a hacer lo que usted considere más oportuno y satisfacer sus deseos —le dijo él sin perder la calma.

Tenía que reconocer que era toda una tentación. Eso tenía que admitirlo. Matt estaba tan cerca de ella que podía ver las pequeñas líneas de expresión que rodeaban sus ojos. Le hubiera encantado golpear el suelo con el pie, darle un puñetazo en ese rostro que se reía de ella o soltarle las palabras malsonantes que había escuchado decir a algunos hombres en Lexington.

Pero se tragó las palabras antes de pronunciarlas y apretó aún más los puños para controlarse y no pegarle. En cuanto a sus pies... Eso era otra historia. Podía sentir cómo se movían sus dedos dentro de las apretadas botas de piel. Se morían por darle una patada en el empeine al impertinente hombre que la observaba en esos instantes con gesto divertido y que no dejaba de burlarse de ella.

Se movió rápidamente. Temía que él se diera cuenta de hasta qué punto estaba enfadada. Vio cómo Matt levantaba sorprendido las cejas y trataba de esconder una sonrisa cuando ella pisó con fuerza la alfombra.

—Mis deseos no tienen nada que ver con todo esto, señor Gerrity —contestó ella—. Mi difunto padre ha demostrado en su testamento que no le importaban demasiado ni mis necesidades ni mis deseos.

—Señorita Carruthers, tenemos que seguir leyendo el testamento antes de que tome una decisión precipitada sobre la materia —le sugirió el abogado.

El hombre los miraba con preocupación. Parecía ansioso por seguir con la lectura de la última voluntad del difunto.

Ella lo miró. Casi se había olvidado de ese caballero. Abrió mucho los ojos al oírle hablar desde la mesa.

—¿Es que aún hay más?

Sólo habían pasado unos minutos desde que se leyeran los términos del testamento y ella había pasado ese tiempo completamente conmocionada por lo que acababa de escuchar. Le parecía horrible que su padre hubiera ligado su rancho, su capital en el banco y el destino de su hermana a unas condiciones tan absurdas.

A pesar de ser un documento legal, estaba escrito

con claridad y no era complicado entenderlo. Podía recordar casi todas las palabras que acababan de leerle. Se le habían quedado grabadas en la memoria.

Es mi decisión que mi hija Emmaline Carruthers se una con Matthew Carruthers, mi hijastro, en matrimonio para poder así asegurar la continuidad de la herencia que mi padre me dejó y que ésta siga en generaciones venideras. Por ello, concedo la custodia conjunta a Emmaline y Matthew de mi querida hija Theresa, para que pueda ser educada por su hermano y su hermana y reciba influencia de los dos. Siempre que Emmaline y Matthew vivan en esta propiedad, serán los copropietarios y guardianes legales de Theresa. Si deciden no acceder al mencionado matrimonio, ninguno de los dos heredará mis propiedades, sólo los artículos personales que se mencionan a continuación.

El abogado carraspeó y se ajustó sus anteojos.
—Sí, hay más —les dijo.
El hombre parecía estar muy incómodo con la situación. Emmaline sabía que no se lo estaba poniendo demasiado fácil, pero las circunstancias no le permitían ser considerada.
El abogado la miró circunspecto, como si estuviera disculpándose de antemano por los contenidos del testamento.

Pero si deciden aceptar los términos de este testamento y no tienen descendencia durante los dos años posteriores al matrimonio, los dos perderían los derechos de herencia. En ese momento, la propiedad de todo pasaría a manos de mi hija Theresa. Matthew Gerrity podrá conservar su puesto de trabajo en el rancho y seguir viviendo en la casa durante tanto tiempo como desee, pero la custodia de la niña se encargará a un tutor hasta que cumpla veintiún años y pueda convertirse en propietaria absoluta.

—¡No puede hacer eso! —exclamó Emmaline con angustia en su voz.

Oswald Hooper la miró con comprensión. Parecía entender perfectamente su disgusto, pero Matt era tan complaciente como el abogado.

—Pues parece que sí que puede —le dijo con una sonrisa amarga.

—No queda mucho más —intervino el abogado—. Especifica a continuación el legado que deja a alguno de los trabajadores del rancho y procedimientos legales que tendrían que llevarse a cabo para asegurar los derechos de la niña. Pero, bueno, ya han oído los dos el contenido principal, lo que les atañe personalmente. Una vez estén casados, las escrituras se modificarán legalmente para incluir sus nombres en ellas.

—Matt Gerrity no tiene derecho a ella —replicó ella sin poder contenerse—. No es de su sangre.

—Su padre fue quien decidió los términos del testamento, señorita Carruthers —le recordó con amabilidad el abogado.

—No pienso hacerlo —murmuró ella con determinación.

—No tome una decisión precipitada, Emmaline —le dijo Matt con su voz fuerte y profunda.

Las palabras atrajeron su atención y levantó la vista para mirarlo.

—Si renuncia a los términos del testamento, no tendré más remedio que obligarla a irse de aquí. Y entonces no podrá seguir en contacto con Tessie.

—¿Y con usted? ¿Qué va a pasar con usted?

Él se encogió otra vez de hombros. No parecía demasiado preocupado con la situación que acababa de revelarse.

—Bueno, supongo que me quedaré aquí y seguiré trabajando como administrador del rancho. Si no estoy equivocado, el testamento me deja esa opción.

—Podría interpretarse de esa manera —intervino el señor Hooper al ver que Matt lo miraba esperando su opinión profesional.

—Y tendrás a Theresa —agregó ella con amargura.

Matt asintió y repitió sus palabras.

—Y tendré a Theresa.

—No voy a permitir que eso ocurra —replicó ella levantando aún más la barbilla—. Haré todo lo necesario para evitarlo.

Le brillaban los ojos con determinación y apretaba la mandíbula con fuerza.

Matt se dio cuenta de que era toda una luchadora, pero estaba convencido de que no podría con él. Había conseguido enfurecerlo y estaba dispuesto a aceptar su desafío.

—Eso ya lo veremos —le dijo.

Se dio cuenta de que su padrastro, el viejo Samuel, estaría divirtiéndose si los veía desde el cielo. Siempre le decía que estaba deseando conocer a alguien que pudiera encararse a él, una mujer que fuera tan fuerte y testaruda como su hijastro. Y Matt acababa de darse cuenta de que esa persona era su propia hija.

Tres

—Sí, el señor Matt ha estado a cargo del rancho durante los dos últimos años. Y todas las mujeres solteras de la zona han estado persiguiéndolo desde entonces —le dijo María.

Emmaline se quedó pensativa al oírlo.

—Seguro que le encanta tener toda esa atención —repuso después de un rato.

María se encogió de hombros y sonrió.

—Como a cualquier hombre joven. Las mujeres siempre lo han rodeado como moscas a la miel y ahora...

—¿Ahora qué?

—Ahora todo el mundo pensará que ha recibido el rancho en herencia, con lo que va a tener aún más pretendientes. No creo que siga soltero mucho tiempo más.

—¿Tiene Matt...?

No terminó la pregunta. Su educación no la dejaba

inmiscuirse en un asunto tan delicado, pero la curiosidad había podido con ella.

María la miró con el ceño fruncido.

—Si hubiera venido a desayunar algo más temprano, podría habérselo preguntado usted misma —le contestó el ama de llaves con firmeza.

Emmaline acarició con delicadeza los dobleces de la servilleta. Había llegado al comedor en el preciso instante en el que Matt y la señorita Olivia se levantaban de la mesa. De donde venía ella, las comidas eran siempre servidas a unas horas más civilizadas. Le parecía imposible que alguien pudiera tener apetito cuando todavía estaba amaneciendo.

Por otro lado, su experiencia con los criados no la había preparado para enfrentarse a personas como María, que hablaba con libertad y le decía todo lo que pensaba. Estaba claro que las cosas eran muy distintas allí.

Lexington estaba muy lejos de Forbes Junction, en todos los sentidos. Allí todo era mucho más informal. Miró sus propias ropas negras. Matt y Theresa ni siquiera iban de luto por sus padres. No pudo sino estremecerse al recordar lo lejos que estaba ese sitio de cualquier ciudad civilizada del este del país.

María la había dejado tan perpleja con su comentario que tardó en sobreponerse y contestarle como se merecía.

—No es el tipo de preguntas que una dama pueda hacer a un hombre. No es adecuado, María. Además, se lo he preguntado a usted. Por otra parte, el señor Gerrity no el tipo de caballero con el que resulta fácil conversar, por si no se había dado cuenta.

El ama de llaves sacudió la cabeza con frustración.

—Después de todo, va a ser su marido. Creo que

tiene derecho a preguntarle lo que quiera —le dijo la mujer—. Y yo le debo la misma lealtad al señor Matthew que a usted.

Ella la miró sin comprender lo que acababa de decirle.

—No creo que nunca lo consiga —murmuró ella entre dientes.

La ronca voz de aquel hombre la sorprendió al entrar en el comedor.

—Pregunte lo que quiera, Emmaline. Mi vida es un libro abierto —le dijo Matt con exagerada amabilidad—. Y no haga que María se sienta incómoda, por favor. Es muy leal a esta familia y me temo que está entre la espada y la pared.

—¿Me considera su familia? —le preguntó ella con incredulidad.

—Bueno, parece que María la considera parte de esta familia —repuso él—. Eso es todo lo que me importa.

—Así es —contestó la mujer deprisa—. Es la hija del señor Samuel, señorita Emmaline. Es parte de la familia, como si nunca se hubiera ido de aquí.

Sus palabras la emocionaron más de lo que hubiera querido admitir y se levantó de la mesa sonriendo al ama de llaves con labios temblorosos.

—Gracias, María —murmuró ella apoyando la mano en el hombro de la mujer al pasar a su lado.

Agachó la cabeza y pensó por un instante en el lugar que ocupaba en aquella casa. Le resultaba difícil sentirse a gusto allí. La única persona que había sido amable con ella durante los dos días anteriores había sido el ama de llaves, era imposible que se sintiera en casa. Matt la había recibido con frialdad y con malos modos. Tan pronto era brusco como se burlaba de ella.

Había sido especialmente difícil el día anterior, durante la lectura del testamento de su padre. Desde ese momento, Matt había estado más retraído y silencioso que nunca, estaba claro que la voluntad de su padrastro también lo había consternado a él.

Lo había sorprendido mirándola de vez en cuando, pero no había admiración ni amabilidad en sus ojos, sino algo más que no alcanzaba a descifrar. Estaba segura de que rezaba para que se fuera pronto de allí. Sabía que eso le haría feliz.

—Emmaline.

Su voz la sacó de sus pensamientos y la devolvió de golpe a la realidad. Él estaba en el umbral de la puerta, con las manos en los bolsillos.

—¿Qué es lo que quiere saber de mí? —le preguntó con una sonrisa burlona que hizo que se le revolviera el estómago.

No podía hablar y simplemente negó con la cabeza. Estaba intentando controlarse y no dejar que fuera su ira la que la dominara a ella. Sabía que no era asunto suyo si él estaba con alguien o qué había hecho con su vida hasta ese instante. Decidió que era mejor concentrarse en los problemas que tenían entre manos y olvidarse de su pasado. Creía que quizá fuera a descubrir más de lo que quería saber.

Él se colocó el sombrero en la cabeza, cubriendo así su pelo oscuro y brillante. Tiró del ala del sombrero para protegerse la cara del sol y su mirada quedó escondida en la sombra.

—Ha perdido su mejor oportunidad de preguntar lo que quisiera —le dijo él—. La veo a la hora de la cena.

Se despidió de las dos mujeres con un gesto de su cabeza y salió del comedor. Ella se quedó deseando saber si tenía la suficiente fuerza para hacerle al menos una pregunta. Quería saber qué pensaba él de casarse con una mujer por conveniencia.

Le bastaba con pensar en ello para que se le acelerara el corazón. Le daba la impresión de que un hombre como Gerrity no aceptaría de buena gana que nadie le obligase a hacer algo en contra de su voluntad. Sobre todo si se trataba de algo tan definitivo como un matrimonio. Un matrimonio que, por necesidad, iba a implicar también el nacimiento de un bebé.

Emmaline estaba acostumbrada desde siempre a bañarse todos los días. Cuando Matt le sugirió que se fuera a bañar en el arroyo que estaba varios kilómetros al norte de la casa, ella le había contestado con silencio. No soportaba que le tomara el pelo como lo estaba haciendo.

La alternativa que le quedaba era acarrear cubos de agua caliente y fría con ayuda de otros. Después de tres días en el rancho, decidió que no le quedaba más remedio. Estaba harta de darse baños de esponja en su dormitorio, no era suficiente. Echaba de menos el lujo de sumergirse en agua caliente.

La bañera era grande y más larga de la que tenía en su casa.

—Casi podría tumbarme por completo aquí dentro —le dijo al ama de llaves mientras supervisaba el llenado de la bañera.

El cuarto de baño estaba al lado de la cocina, algo que le había llamado mucho la atención y le parecía bastante inadecuado.

Dos de los trabajadores del rancho llevaban cubos de agua caliente y los iban vaciando en la bañera. María llenó otros dos en la cocina con agua fría. Esos eran para que ella bajara después la temperatura del agua a su gusto. También dejaron al lado de la cocina otro con agua hirviendo por si el agua del baño se enfriaba antes de que terminara de asearse.

—Su padre necesitaba una bañera grande —le dijo María con una sonrisa—. Era un hombre alto y no le gustaba que las piernas le sobresalieran mucho por encima del agua.

—La verdad es que lo recuerdo un poco —repuso ella—. Entonces me parecía casi un gigante. Como si fuera todo piernas. Cambiaba cuando me tomaba en brazos. A veces creo recordar estar en sus brazos, pero después pienso que a lo mejor nunca pasó, que simplemente es algo que me gusta recordar. Creo que mis recuerdos y mis deseos se mezclan muchas veces en mi cabeza y no sé qué es real.

María se colocó detrás de ella para trenzar su abundante melena rizada.

—Le recogeré el pelo en alto para que pueda mantenerlo fuera del agua —le dijo mientras le hacía con habilidad una trenza que le sujetó después con una horquilla.

Dejó las manos sobre sus hombros y sacudió la cabeza entre suspiros. Estaba claro que sus palabras le habían traído muchos recuerdos del pasado.

—Creo que tenemos muchas imágenes en nuestras cabezas, señorita Emmaline. Si recuerda a su padre es porque él la quería mucho. No piense mal de él. Su padre sólo soñaba con que recibiera sus cartas y le contestara de vez en cuando. Nunca le reprochó que no lo hiciera.

—¿Me escribía cartas?

—Sí, mandaba una carta al mes. Estuvo esperando

durante años a que usted le contestara, pero supongo que su madre o sus abuelos... Bueno, de nada vale lamentarse ahora, ya está hecho —le dijo la mujer—. Cuando Arnetta Gerrity llegó al rancho, su vida cambió por completo. Creo que decidió que la había perdido a usted para siempre —añadió María mientras se inclinaba para comprobar la temperatura del agua—. Le he dejado toallas limpias en el taburete.

Se acercó de nuevo a ella para comprobar que la trenza estaba bien segura y el pelo no se soltaría. Tenía los ojos humedecidos por la emoción.

—Se parece tanto a su padre... —susurró la mujer mientras salía del cuarto de baño y cerraba la puerta tras ella.

Ella suspiró y se concentró en desvestirse. Lo hizo sin prisas, tenía muchos botones que desabrochar y mucho en lo que pensar. Le parecía increíble que su madre le hubiera ocultado tantas cosas. Si su padre de verdad le había escrito durante años, no entendía qué había pasado con todas esas cartas. Se quitó con cuidado las enaguas.

—Tiene razón, Matthew Gerrity —murmuró entre dientes—. Hace demasiado calor en este maldito lugar para llevar la ropa que una dama debe llevar —añadió mientras se desnudaba.

Se metió con cuidado en la bañera y suspiró feliz en cuanto sintió el aroma de las lilas a su alrededor. Era una delicia.

Le había parecido un lujo innecesario llevarse su propio jabón con ella en ese viaje, pero en ese instante le alegró haberlo hecho. Esa fragancia consiguió relajarla poco a poco, conseguir que se liberara de gran parte de la tensión que había ido acumulando durante los últimos días, además del polvo del desierto y del sudor.

—¿Todavía está aquí? —preguntó una voz infantil desde la puerta.

El picaporte chirrió cuando lo hizo girar la niña. Emmaline se deslizó bajo las burbujas del baño, sorprendida por la invasión de su privacidad en un momento tan íntimo.

Theresa la miraba con ojos hostiles.

—Pensé que ya se habría sido —le dijo la pequeña mientras la miraba.

Estaba claro que no apreciaba su presencia allí y también parecía molestarle que se sintiera lo suficientemente a gusto y en casa como para tomarse un baño.

Eligió con cuidado sus palabras antes de hablar.

—He venido a verte, Theresa. No puedo irme hasta que nos conozcamos. Somos hermanas, ¿lo sabías?

La niña husmeó un poco el ambiente del cuarto de baño y entró de manera sigilosa. La miró después enfurruñada y con los brazos en jarra.

—No necesito ninguna hermana —le dijo con firmeza—. Ya tengo a Maffew. Él es mi hermano.

—Lo sé —repuso ella con suavidad y midiendo sus palabras—. Pero todas las niñas necesitan una hermana, ¿sabes? Yo siempre soñé con tener una y, ahora que te he encontrado, me gustaría mucho poder llegar a conocerte.

—¿Por qué? —preguntó la niña con un gracioso gesto.

Intentó no sonreír al ver su mueca.

—Porque estoy segura de que eres una niña encantadora y sé que vamos a llegar a ser buenas amigas. Puedo enseñarte algunos juegos que sé —le dijo para despertar el interés de la pequeña.

—¿Juegos?

Theresa la miró con los ojos llenos de entusiasmo,

pero sólo le duró unos segundos, después volvió a ponerse seria y a encogerse de hombros.

—He traído algunas cosas que pensé que te gustaría ver —le comentó mientras seguía enjabonándose.

Levantó una pierna y se limpió con una pequeña toalla. Era agradable sentir el tosco tejido contra su piel, por fin podía sentirse limpia.

Se quedaron unos instantes en silencio hasta que la niña habló intentando fingir falta de interés en el asunto.

—¿Qué es lo que ha traído?

Inclinó la cabeza y la miró por encima del hombro con gesto pensativo.

—Bueno, tengo combas para saltar y otros juguetes —le dijo mirándola de nuevo de reojo—. ¿Sabes saltar a la comba?

Theresa negó con la cabeza y se acercó un poco más a la bañera.

—¡Casi se me olvida! —exclamó Emmaline fingiendo sorpresa—. También he traído un paquete que me enviaron desde Francia y que encontré en mi dormitorio de Lexington antes de venir. Lo vi y pensé que te gustaría.

—¿De Francia? —preguntó la niña con ojos como platos, mientras se sentaba encima del montón de toallas que había en el taburete—. La señorita Olivia me ha dicho que es un sitio que está al otro lado del océano.

Asintió y continuó lavándose. Quería parecer indiferente y conseguir así que la niña sintiera curiosidad.

—Claro que no sé si te van a gustar los juegos y cosas que he traído... Supongo que podríamos intentar saltar juntas a la comba —comentó mientras la miraba—. Pero, claro, a mí se me da muy bien y creo que a ti te resultaría difícil seguir mi ritmo y aprender a hacerlo bien.

—¡No, no! —replicó enseguida Theresa—. Yo aprendo muy rápido. Mi hermano Maffew dice que soy muy lista —añadió poniéndose seria de repente—. Pero no sé si va a tener tiempo de enseñarme nada, mi hermano me ha dicho que va a irse muy pronto.

—Bueno... —comenzó ella.

Pero era demasiado tarde ya. La niña se había puesto en pie de un salto y había salido del cuarto de baño a la cocina sin despedirse ni mirar atrás.

—¿Dónde te habías metido, palomita? —le preguntó la grave voz de su hermano.

Pudo escucharlo a través de la puerta de la habitación, que había quedado medio abierta. Se sumergió de nuevo bajo el nivel del agua. Lo hizo tan deprisa que gran parte del agua se derramó.

—Estaba hablando con esa mujer —le dijo Theresa—. Está dándose un baño.

—¿Con la puerta abierta?

Pudo oí un tono divertido en la pregunta de Matt y su voz sonaba más cerca. Alargó la mano para agarrar las toallas que María le había dejado sobre el taburete.

—¿Está esperando a alguien? —le preguntó él desde el otro lado de la puerta—. Normalmente mantenemos el cuarto de baño cerrado cuando alguien lo está usando, ¿sabe? —le comentó Matt con ironía.

—Por favor, cierre la puerta —le pidió ella mientras cubría parte de su cuerpo con la toalla y se sentaba en la bañera para que sus piernas dobladas escondieran al menos sus pechos.

—¿Está segura de que no quiere compañía? —le preguntó Matt con tono burlón.

Estaba claro que estaba divirtiéndose mucho con

todo aquello, pero ella se sentía avergonzada y muy incómoda.

—Por favor, Matt —insistió ella con un hilo de voz.

Él alargó el brazo, tomó el picaporte y cerró con gran ceremonia y sin ninguna prisa.

—No se retrase, vamos a desayunar —le dijo él—. Normalmente, María sirve sólo una vez el desayuno, para todos al mismo tiempo. Si llega más tarde, tendrá que hacerlo usted misma.

—Ojalá se le atragante el desayuno —murmuró ella mientras salía de la bañera y se envolvía en la toalla que aún agarraba con fuerza.

Los últimos rayos del sol bañaban de tonos rosas y naranjas el cielo, que ya comenzaba a oscurecer contra el horizonte. El porche daba al oeste y Emmaline se sentó en el primer escalón. Dobló las piernas y las abrazó. Era un espectáculo impresionante. Estaba completamente ensimismada con la puesta de sol.

—¿No había visto nunca un atardecer? —le preguntó Matt con un tono algo burlón.

Ella se encogió de hombros y levantó la vista hacia él.

—He visto muchos —contestó ella.

—Daba la impresión de que éste era el primero que contemplaba —comentó Matt mientras señalaba el cielo.

Algunas espesas y siniestras nubes enmarcaban el atardecer y hacían la escena aún más espectacular.

—Es distinto —admitió ella después de un momento—. Aquí esta puesta de sol parece más potente, más espectacular. A lo mejor es por la cantidad de terreno que se puede divisar desde la casa, no lo sé. Parece que el horizonte está más lejos.

Apartó la vista del atardecer, que ya iba desvaneciéndose, y suspiró con desconsuelo.

—Habrá otro mañana a la misma hora —le dijo él, mientras se acercaba hasta donde estaba ella.

Andaba dando grandes zancadas y sus botas de vaquero retumbaban en el piso de madera. Con agilidad, se sentó a su lado y estiró sus largas piernas frente a él.

Lo observó de reojo, sin levantar la mirada. Llevaba unos pantalones bastante justos, sobre todo a la altura de sus muslos y sus pantorrillas. Parecían hechos a medida. Estaban desgastados y llenos de polvo. Eran unos simples pantalones de tela vaquera, como los que llevaban muchos hombres, pero en Matthew Gerrity eran algo más.

Pensó en todos los hombres que había conocido en su vida. Ellos nunca habrían llevado algo así. Esos caballeros encargaban a sastres su ropa de montar y se la hacían a medida, pero tenía que reconocer, muy a su pesar, que ninguno podría estar a la altura de ese hombre.

Había algo en él, una especie de seguridad y firmeza, que resultaban muy masculinas y que eran difíciles de describir. Llevaba una camisa de algodón, un pañuelo atado al cuello y el cinturón de cuero marcando bien su cintura. Los pantalones acentuaban la fuerza de su musculatura cuando caminaba, sobre todo a la altura de sus caderas. No pudo sino sonrojarse al recordar esa imagen.

Se había quedado boquiabierta una de las primeras veces que lo vio caminar por allí. Tenía un cuerpo muy masculino y fornido. Sus hombros eran anchos y sus brazos largos y esbeltos, pero sin dejar de ser musculosos. Las manos eran delicadas para ser las manos de un hombre, pero fuertes y seguras.

—Emmaline... —comenzó él consiguiendo sobresaltarla al oírlo tan cerca—. ¿Ha tomado alguna decisión ya? ¿Está planeando la boda?

Ella negó con la cabeza.

—No, aún no.

Matt la miraba con cinismo.

—¿Ya está echándose atrás?

—Ya le dije que haría todo lo que estuviera en mi mano, ¿no?

—¿Tan terrible es casarse con el capataz de un rancho? —preguntó él con frialdad.

—No sería el capataz si me caso con usted. Entonces sería el propietario.

—Bueno, sólo de la mitad. Su nombre también estaría en el título de propiedad. Seguro que eso hace feliz a sus abuelos, les encantará que tenga tierras.

Se encogió de hombros y volvió a fijarse en el horizonte, prefería no tener que mirarlo a él.

—No es lo que mis abuelos quieren para mí. Y menos aún lo que mi madre hubiera querido para su única hija.

—En otras palabras, podría tener más posibilidades en Lexington, ¿no? —intervino Matt.

—¿Y sus posibilidades aquí? ¿No había alguna otra mujer interesada antes de que llegara yo? —replicó ella devolviéndole la pregunta.

Él no respondió y eso hizo que se aventurara a mirarlo. Apretaba la mandíbula y contemplaba el paisaje con los ojos entrecerrados. Era un hombre difícil de entender y le era imposible interpretar sus pensamientos. Se arrepintió de haberle hecho la pregunta.

—Nadie que sea de su incumbencia —repuso Matt con sequedad.

—¿No le romperá el corazón si se casa con otra? ¿O es que hay más de una? —insistió ella.

Él negó con la cabeza sin dejar de mirarla a los ojos.

—Claro que no. La verdad es que no tengo tiempo para perderlo persiguiendo a mujeres —contestó él.

—María dice que no tiene que preocuparse por perseguirlas.

—María habla demasiado —replicó él con media sonrisa.

—No ha contestado mi pregunta. ¿Va a romperle el corazón a alguna joven de aquí si nos casamos?

Se quedó callado unos instantes y le dirigió una enigmática mirada.

—La mayor parte de las mujeres no tiene un corazón que pueda romperse con tanta facilidad.

Ella suspiró. Estaba costándole más de lo que había previsto conseguir una respuesta directa de ese hombre.

—¿Renunciaría a ella?

Matt sonrió de nuevo, ésa vez con desdén en el gesto.

—¿Importa acaso?

No pudo evitar sonrojarse.

—Bueno, no hay ninguna prisa, ¿no? —comentó ella después de un rato—. No tenemos que tomar ninguna decisión precipitada ni casarnos de inmediato. Porque si ya se está arrepintiendo o si tiene intención de...

—No me ha contestado, Emmaline —la interrumpió él.

Matt le dedicó otra media sonrisa, pero esa vez sus ojos también participaron de ella y todo su rostro se iluminó. Se quedó absorta observando la transformación en su cara.

No pudo evitar preguntarse si su boca sería demasiado firme o si sus labios se suavizarían al besar los de una mujer. Pensó también en si sería tierno en sus caricias o si sus manos, endurecidas por el trabajo en el campo, serían demasiado toscas contra la suave piel de una dama. Su mente se inundó de esos secretos prohibidos, de las cosas que ocurrían entre un hombre y una mujer y sacudió la cabeza para no dejar que su mente se fuera por esos peligrosos derroteros. Se sentía muy confundida.

—Sí, sí que importa —le contestó ella por fin.

—Hasta los vaqueros tenemos sentido del honor —respondió él de mala manera—. No voy a salir de juerga por el pueblo después de que pasemos por el altar, Emmaline.

—Pero en realidad no quiere hacerlo, ¿verdad?

—Ya se lo he dicho, señorita. La oferta sigue en pie. Puedo meterla en el carro ahora mismo y llevarla hasta Forbes Junction para ir a ver al pastor de la iglesia. Pero, si tengo que ser sincero, lo mismo me daría hacer eso que llevarla hasta la estación para que volviera por donde ha venido. Puedo hacer esto sin usted. Puedo vivir con lo que gano con mi trabajo y seguir pendiente de mi hermana. Me gusta mi vida ahora mismo. Theresa y su bienestar son todo lo que me importa.

El corazón comenzó a latirle con fuerza en el pecho y se sintió más triste que nunca. Todos sus sueños de niña se habían echado a perder. Nunca conseguiría tener lo que deseaba. Matt Gerrity no sentía nada por ella. No dejaba de burlarse de la situación y aceptaba con resignación su destino. No estaba segura de que ella fuera a ser capaz de conformarse con eso. Pero se dio cuenta de que no tenía otra opción.

—¿Podría casarse conmigo sin sentir nada por mí? —le dijo ella sin pensárselo dos veces y sin reflexionar en lo audaz e inapropiado de la pregunta.

Él sonrió de inmediato.

—No se preocupe, cariño, seguro que siento algo, ya lo verá...

Ella se puso en pie rápidamente y con torpeza. Se entretuvo alisando las arrugas de sus faldas para que él no viera que se había sonrojado.

—Todo esto es sólo un juego y un motivo de burla para usted, ¿verdad? —lo acusó ella.

Él se levantó y se encaró a ella. Era mucho más alto.

—No me gustan los juegos, Emmaline. Pero, tienes que tener algo muy claro —le dijo él tuteándola por vez primera—. Si te casas conmigo, no vas a tener motivo de queja. Te daré todas las atenciones que desees.

Sin que tuviera tiempo de recuperar el aliento, Matt se inclinó sobre ella, la tomó por los hombros y la acercó a su cuerpo con fuerza. Con un suave gemido, cubrió sus labios con determinación. No hubo ocasión de protestar. Él la besaba con hambre y pasión. La abrazó para inmovilizarla y evitar que se apartara de él.

Sus manos habían quedado atrapadas contra el torso de Matt, lo empujaba para intentar separarse de él, pero no con la fuerza necesaria. Y sus pies apenas tocaban el suelo del porche. Cerró los ojos. Su cara estaba enrojecida y apenas podía respirar.

Sintió un calor extraño recorriendo su cuerpo, no tenía nada que ver con el asfixiante clima. A pesar de todo, se negó a dejarse llevar, sabía que aquello no estaba bien. La estaba tratando como si fuera una de esas mujeres de vida alegre que frecuentaban las tabernas. Besaba su boca, territorio virgen, como si tuviera derecho a hacerlo.

Estaba furiosa con él por tratarla de esa manera, pero también muy confusa. No acertaba a entender la fuerte reacción que su cuerpo estaba experimentando.

Se sintió tan mal que se le llenaron los ojos de lágrimas. Se sentía muy frustrada y enfadada, también con ella misma. A pesar de tener los ojos cerrados, las lágrimas rebosaron y cayeron rodando por sus mejillas.

Él debió sentirlo y aquello aplacó su ardor. O quizás estuviera arrepintiéndose ya de lo que había hecho. Por un motivo u otro, la fue soltando hasta que pudo plantar con firmeza los pies en el suelo y dejó de besarla.

Emmaline tenía aún los ojos cerrados. Aun así, las lágrimas habían fluido y empapaban sus sonrojadas mejillas. No pudo evitar arrepentirse de inmediato por lo que había ocurrido.

Había sido todo un impulso y era demasiado mayor ya para dejarse llevar por los impulsos. Maldijo entre dientes la facilidad que parecía tener ella para excitar sus instintos más primitivos de esa manera.

Se recordó que era una señorita y que no estaba acostumbrada a que la trataran con tanta brusquedad. Sabía que debería haber mantenido las distancias. La miró con detenimiento. Era una dama y acababa de tratarla como si fuera una de las mujeres que trabajaban en El Liguero dorado, el local de Katy Klein.

Separó a Emmaline de su excitado cuerpo y esperó a que se recuperara del todo. Ella respiró entrecortadamente de nuevo y se estremeció.

Abrió la boca y se pasó la lengua por los labios, aún sabían a él y casi podía sentir aún el beso. Se estremeció de nuevo y luchó por recuperar el control de la situación. Respiró profundamente para intentar calmarse y abrió los ojos. No podía mirarlo a la cara, así que se concentró en el frontal de su camisa.

—¿Es esto lo que me espera? —preguntó ella con desagrado.

—¿Vas a llorar cada vez que te bese? —replicó él.

Apretó los dientes con fuerza. No podía creer que estuviera hablándole con tan poco respeto. Nadie la había tratado así.

—¿Es así como besas a tus mujeres?

—Sólo a las que quiero llevarme a la cama —contestó él.

Ella se enderezó al oír sus ofensivas palabras. Todo su cuerpo estaba en tensión. Aquello era más de lo que podía soportar. Levantó la cara y lo miró a los ojos.

—No eres un caballero, Matthew Gerrity —susurró ella.

—Nunca dije que lo fuera, Emmaline Carruthers.

Le acercó la mano a la cara y rozó con el dedo índice sus labios antes de que pudiera echarse atrás.

—No te muevas —le dijo él agarrándola con la otra mano por el hombro.

Siguió acariciándole la boca con ese dedo, mientras miraba sus labios completamente absorto.

Cuando terminó, tomó su barbilla en la mano y le habló con voz áspera. Le sorprendió el contraste entre su dulce caricia y sus bruscas palabras.

—A lo mejor lo haré con más cuidado la próxima vez, cariño —le dijo Matt.

—A lo mejor no habrá una próxima vez —replicó ella mientras se zafaba de él.

Se giró y fue deprisa hasta la puerta de entrada a la casa. Pero tuvo tiempo de oír las últimas palabras de Matt.

—Por supuesto que sí.

Cuatro

Era una caja brillante con un diseño de flores en la parte superior. Había pensamientos y rosas rojas entrelazadas formando un ramo con forma de corazón. Estaba sobre la cama, dando color en medio de la blanca colcha.

Theresa apareció en el umbral de la puerta y la miró con el mismo gesto de su hermano. Tenía las manos en los bolsillos del peto, las piernas un poco separadas y la cabeza inclinada a un lado. Con cuidado, mantuvo los ojos lejos de la tentación. Esa caja había estado en el mismo sitio durante los últimos tres días. Y durante ese tiempo, la puerta del dormitorio de Emmaline había estado entreabierta para que ella pudiera inspeccionar su interior.

La misteriosa caja era una tentación de la que no podía olvidarse. Le intrigaba que el paquete hubiera llegado de tierras tan lejanas y su curiosidad no tenía límites.

La señorita Olivia le había mostrado un mapa de Europa y le había enseñado una zona naranja que representaba Francia. Había sido toda una decepción. Esperaba más de ese exótico lugar que un cuadrado anaranjado. El mapa no había conseguido satisfacer la curiosidad que el extraño paquete y su exótico lugar de origen habían suscitado en la pequeña. Lo más complicado de todo era no acercarse a la caja cuando estaba delante de ella y a su alcance.

Intentando satisfacer la curiosidad de su alumna, la señorita Olivia había rebuscado en su cartera llena de libros hasta dar con uno delgado que contenía reproducciones de típicos paisajes del campo francés. Las fotografías algo borrosas en las que aparecían elegantes damas parisinas paseando por las avenidas llenas de exclusivas tiendas fueron las que más llamaron la atención de la pequeña.

Miró también con interés la foto del Arco del Triunfo, la manera en la que Napoleón había querido dar la bienvenida a los que visitaban la ciudad. Le pareció que un lugar tan especial y maravilloso sólo podía producir los más extraordinarios tesoros.

Theresa estaba convencida de que uno de esos tesoros estaba metido en la caja colocada sobre la cama de Emmaline. Lo único que la mantenía apartada de ella era su orgullosa personalidad. No quería que esa mujer estuviera en la casa y por eso se resistía a entrar en su habitación y satisfacer de una vez por todas su curiosidad.

Emmaline observaba la cara de la niña reflejada en el espejo de su tocador. La paciencia no era una de sus virtudes, pero durante los últimos días ella también había estado poniéndose a prueba y había mostrado más paciencia de la que creía poseer. Sabía que su abuela, de haberla podido ver en esa situación, habría estado muy orgullosa de ella. Observó a Theresa en el umbral. Le bastaba con fijarse en sus brillantes ojos oscuros para darse cuenta de que estaba luchando con todas sus fuerzas contra la tentación que suponía esa caja.

—¿Te gustaría entrar? —le preguntó a la niña mientras se giraba y la miraba con una cariñosa sonrisa.

Theresa se encogió de hombros. Esa fue toda la respuesta que obtuvo. Le admiraba la determinación de la pequeña.

—La verdad es que estaba deseando que vinieras a verme —le dijo Emmaline.

Esa vez, la niña la miró directamente a los ojos.

—La señorita Olivia me ha dado un descanso y me ha dicho que puedo seguir practicando las letras más tarde —comentó Theresa mientras se rascaba distraídamente la pierna—. Y pensé que estaría bien venir a ver los juegos que trajiste. Para ver cómo son...

Emmaline suspiró aliviada. Se dio cuenta de que la paciencia empezaba por fin a dar algunos frutos. Le sonrió de nuevo.

—Me encantaría enseñarte todo lo que he traído —le dijo mientras se ponía en pie.

Se movía despacio, como si tuviera miedo de espantarla, como si la niña fuera una asustadiza ardilla.

Theresa dio un paso al frente y entró por fin en el dormitorio. Allí se paró. Miró a su alrededor, fijando la mirada en los objetos que no conocía y que daban fe de que había alguien nuevo en la casa.

Miró su cepillo de plata, su espejo y un frasco de cristal que contenía su colonia preferida. Todo estaba sobre el tocador. El armario ropero estaba abierto y de él colgaban algunas de sus prendas. Enganchado del pomo había un pequeño bolsito de cachemira.

Pero los tesoros que había llevado para conseguir ganarse el cariño de la niña los tenía escondidos en su bolsa de viaje. Fue hasta la cama y la sacó de debajo. Ignoró a propósito el decorado paquete que yacía sobre la colcha. Como si de un cebo se tratara, lo había dejado allí colocado durante los últimos días para conseguir lo que por fin había logrado esa mañana, que Theresa entrara en el dormitorio.

Abrió la bolsa y sacó de ella una comba para saltar. Los mangos de la cuerda eran de delicada madera labrada.

—¿Sabes saltar a la comba? —le preguntó.

Theresa negó con la cabeza y se acercó un poco más, disminuyendo la distancia entre las dos hermanas en más de un sentido.

—No, señorita —le dijo con educación—. Nunca he jugado a nada de eso. Pero la señorita Olivia me ha contado que ella solía jugar con todas esas cosas cuando era pequeña.

Sonrió con satisfacción. Le gustaba ver que Theresa había hablado del tema con su maestra, eso quería decir que estaba más interesada de lo que dejaba entrever. Estaba claro que al menos tenía la suficiente curiosidad como para acercarse a verla esa mañana.

—¿Te gustaría ver mis libros?

La niña miró la cama con desazón. Estaba claro que la caja era su principal objeto de deseo, pero se controló.

—Me gustan los libros, señorita —le contestó con un suspiro.

—Creo que deberías llamarme Emmaline —le sugirió ella con cuidado—. ¿Cómo prefieres que te llame yo?

—Me llamo Theresa, aunque a Maffew le gusta llamarme Tessie —contestó mientras se acercaba un poco más.

Levantó la mano y acarició con cuidado la delicada colcha de la cama. Se contuvo para no acercar los dedos a la ansiada caja, pero no pudo sino mirarla de nuevo durante unos pocos segundos.

—¡Vaya! —exclamó Emmaline fingiendo confusión—. ¡Casi se me olvida darte el regalo que te traje de Francia!

—¿Sí? ¿Casi se le olvida? —preguntó sorprendida la pequeña.

Estaba satisfecha con cómo iban las cosas hasta el momento. Con un gesto, señaló la caja que estaba sobre la cama.

—Ahí está, sobre la colcha —le dijo—. Dejé ahí la caja por si venías por aquí a verme.

Con la boca abierta, la niña alargó la mano y sus delicados dedos acariciaron las flores pintadas sobre la caja.

—¿Esto es para mí? —le preguntó ilusionada.

Ella asintió con una sonrisa triunfante.

—Ábrelo, venga.

Theresa se subió entonces a la cama y tomó la caja entre sus manos. Su ímpetu consiguió hacerle reír. La niña la miró de nuevo para pedir permiso.

—Adelante, abre la caja —insistió ella mientras se acercaba también a la cama.

Estaba casi tan entusiasmada como la niña. Para Emmaline, aquello era tan bien un regalo muy especial. Por fin estaba haciendo progresos con su hermana pequeña.

«Una escena preciosa», pensó Matthew Gerrity observando a las dos desde el umbral de la puerta.

Ni su hermana ni Emmaline lo habían visto. Estaban demasiado concentradas en lo que estaba pasando como para darse cuenta de que alguien más las observaba desde la puerta.

Sintió una extraña emoción dentro del pecho, sabía que tenía mucho que ver con los celos. Con los ojos entrecerrados, observó a la mujer que había llegado hasta su casa para usurpar su puesto en el corazón de la niña. Creía que había conseguido ganársela usando artimañas femeninas. Estaba seguro de que Emmaline había planeado todo eso y estaba intentando atraer las curiosidad de su hermana con exóticos regalos.

—Tramposa...

Le dijo él a modo de acusación, mientras entraba en la habitación. Prefirió ignorar todo lo que estaba pasando por su cabeza para romper el frágil momento de entendimiento entre las dos hermanas. Sabía que tenía que superar todo aquello, que no podía dejar que aquella mujer le hiciera sentir celos ni lo mantuviera al margen del interés de su hermana.

Emmaline levantó la vista y sonrió.

—No soy tramposa. A lo mejor astuta, pero necesito aprovechar todas mis oportunidades —le dijo ella con suavidad.

Theresa ignoraba la conversación entre los dos adultos y estaba concentrada en abrir la tapa de la caja. Después separó el papel de seda que protegía el delicado contenido de los posibles avatares del largo viaje.

La niña no pudo ahogar una exclamación de júbilo mientras sacaba la preciosa muñeca de porcelana que Emmaline le había comprado. Llevaba un gracioso sombrero y un elegante vestido que apenas se había arrugado durante el viaje. Sus rasgos habían sido pintados con delicadeza y sonreían a la niña. Theresa estaba emocionada con el regalo. Levantó con cuidado las manos de la muñeca y las examinó con detenimiento. Hizo lo mismo con los pies del juguete, enfundados en elegantes zapatos.

La niña levantó entonces la cabeza y Emmaline vio por primera vez a la hermana con la que había soñado, la que había conseguido sacarla de su casa y viajar muy lejos para poder conocerla.

—¡Gracias, Emmie! —le dijo con alegría y sin ser aparentemente consciente de que acababa de acortar su nombre.

Miró a Matt con una sonrisa triunfante. Estaba muy emocionada. Se sentó al lado de la pequeña en la cama.

—¿Emmie? —repitió ella con suavidad.

Estaba encantada con ese nombre, le transmitía cariño y complicidad entre las dos.

Theresa la miró y se encogió de hombros.

—Emmaline es demasiado largo para mí —le dijo la pequeña mientras miraba a su hermano también—. ¿Te gusta mi regalo, Maffew?

La niña parecía necesitar la aprobación de su hermano.

Matt Gerrity sonrió y asintió. Le sorprendió gratamente su reacción. Parecía estar dándose cuenta por fin de que ya no era el único que podía tener una relación de hermanos con la pequeña Theresa.

—Tu hermana ha sabido traerte justo lo que más te iba a gustar, ¿verdad? —le dijo mientras miraba a las dos.

Ella levantó la cabeza desafiante.

—Tú juegas con ventaja, Matthew —le dijo con una sonrisa.

Theresa miró a uno y después al otro. No parecía

entender de lo que hablaban pero sí que había algo más bajo esas palabras.

Él pareció contenerse, como si no quisiera estropearle el momento a su hermana, que lo miraba con algo de ansiedad.

—Es una muñeca preciosa, Tessie —le dijo él para tranquilizarla—. Me alegra que te la trajera tu hermana como regalo.

Theresa abrazó su regalo, lo sujetaba con mucho cuidado y bajó la cabeza hasta que su mejilla tocó la carita de la muñeca.

Vio cómo miraba Matt a su hermana, con qué cariño contemplaba la escena y se le encogió el corazón.

Sin que pudiera controlarlo, se le vino una idea a la cabeza y no pudo sino preguntarse cómo sería que aquel hombre la mirara a ella con el mismo cariño que dedicaba a su hermana pequeña. Durante esos pocos segundos, se sintió muy sola, desprovista de todo contacto humano. Se sintió de nuevo como la niña que había sido, una pequeña que siempre había echado en falta una familia de verdad, que siempre había soñado con ella y que por fin podía atisbar lo que siempre había ansiado.

—¿Te vas a casar?

Las agudas palabras se pronunciaron lo bastante alto como para que Emmaline las oyera desde el pasillo, donde se había quedado parada.

La voz desconocida la había alertado de que había un invitado en la biblioteca y se había detenido allí, no quería meterse en una conversación privada. Apoyó una mano en la pared y reflexionó sobre lo que debía hacer. No sabía si entrar o dar media vuelta.

El murmullo grave de la voz de Matt fue interrumpido de nuevo por las palabras de una mujer que hablaba rápido y parecía no querer oír sus explicaciones.

—¡No lo entiendo! ¡Es que no me cabe en la cabeza que de repente te hayas sacado una novia de la nada! —exclamó la mujer con la misma voz aguda.

—Por favor, Deborah —la interrumpió Matt con firmeza.

Los dos se quedaron en silencio y Emmaline se inclinó un poco más hacia la puerta, no quería perderse la respuesta de la mujer. Ya no quería darse la vuelta y volver a su dormitorio, la curiosidad podía con ella. Sabía que aquello no era propio de una señorita de su categoría, pero no podía ignorar la apasionada conversación que estaba teniendo lugar en la biblioteca. No podía creerse que esa mujer estuviera hablando de ella en esos términos. Se sintió bastante ofendida.

—Yo no he salido de la nada —murmuró.

Pudo oír entonces algunos sollozos y después palabras susurradas. No podía escuchar nada y decidió cambiar de táctica. Se metió las manos en los bolsillos de su falda y caminó por el pasillo deteniéndose frente a la puerta abierta de la biblioteca. Quería ver con sus propios ojos a esa mujer.

La escena que vio en el interior de la sala hizo que frunciera el ceño. Las manos de Matthew estaban muy ocupadas. Con una acariciaba la espalda de la mujer y con la otra le limpiaba las lágrimas con ayuda de un pañuelo. La mujer que estaba permitiéndole esas atenciones no dejaba de llorar y suspirar.

—Perdón, no sabía que hubiera alguien aquí —dijo ella desde la puerta, fingiendo inocencia.

Matt levantó la cabeza y le dirigió una mirada asesina por encima de la mujer a la que estaba intentando consolar.

—Creo que no es el mejor momento para hacer una presentación formal, Emmaline —le dijo él con dureza.

La mujer se estremeció de nuevo. Después enderezó la espalda y tomó el pañuelo que Matt sujetaba en su mano. Caminó hasta la ventana, separó las cortinas y se concentró en el paisaje que se veía desde la casa.

Le hizo un gesto a Matt para indicarle que se iba, no quería empeorar las cosas aún más.

—No hace falta que te vayas —le dijo mientras se levantaba y le tomaba con firmeza la mano—. Supongo que este momento es tan apropiado como cualquiera.

Parecía haber cambiado de opinión sobre su presencia allí.

—Deborah —le dijo a la mujer de la ventana—. Te presento a Emmaline Carruthers, la mujer que será mi esposa.

Le sorprendió que no la presentara como su prometida ni como su novia, sino simplemente como su esposa. Hizo todo lo posible por ser agradable y educada con la mujer. Sabía que no podía ir más lejos. Todo aquello era muy incómodo para los presentes.

La mujer no la miró durante más de un segundo antes de mirar de nuevo a Matt, el hombre que aparentemente acababa de romperle el corazón. Él tenía un gesto firme en su rostro, pero Emmaline se dio cuenta de que sus ojos estaban llenos de comprensión.

La otra mujer se esforzó por recuperar el control de la situación y esconder sus emociones.

—Felicidades a los dos. Admito que la noticia ha sido toda una sorpresa, Matt. Pero, bueno, tú siempre has estado lleno de sorpresas —le dijo antes de bajar la mirada y concentrarse en alisar arrugas en sus faldas que no existían.

—Ella es Deborah Hopkins, la hija de nuestro vecino más cercano —le explicó Matt mientras tiraba de ella para tenerla más cerca.

—Bueno, ahora tengo que irme. Sólo vine para invitaros a la cena del domingo. Eso es todo, Matt —le dijo la mujer con evidente incomodidad.

Se sintió mal por la mujer. Parecía muy triste, pero estaba esforzándose por ser fuerte. Se le encogió el corazón cuando la vio mirar a Matthew y dedicarle una sonrisa temblorosa.

Después se dio la vuelta y fue hacia la puerta de la biblioteca. Sólo entonces se dignó la mujer a mirarla directamente a la cara. La observó de arriba abajo. Fijándose en sus rebeldes rizos y en su traje de luto. La miraba con desprecio, como si fuera insignificante.

—Te acompañaré hasta tu silla de paseo —le dijo Matt, al verla salir de la biblioteca.

Soltó deprisa la mano de Emmaline y se acercó a la otra mujer.

Deborah lo miró con una sonrisa valiente y asintió con la cabeza, apartándose para que Matt pudiera abrirle la puerta.

Sacudió la cabeza asqueada con todo aquello y fue hasta al ventana para contemplar a la pareja. Los vio acercándose a una pequeña silla de paseo que había frente a la casa. Una yegua oscura esperaba pacientemente atada al vehículo.

Todo aquello le parecía increíble. Creía que esa mujer era una consumada actriz que podía pasar del dolor a la aceptación resignada en cuestión de segundos, sin dejar de lado un claro desdén hacia su persona. Por mucho que lo intentara, no habría podido decir cuáles de todas esas cambiantes emociones eran las reales.

—No creo que nadie pueda romperle el corazón —susurró mientras veía cómo Matt la ayudaba a subirse al coche.

Después soltó la yegua del poste y le dio la vuelta tirando él mismo de las riendas. Se despidió de la mujer con un gesto de su mano y se quedó unos segundos observando cómo se alejaba de la propiedad.

Matt se dio entonces media vuelta para entrar en la casa y, al verla observando la escena desde la ventana, frunció el ceño. Entró después en la casa. En cuestión de segundos, mientras ella dejaba su sitio en la ventana y volvía al centro de la biblioteca, Matt apareció en la puerta y la miró con los ojos encendidos.

—¡Eso no era necesario! —le dijo con impaciencia—. Deberías haberte mantenido fuera de aquí, Emmaline. Nada de esto era asunto tuyo.

No pudo evitar sentirse culpable, pero se defendió de sus ataques.

—Se mencionó mi nombre en esa conversación. Eso hace que se convierta en asunto mío —replicó ella—. Después de todo, yo soy la novia que te has sacado de la nada —añadió ella para dar énfasis a sus palabras.

—Si no hubieras estado escuchando conversaciones ajenas, no habrías oído esas palabras —repuso él para defenderse mientras le dirigía una enfadada mirada.

—Acababa de salir de mi dormitorio y venía por el pasillo. No pude evitar escucharlo —explicó ella con dignidad.

—Pues deberías haber dado media vuelta y alejarte de aquí. Estoy seguro de que era obvio que Deborah estaba muy disgustada —le indicó Matt—. Acababa de decirle que vamos a casarnos y ella hizo ese comentario sin pensar.

—¿Es que la estás defendiendo, Matthew? —le preguntó ella con frialdad.

—Deborah no necesita que nadie la defienda, es muy capaz de cuidar de sí misma —contestó Matt con dureza.

—A lo mejor ése es el tipo de esposa que necesitas —sugirió ella con todo el sarcasmo que pudo concentrar en su voz.

—A lo mejor.

Se arrepintió al instante de haberlo dicho. Aquello ya había ido demasiado lejos y Matthew era consciente de que Emmaline estaba cada vez más enfadada y nerviosa.

—Mira, eso no importa ya, Emmaline —le dijo con algo más de control—. No voy a casarme con Deborah. De hecho, nunca había hablado siquiera del tema con ella. Es una vecina y una amiga. Eso es todo. Será mejor que nos olvidemos de todo esto.

—A lo mejor nunca habías hablado de ese tema con ella. Pero está claro que tu amiga había pensando en ello, Matthew. Además, ¿qué quieres que pensara cuando llegué aquí y os vi... os vi juntos?

La miró sin saber muy bien qué decir. No podía negar lo que había visto.

—Estaba llorando. ¿Qué querías que hiciera? ¿Que la echara a patadas?

Emmaline se encogió de hombros.

—Estoy segura de que un caballero como tú nunca haría algo así.

Le parecía increíble la capacidad que tenía esa mujer para sacarlo de quicio. Pero reconocía que tenía razón en parte. Se daba cuenta de que Deborah había pensando en ellos de esa manera, que creía que algún día se casarían. Había sido un estúpido al no darse cuenta antes. De haberlo sabido, habría sido más considerado al decirle que se iba a casar con Emmaline.

Para él, el hecho de que hubieran compartido algunos besos de vez en cuando no quería decir que fueran a casarse en el futuro, pero se daba cuenta entonces de que para Deborah podía haber significado algo más. Y, si era sincero consigo mismo, tenía que reconocer que lo más seguro era que hubieran acabado casándose si no hubiera aparecido en su vida la mujer que tenía delante, con todas sus complicaciones.

Pero había ocurrido y Emmaline había trastornado su vida por completo, aún estaba intentando hacerse a la idea.

El enfado por su intromisión se mezclaba en su interior con todas las emociones que ella conseguía provocarle. Esa confusión hizo que se acercara a Emmaline sin pensárselo dos veces.

Ella no tuvo tiempo de apartarse. Se plantó a su lado sin darle la oportunidad de echarse atrás y alargó las manos para abrazarla. Sabía que sus ojos reflejaban su deseo y el hecho de que ella intentara zafarse no hacía sino encenderlo más.

—¡Suéltame! —le ordenó ella, mientras colocaba las manos entre los dos y empujaba su torso para apartarse de él.

—Ni lo sueñes —gruñó él—. Has entrado en esta habitación para reclamar lo que consideras tuyo. No lo niegues, Emmaline. Sabías exactamente lo que hacías cuando entraste en la biblioteca hace un rato.

Ella lo miró con recelo. Abrió los puños y colocó las manos sobre su camisa. Había dejado de luchar, pero parecía querer mantener un mínimo espacio entre los cuerpos de los dos.

—No. Yo...

Parecía querer explicarse, pero se calló. Quizás porque se daba cuenta de que él tenía razón, que no debería haber intervenido en la conversación que tenía con Deborah en la biblioteca. Pero ya estaba hecho y era mejor no pensar en ello.

Sujetó sus hombros con fuerza. No podía dejar de mirarla a los ojos. Estaban llenos de una multitud de sensaciones que se extendían por su rostro. Después bajó la mirada y se fijó en su oscuro vestido, el mismo que Deborah acababa de mirar con desprecio antes de salir de la biblioteca.

Él la estaba mirando con descaro y vio cómo le dedicaba media sonrisa. Aflojó un poco las manos que sujetaban sus hombros y dejó que se deslizaran por sus brazos. La miraba con una ceja levantada, como si le sorprendiera que ella lo mirara desafiante.

Emmaline sintió una ola de calor recorriendo su cuerpo cuando Matt siguió observándola con detenimiento. Se detuvo en su rostro, en sus labios y más abajo, en las suaves curvas de su pecho. Ella lo miraba con la barbilla levantada, luchando por contenerse y no cruzar los brazos sobre su pecho para impedir que la mirara con tanto descaro. No estaba acostumbrada a que la trataran así.

Con cuidado y sin dejar de mirarla, bajó las manos

hasta su cintura. Después las deslizó hacia arriba, hasta sus costillas, justo por debajo de sus pechos. Segundos más tarde y llevado por lo que parecía una urgente necesidad, subió los pulgares hasta que rozaron las curvas inferiores de sus senos.

Ella notó cómo se ruborizaba al instante al sentir sus caricias en un lugar en el que nadie la había tocado hasta entonces, ni siquiera había sentido allí las miradas de ningún caballero. Su ofensiva conducta la había dejado atónita, pero tenía también que admitir que algo se estaba moviendo dentro de ella, que sus manos no la dejaban impasible.

Sintió un cosquilleo en la parte de su anatomía que él estaba tocando, una especie de necesidad imperiosa que la llevaba a soñar con que él siguiera acariciándola. Todo aquello le estaba afectando mucho, pero su sentido común y el hecho de que Delilah se hubiera encargado de su educación fueron más fuertes que sus deseos.

—No... —susurró.

No pudo ignorar su súplica. Levantó la mirada de mala gana y dejó de concentrarse en las curvas que lo tentaban para mirarle a la cara.

La ira que lo había inundado minutos antes de una manera tan intensa se fue con la misma rapidez con la que había llegado y no pudo evitar sentirse mal por lo que había hecho. Seguía convencido de que Emmaline se había merecido su reprimenda, pero también sabía que no debería haberse dejado llevar por su enfado para tocarla.

Apartó las manos como si su cuerpo le quemara y respiró profundamente antes de hablar de nuevo.

—Lo siento, Emmaline. No debería haberte tocado así —le dijo.
—No... —repuso ella sacudiendo la cabeza.

Algo mareada y sin poder recuperar la respiración, Emmaline se balanceó. El corazón le galopaba en el pecho. Él volvió a sujetarla por los hombros, esa vez para evitar que se cayera.

La miraba con seriedad, pero sus ojos aún contenían las emociones que lo habían llevado a acariciarla segundos antes. Emociones que Matt estaba intentando mantener a raya.

Ella rió de manera forzada y poco creíble. Lo miró con la cabeza inclinada.

—Bueno, creo que ya está hecho, ¿sabes? —le dijo ella con voz temblorosa.

—¿A qué te refieres? —murmuró Matt entre dientes.

—Sí, te has ido de la lengua. Le has dicho a la señorita Hopkins que vas a casarte conmigo. Si Arizona se parece en algo a Kentucky, estoy segura de que todo el pueblo va a saberlo antes de que anochezca. Seguro que es así, creo que la gente es igual en todas partes y nadie va a sentirse impasible ante una noticia como ésa.

—Puede ser —repuso él de mala gana.

Levantó la vista para mirarlo a los ojos.

—¿Vas a casarte conmigo? —preguntó ella con algo de inseguridad y con voz apenas audible.

Él asintió con la cabeza.

—¿Cuándo? —susurró entonces.

—Tan pronto como tenga todo listo —repuso él.

Emmaline lo miró con sorpresa y su boca formó un círculo que atrajo su atención. Matt miró sus labios y se inclinó sobre ella, como si no pudiera evitar dejarse llevar por la tentación de besarla una vez más.

Ella se estremeció y se preparó para el mismo tipo de asalto apasionado que había supuesto su primer beso, un par de días antes en el porche. Pero Matt consiguió sorprenderla de nuevo, besándola esa vez con una calidez y ternura inusitadas. Tomó su cabeza con las manos, sujetándola con suavidad mientras exploraba su boca con los labios. Emmaline cerró los ojos y dejó de respirar cuando Matt acarició su mejilla, después su sien y enterró la nariz en sus rizos.

No pudo evitar dejarse llevar por el placer que sus besos le ofrecían. Dudó sólo un segundo antes de relajarse entre sus brazos. Después, y con algo de inseguridad, llevó sus propias manos hasta sus fuertes hombros, agarrando con fuerza la tela de su camisa.

Matt la besaba con extrema delicadeza y parecía regocijarse en la suavidad de su boca, de su piel y de la curva de su garganta. Ella se encontraba perdida entre sus brazos y dejaba que su masculino aroma la envolviera y embriagara.

Él gimió triunfante cuando consiguió con su lengua que ella separara ligeramente los labios.

—Abre la boca para mí —le susurró con voz ronca y sensual.

Ella negó con la cabeza e intentó separarse de él, abrió los ojos atónita y avergonzada con la situación y lo que Matt acababa de pedirle. Él suspiró frustrado y se apartó de ella de mala gana. Pero sus ojos y su media sonrisa dejaban clara su satisfacción.

Observó victorioso a la mujer, acalorada y temblorosa, con la que iba a casarse.

Emmaline estaba marcada con su nombre, aún podía percibir en sus ojos el brillo de la pasión que había conseguido despertar en ella, a pesar de su evidente indignación. Respiró con calma para tranquilizarse y mantener bajo control la nueva ola de deseo que comenzaba a crecer de nuevo en su interior.

—Lo harás la próxima vez —le advirtió él con satisfacción.

Emmaline se apartó de él. Parecía muy confusa, pero también ofendida por sus palabras. Recuperó la compostura en pocos segundos y lo miró con la barbilla levantada.

—No cuentes con ello —repuso ella en un susurro—. No cuentes con ello, Gerrity.

Se dio la vuelta orgullosa y sus faldas lo rozaron al pasar a su lado para abandonar la biblioteca. Se quedó observándola hasta que desapareció de su vista.

Mantuvo la compostura hasta que llegó a su dormitorio y cerró la puerta. Fue entonces cuando Emmaline se derrumbó. Apoyada en la madera, se dejó deslizar por la pared hasta quedar sentada en el suelo. Inclinó la cabeza y se la cubrió con las manos. Sus dedos recorrieron sus labios y el resto de su cara, el mismo camino que acababa de hacer Matt con su boca. Aún le quemaba la piel donde la había besado.

—¡Delilah! —murmuró desesperada—. Nunca me hablaste de esto. ¡Nunca lo hiciste!

Cinco

Emmaline creía que Olivia Champion podría ser una mujer atractiva si no estuviera tan empeñada en parecer una típica maestra de escuela aburrida y gris. Vestía de manera muy sencilla y escrupulosa y llevaba el pelo peinado hacia atrás en un apretado moño.

Como un camaleón en medio de la arena del desierto, la señorita Olivia tenía la cualidad de formar parte de la atmósfera de esa casa sin llamar la atención. Sólo la había oído hablar un poco más mientras desayunaban, cuando Matt le preguntaba por el horario de clases que la niña iba a tener ese día. Parecía ser algo que acostumbraban a hacer cada mañana.

Observó la expresión en el rostro de la maestra mientras hablaba con Matt. Se dio cuenta de que sus rasgos se suavizaban cuando lo miraba, a pesar de que la mujer hacía todo lo posible por esconder sus sentimientos bajando tímidamente la cabeza.

Aquello le llamó poderosamente la atención. Le

gustaba conocer a la gente y el terreno que pisaba. Hablaban de lecciones y de libros de texto, pero las miradas y los cuidados movimientos de la maestra contaban una historia muy distinta.

—Hoy vamos a trabajar sobre todo con letras y números —le dijo Olivia con suavidad, mientras miraba a Matt—. He preparado una lección de Geografía para esta tarde, pero eso depende sobre todo de Theresa —añadió mientras la miraba a ella—. A veces se pone de mal humor después de comer y necesita tomarse un descanso.

Asintió con la cabeza y se esforzó por esconder una sonrisa.

—A mí me pasa a veces lo mismo —confesó—. Pero Theresa sólo tiene cinco años, señorita Champion —le dijo mientras miraba un momento a Matt como si quisiera obtener su aprobación—. ¿No estará imponiendo un ritmo demasiado elevado para su edad?

Olivia negó con la cabeza.

—No, no lo creo. El señor Gerrity quiere que su hermana no sea sólo capaz de leer y escribir, sino que aspira a darle la más alta educación. Quiere enviarla al este, a alguna universidad, cuando llegue el momento. Pero, por el momento, sólo estamos trabajando lo más básico. Está aprendiendo las letras y los números. Suelo también leerle libros de los autores clásicos, miramos juntas libros de otros países y le leo algunas cosas sobre esos lugares. Está aprendiendo algo de Historia y Geografía, pero a un nivel muy básico.

La maestra miró a la niña con preocupación, que miraba atónita a los adultos mientras hablaban de ella y de su educación.

Se dio cuenta de que la mujer era una maestra vocacional. En ella todo parecía estar calculado, no dejaba nada al azar ni se dejaba llevar por sus impulsos. Sólo cuando miraba de reojo a Matt. Miradas que él parecía ignorar en su totalidad.

—Estoy segura de que tiene todo muy bien organizado y sabe lo que está haciendo —murmuró Emmaline mientras concentraba su atención en el cuchillo de mantequilla que estaba usando en ese momento.

Matt levantó la vista y contempló desde el otro lado de la mesa a las dos mujeres. Las estaba escuchando, pero tampoco pudo evitar compararlas en su cabeza mientras atendía. No era una comparación justa. Le bastaba con mirarlas a las dos para que Olivia quedara en clara desventaja. La rizosa y vibrante cabellera de Emmaline enmarcaba su rostro y caía rebelde sobre su espalda. El pelo de la maestra, sin embargo, no llamaba la atención. Lo llevaba echado hacia atrás y enroscado en un apretado moño en la nuca. Lo único que tenían en común era su riguroso atuendo. El traje gris de Olivia sólo era un poco más claro que la seda negra que enfundaba las curvas de Emmaline.

No pudo evitar fruncir el ceño mientras contemplaba la larga hilera de botones que ceñían el corpiño de Emmaline y que terminaban en el alto cuello que escondía su garganta.

Apenas podía distinguir desde donde estaba unos pocos centímetros de su cuello y de la tersa piel que sus labios habían besado el día anterior.

—Quiero que dejes ya el luto, Emmaline —le dijo él mientras cortaba el filete que había en su plato.

—¿En serio? —repuso ella con tono desafiante.

—Sí, en serio —repitió él mientras la señalaba con

el tenedor—. Aquí no hay muchas posibilidades de que te encuentres con ningún miembro de la alta sociedad y, como ya te habrás dado cuenta, las reglas por las que guiabas tu conducta en Kentucky son innecesarias por aquí.

Lo miró sin poder contener el desdén en su voz.

—La gente civilizada no cambia su manera de comportarse sólo porque se encuentre en un sitio distinto —comentó Emmaline con educación.

Olivia Champion casi se atragantó al intentar terminar deprisa su desayuno. Después tomó la servilleta y se limpió rápidamente la boca.

—Si me disculpan... —comentó mientras se levantaba de la mesa—. Tengo que preparar las clases de Theresa.

Matt asintió con algo de rudeza, pero Emmaline respondió con cortesía.

—Por supuesto, señorita Champion. Nos vemos a la hora de la cena.

Él se quedó mirando cómo salía la mujer de la habitación.

—Ya llevas una semana aquí, Emmaline. ¿Qué te parece la señorita Champion? —le preguntó—. ¿Crees que es buena? ¿Que es apropiada para Tessie?

Emmaline levantó una ceja con sorpresa al oír sus preguntas.

—Pero, ¿cómo es que me preguntas eso? ¿Es que no comprobaste sus referencias y cartas de recomendación antes de contratarla? ¿Cuánto tiempo lleva aquí?

Él se encogió de hombros antes de contestar.

—Lleva unos tres o cuatro meses aquí. Más o menos desde el cumpleaños de Tessie. La contrató mi madre cuando decidió que ya tenía edad de empezar a estudiar. Lo hizo sin conocerla y a través de un anuncio en el periódico.

—Bueno, supongo que hace bien su trabajo, no sé. Parece que se lleva bien con la niña y está claro que a ti te admira mucho.

—¿A mí? ¿Qué tengo yo que ver con todo esto? —preguntó confuso, mientras terminaba su filete—. Creo que sólo estás intentando eludir la cuestión.

—¿Qué cuestión? —repuso ella mientras lo miraba con aparente desconcierto.

Hizo un gesto para señalar su atuendo.

—Esa cosa negra que llevas siempre puesta —murmuró él con desagrado.

Emmaline levantó orgullosa la cabeza y vio cómo le brillaban los ojos.

Matt parecía ignorar por completo que la maestra de su hermana se estaba encariñando con él, pero no se le había pasado por alto que ella sólo vestía de negro. Le ofendía en extremo que se atreviera a criticar abiertamente su indumentaria. Él masticaba con calma, parecía estar divirtiéndose con la conversación. Era como si disfrutara sacándola de quicio con cualquier pretexto.

—Esta cosa negra, como tú la has descrito, es un vestido hecho con exquisita seda importada desde Francia y cosida por el sastre más prestigioso de Lexington —anunció ella con dignidad.

—Bueno, sea como sea, no parece demasiado apropiado para un verano en Arizona —contestó él exagerando su acento.

—No estoy de acuerdo —replicó ella—. Si no me falla la memoria, ya hemos tenido antes esta conversación, y mi postura no ha cambiado desde entonces.

Tengo la intención de seguir con el luto durante al menos seis meses. Dadas las circunstancias de nuestro matrimonio, creo que eso será suficiente.

Matt empujó la silla hacia atrás y se puso en pie. Apoyó las manos sobre la pesada mesa de pino y se inclinó hacia ella para dar mayor énfasis a sus palabras.

—Dadas las circunstancias de nuestro matrimonio, insisto en que te quites ya el luto. Será mejor que mandes aviso a Kentucky para que te envíen ropa más adecuada. O haces eso o te llevaré hasta Forbes Junction para que busques algo entre la ropa de mujer que venden en el bazar del pueblo.

Sintió cómo se sonrojaba al escuchar sus palabras. Se contuvo para no decirle todo lo que se le estaba pasando por la cabeza. No entendía que él tuviera la desfachatez de estar hablándole así y de exigirle algo en esos términos.

—¿Me has entendido? —preguntó él acercándose más aún.

Luchó para no echarse atrás y poner más espacio entre los dos. No quería darle la satisfacción de que viera cuánto la estaba incomodando.

Pero no lo consiguió. Golpeó con sus puños la mesa de madera y se olvidó por completo de sus buenos modales. Él podía ser arrogante, pero ella también.

—¿Entender el qué? —preguntó ella entre dientes—. ¿Quién se cree que es para juzgar la ropa que llevo, señor Gerrity? No tiene ningún derecho sobre mí hasta que me ponga delante del pastor y diga las palabras adecuadas. ¡Ningún derecho y en ningún sentido!

Matt comprobó satisfecho que había conseguido sacarla de sus casillas. Contuvo una sonrisa triunfante al comprobar cómo le había hecho perder los papeles y olvidarse de su refinada educación por un momento. Decidió que, ya que había llegado tan lejos con ella, lo mejor que podía hacer era el terminar el trabajo.

Alargó una mano hacia ella, la deslizó entre su rizosa melena y atrajo la cabeza hacia él. A Emmaline le brillaron los ojos con ira al ver lo que estaba haciendo y comprobar que, una vez más, no había tenido tiempo de evitarlo. Pero lo que había en sus ojos azules no era miedo, sino orgullo y todo un desafío. Tenía la boca firmemente cerrada y la mandíbula tensa, parecía estar haciendo un esfuerzo sobrehumano por mantener el control de la situación. Se inclinó sobre ella y reclamó lo que creía suyo.

Se dio cuenta pronto de que no era el mejor de los besos. Ella apretaba los labios con fuerza y se mostró impasible y fría. Moldeó la boca de aquella mujer con sus propios labios. Le divertía la cabezonería de Emmaline y su fuerza de voluntad. Dejó de besarla un momento para mordisquear su labio inferior, lo hizo hasta que ella protestó.

Pero sus palabras no eran inteligibles. Aprovechó la confusión de Emmaline para proseguir con su ataque, esa vez lamiendo con su lengua sus sensuales y henchidos labios. Después, se separó de ella con la misma rapidez con la que la había tomado segundos antes.

La miró con media sonrisa burlona y triunfante.

—Tengo derecho, Emmaline —le dijo con suavidad—. Estoy a cargo del rancho. A cargo de todas las cosas y de toda la gente. Y sobre todo de mi querida y futura esposa. Estoy a cargo de ti y eso me da el derecho de preocuparme por tu bienestar.

Esperó pacientemente a que ella explotara, estaba

seguro de que le respondería furiosa, pero ella simplemente se quedó callada y lo miró con recelo.

Emmaline se pasó la lengua por el labio inferior mientras lo observaba. Matt no le había hecho daño, pero sí que había conseguido atraer su atención. Y mucho. No era la primera vez que la besaba, sino la tercera. La primera vez lo había hecho con mucho ímpetu, marcándola como si fuera su presa. La segunda vez había sido todo un despertar para ella. La había besado con ternura y cuidado, seduciéndola y consiguiendo remover en su ser un deseo que no había conocido hasta ese momento.

Esa vez, en cambio, había tomado posesión de su boca como si fuera parte de su propiedad, de manera arrogante e ignorando sus protestas. Había sujetado su cabeza con mano fuerte y segura para que no se moviera y la había besado con determinación, pero no le tenía miedo a él sino a las emociones que estaba consiguiendo despertar en su interior. Emociones que le resultaban completamente ajenas.

—Y, ¿qué pasa si declino su generosa oferta, señor Gerrity? ¿Qué pasa si elijo no comprar mi ropa en el bazar del pueblo? —le preguntó ella mientras se ponía también en pie y lo miraba desafiante.

Matt la miró con una sonrisa mientras recorría lentamente con sus ojos todo su cuerpo, desde la cabeza a los pies y concentrándose especialmente en sus curvas.

—Entonces, señorita Carruthers, me veré obligado a buscar algo que le sirva en el armario de María —repuso él con firmeza.

—¿En el armario de María? —repitió ella con incredulidad.

—Y necesitarás algún otro tipo de traje si esperas poder salir a montar a caballo conmigo —le dijo—. Tendremos que encontrar algo de ella que te sirva.

—No creo que sea posible —repuso ella—. No tenemos la misma talla ni la misma estatura.

Matt sonrió de nuevo, esa vez con más amabilidad. Sabía que sólo estaba riéndose de ella e intentando enfadarla de nuevo. Era imposible que tuviera la pretensión de que ella se pusiera la ropa de María. No podía haber dos mujeres más distintas que ellas dos.

—¿Firmamos la paz? —le ofreció Matt entonces, levantando la mano—. ¿Una especie de tregua? Tengo justo lo que necesitas.

Le sorprendía ver ese tipo de actitud en Matt Gerrity, no parecía un hombre acostumbrado a negociar, sino a salirse siempre con la suya. Le gustó ver cómo se rendía y decidió que podía permitirse ser generosa. Así que sonrió y se encogió de hombros.

—Vas a tener la oportunidad de demostrar lo que dijiste —le dijo él entonces mientras tomaba su manos entre las suyas—. Te proporcionaré un traje apropiado y después podremos ver cómo te manejas encima de un caballo de Arizona.

—¿De quién es? —preguntó mientras acariciaba el suave traje de cuero.

La falda de montar había sido colocada sobre su pálida colcha para que pudiera darle el visto bueno. El oscuro cuero contrastaba con el delicado encaje que cubría la cama. Estaba claro que no era de María. La cintura era estrecha y la falda larga. Una prenda tan delicada y bien hecha debía haber sido una de las más preciadas posesiones de alguna dama.

Volvió a acariciar con cuidado la suave piel.

Matt la observaba con gesto serio y circunspecto.

—Era de mi madre —le dijo después de un momento y con la voz cargada por la emoción.

Emmaline se enderezó y sujetó la falda contra su pecho con sumo cuidado.

—¡Vaya! Bueno, entonces quizás no debería...

Matt se encogió de hombros, quitándole importancia al asunto.

—Es una falda demasiado buena y delicada como para que se eche a perder y nadie la use —le dijo con seriedad—. No creo que le hubiera importado que te la pusieras.

Ella asintió con la cabeza, aceptando la prenda como regalo y él le sonrió.

—Gracias —le dijo ella—. Tendré mucho cuidado con ella.

La sonrisa de Matt se volvió entonces aún más amplia y sincera. Un cálido gesto que no dejó de sorprenderla y que le mostraba otro lado más de ese enigmático hombre. Era una cara amable a la que no estaba acostumbrada.

Pero el gesto que iluminaba su rostro se desvaneció tan rápidamente como había aparecido y el hombre que estaba delante de ella volvió a ser el taciturno vaquero con el que iba a casarse.

—Prepárate deprisa, Emmaline —le dijo—. Voy a mandar que ensillen un par de caballos.

Ella asintió y levantó la prenda para dejar que el suave cuero acariciara su mejilla. Observó a Matt mientras salía de su dormitorio.

No pudo ignorar el calor que su presencia allí le había provocado. No había podido dejar de mirarlo mientras hablaba. No había sido capaz de apartar sus ojos de sus pronunciados pómulos, su pelo oscuro, su fuerte mandíbula, los imponentes hombros y el resto de su cuerpo, igual de macizo y musculoso.

Matt cerró la puerta tras él y ella cerró los ojos un instante, intentando recordar y repetir en su mente la masculina imagen de ese hombre. Sus manos eran más fuertes de lo que podía esperarse de unos dedos largos y delicados. Recordó cómo la había levantado del suelo sin aparente esfuerzo y se le aceleró el pulso al rememorar los besos que le había dado en esos días. En el porche, la primera vez, la había besado con ímpetu, pero su inapropiado arrebato no había hecho que sintiera repulsión por él ni que intentara apartarse.

Abrió los ojos de repente. Todo aquello era muy confuso, no entendía nada de lo que estaba pasando. Hasta ese momento había vivido entre algodones. Había estado muy mimada y protegida por sus abuelos y no estaba en absoluto preparada para interpretar los sentimientos que la inundaban desde que llegara al rancho.

Matt acababa de darle la falda de montar que había usado su madre. Le parecía increíble. Sacudió la cabeza con confusión y volvió a inhalar el aroma del cuero.

Y ése era el mismo hombre que no se cansaba de llevarle la contraria cada vez que ella protestaba cuando le decía cómo tenía que vestirse y lo que tenía que hacer. Se mordió el labio pensativa y sacudió de nuevo la cabeza.

—No alcanzo a comprenderte, Matthew Gerrity —susurró en medio de la vacía alcoba.

Desde allí podía oír las pisadas de sus botas de montar en el pasillo.

—¡Tienes diez minutos, Emmaline! —le recordó él desde el otro lado de la casa.

—Mandón... —gruñó ella.

Suspiró y fue hasta el armario para buscar una blusa que pudiera servirle para montar a caballo con Matt.

La subió a un pequeño y robusto poni con poderosas caderas. Estaba seguro de que la silla era distinta a las que estaba acostumbrada a montar. Ésa tenía respaldo en la parte posterior y un saliente para agarrarse en la parte delantera. Emmaline sujetó las riendas siguiendo las instrucciones de Matt, las dos en la misma mano y tirando de ellas a la vez para dirigir al caballo.

—No estabas acostumbrada a algo así, ¿verdad? —le preguntó Matt.

La miraba con las manos en jarras y un gesto divertido. Había disfrutado mucho de todo el proceso, ayudándola a montar el animal y observando cómo se manejaba encima del mismo.

Había sujetado su pie izquierdo en la palma de la mano y la había alzado sin problemas, con una mano en su cintura.

No había conseguido encontrarle botas de montar de su talla. Las de su madre eran demasiado grandes, así que había tenido que rellenar la punta con algo de algodón para que pudiera llevarlas con comodidad y de manera más segura.

—No es la primera vez que monto a horcajadas —le dijo ella—. Pero allí tomamos las riendas con las dos manos.

Emmaline se agarró al saliente de la silla de montar y se movió encima de ella para encontrar la posición más cómoda y que le permitiera también llevar el control del caballo.

Emmaline dedicó un momento para mirar al cielo y rezar para que no le pasara nada a lomos de ese caballo, al menos no el primer día. No pudo evitar imaginarse la humillación que le supondría caerse del caballo enfrente de Matt. Tampoco quería ni pensar en la posibilidad de que perdiera el control del animal. Sujetó las riendas con toda la fuerza que pudo reunir para que nada de eso pasara. El caballo se movía inquieto, parecía estar notando lo nerviosa que estaba su jinete.

—¡Afloja un poco las riendas! —le ordenó Matt con impaciencia.

—¡Ya lo estoy haciendo!

Intentó calmar al animal, que se arrimaba peligrosamente a la puerta del picadero. Se dio cuenta de que estaba enfrentándose a su primera prueba a lomos del caballo.

Hizo que se volviera ejerciendo una presión constante y suave en las riendas y tranquilizándolo con palabras. Dejó después que caminara más deprisa y automáticamente saltó de la silla al ritmo de su trote.

—¡No, así no! —le gritó Matt—. No puedes hacer eso con un poni. Déjate llevar simplemente por el trote, mantén tu trasero en la silla y acostúmbrate al movimiento. Si no lo haces, acabarás necesitando linimento en esa parte —le advirtió mientras iba hasta su lado.

Ella lo miró con toda la dignidad que pudo reunir a pesar de estar sufriendo bastante con el brusco paseo.

—Ya me gustaría a mí verte subido a uno de nuestros caballos de caza. No creo que pudieras con ellos.

—Nunca me verás subido encima de una de esas cosas que en el este llamáis sillas de montar. Para nosotros, esto no es un deporte ni una afición. Los caballos son en el oeste una herramienta de trabajo, no una diversión.

—No, está claro que esta tortura no puede ser una diversión —le dijo ella.

Pero poco a poco fue haciéndose al ritmo del caballo, se sintió más cómoda en la profunda silla y se acostumbró a su paso. Alargó la mano para acariciar las crines del caballo que flotaban sobre su oscuro cuello.

—¿Tiene nombre? —le preguntó.

Él se encogió de hombros.

—Creo que Claude lo llama Chocolate.

Se quedó perpleja al oírlo.

—¿Chocolate? —repitió con incredulidad—. ¿De verdad llamáis Chocolate a un caballo?

—La verdad es que yo no lo llamo de ninguna manera. ¿Por qué te extraña? ¿Cómo lo llamarías si fuera un caballo de Kentucky?

—Todos nuestros caballos tienen los nombres con los que han sido registrados. Pero normalmente acortamos el nombre para dirigirnos a ellos. Mi yegua se llama Rawlings Sweet Fancy, pero la llamo Fancy.

—Bueno, pues hoy estás montando un poni que ha sido criado para cuidar del ganado —repuso él con tono burlón, mientras azuzaba su caballo para que subiera una suave colina.

Ella lo siguió y contempló el horizonte desde donde estaban. El terreno era casi llano, con algunas colinas bajas de vez en cuando y poca vegetación, sobre todo arbustos. Allí estaban pastando los potros y las yeguas. Los potros no paraban de moverse y jugar. Corrían de un lado para otro y daban coces en el aire. Era una delicia verlos disfrutar bajo el sol y con sus madres vigilándolos de cerca.

—Vamos a trabajar con estos potros más tarde, si quieres venir a ver lo que hacemos... —le sugirió él al ver cómo observaba a los animales.

Se dio cuenta de que ella estaba cambiando delante de sus ojos, relajándose mientras contemplaba a los potros saltando y jugando en los pastos. No pudo evitar sonreír. La frialdad y seguridad que esa mujer había mostrado desde el comienzo del paseo empezaba a desaparecer y podía atisbar la calidez que guardaba en su interior.

—Me gustaría mucho. He ayudado a cuidar de los potros en el este —le dijo de manera relajada.

Su tímida sonrisa se amplió cuando un potro especialmente aventurero captó su atención en ese momento.

—Mira a ése —le dijo mientras reía.

El inquieto potro de pelo gris había calculado mal la distancia y había quedado con las patas abiertas sobre la hierba después de dar un salto en el aire. La criatura movía la cabeza con incredulidad, como si no pudiera entender qué acababa de pasar.

Sus caballos habían disminuido el ritmo mientras observaban a los otros animales y ahora caminaban despacio el uno al lado del otro. Ya no había tanta tensión entre ellos como al comienzo del paseo.

—Gracias por prestarme la falda —le dijo ella después de estar un rato en silencio.

—No hay de qué —contestó Matt con algo de

frialdad—. Mi madre era una mujer generosa, a ella no le habría importado.

—Háblame de ella —le pidió ella.

Sabía que corría el peligro de que Matt se negara a hacerlo. No le parecía el tipo de hombre que se abriera con facilidad y confiara en la gente sin más.

Pero la sorprendió de nuevo. Echó su sombrero hacia atrás y apoyó una mano en el muslo para descansar.

—Ella creció aquí, era nativa de estas tierras. Su padre era un guerrero en una tribu de esta zona. Se quedó prendado de una mujer blanca y se casó con ella. Así que mi madre era mestiza y no era querida ni entre indios ni entre blancos. Eso hacía que nadie la pretendiera, pero era una mujer muy bella —le dijo con ternura en la voz—. Así que Jack Gerrity llegó a estas tierras y se la llevó con él. Era muy joven cuando nací yo, sólo tenía dieciséis años. Y era demasiado inocente como para darse cuenta de la verdadera naturaleza de ese irlandés —añadió con una mueca de desagrado—. Él era el encargado de un rancho bastante grande que hay a unos setenta kilómetros al norte de este. Vivíamos en la caseta del capataz del rancho y mi madre se encargaba de lavar la colada de los propietarios —se detuvo un momento para mirarla con desazón—. ¿Estás segura de que quieres oír todo esto? —le preguntó de repente.

Ella asintió, casi le daba miedo hablar, no quería romper el hechizo del momento. Quería que él continuase con su historia.

Matt se encogió de hombros.

—Bueno, el caso es que Jack Gerrity no era un

buen hombre —prosiguió él con el ceño fruncido—. Un día, cuando yo tenía unos cinco años, se emborrachó en la taberna del pueblo con el resto de los jornaleros y se gastó allí toda la paga.

Dejó de hablar para azuzar al caballo y comenzar a andar más deprisa.

Ella lo miró con impaciencia y tiró de las riendas para seguirle el ritmo.

—¿Qué pasó entonces? —preguntó ella después de un rato en silencio.

—No volvimos a verlo vivo —respondió Matt—. Se bebió y jugó todo el dinero. Murió cuando cayó de su manga el as que tenía allí escondido.

—Pero, ¿de qué murió?

—Lo mató el tipo con el que estaba jugando. La gente no suele soportar demasiado bien que alguien haga trampas cuando se juegan dinero al póquer —explicó él con ironía.

Su corazón comenzó a latir con rapidez cuando se imaginó en la cabeza cómo se habría desarrollado la sangrienta escena.

—¿Qué hizo entonces tu madre? —preguntó con curiosidad.

Le apenó pensar en la pobre mujer. Joven, viuda y con un niño pequeño al que cuidar.

—Tuvimos que dejar la cabaña cuando el propietario del rancho contrató a un nuevo capataz. Mi madre consiguió un trabajo como cocinera en otro rancho.

—¿Qué edad tenías entonces?

—Lo bastante mayor como para darme cuenta de que era mejor esconderse cuando el propietario del rancho se emborrachaba —repuso con una mueca de dolor—. Un día, mi madre me metió a mí y todas nuestras cosas en un carromato y nos fuimos de allí. Tu padre nos encontró en la carretera y nos llevó a su casa. Cuando el propietario del rancho dio con nosotros, tu padre le dijo que saliera de allí. Le pagó por el carromato y el caballo que mi madre había tomado y le echó de su casa.

—¿Se casaron entonces? —preguntó ella con voz suave.

—No, ella estuvo cocinando y limpiando la casa hasta que tu padre se enteró de la noticia de la muerte de tu madre, hace sólo diez años —explicó Matt mientras la miraba con ojos fríos—. Él estaba convencido de que volverías entonces con él.

—Sólo tenía doce años —le dijo ella para defenderse—. Mis abuelos se quedaron destrozados con la muerte de mi madre y yo era todo lo que tenían, no podía dejarlos solos —añadió, levantando la cabeza desafiante—. Y, si quieres que te sea sincera, no quería venir con mi padre. Él nunca había demostrado ningún tipo de interés por mí.

Él la miró con el ceño fruncido.

—Los dos sabemos que eso no es verdad. Recuerdo todas las cartas que te enviaba. Lo hizo durante años hasta que, después de ver que no ibas a contestarle nunca, acabó renunciando a seguir intentándolo.

No era la primera vez que le hablaban de esas cartas desde que llegara a Arizona. María le había contado la misma historia y estaba segura de que la mujer había sido sincera. Estaban consiguiendo que empezara a llenarse de dudas, pero no podía admitir lo que le decían, había estado enfadada con su padre toda la vida y no podía cambiar de parecer y aceptar que su madre o sus abuelos le habían ocultado las misivas.

—Está claro que él formó otra familia aquí —le dijo ella con la voz cargada de dolor—. Arnetta y tú conseguisteis que tuviera una familia, no necesitaba una hija. No me necesitaba.

Sentía envidia por la familia que ellos habían sido.

—Te equivocas —replicó Matt con firmeza—. Él se sentía fatal cada vez que sus cartas regresaban a casa sin que hubieran sido abiertas. Al final, dejó de mandarlas.

Se quedó callada, reflexionando sobre lo que acababa de decirle. Sentía la tentación de decirle que no sabía nada de ellas, que nunca habían llegado a sus manos, pero lo último que quería hacer era traicionar a sus abuelos.

Aun así, no pudo evitar pensar en esas cartas. Notas que su padre le había escrito y que habían sido devueltas al destinatario sin ser siquiera abiertas.

Se daba cuenta de que era demasiado tarde para lamentarse por todo aquello, pero no pudo evitar que los ojos se le llenaran de lágrimas. Luchó para contenerlas y que Matt no la viera llorar. Pensaba que si de verdad su padre hubiera querido recuperarla, habría ido a buscarla a Kentucky.

Respiró profundamente para calmarse y ahuyentar las lágrimas. Siguió el camino con la vista perdida en el suelo.

—¿Qué querías mostrarme? —le preguntó Emmaline de repente, para cambiar de tema—. Me imagino que esta excursión tendrá alguna motivación.

La miró de reojo y frunció el ceño. Ella parecía impasible y fría, como si no le importara lo que acababa de contarle. Decidió que algún día, costase lo que le costase, conseguiría que ella lo escuchase. Creía que ella estaba siendo muy injusta con su padre y que tenía que hacerle entender que las cosas no habían sido como ella pensaba.

—Pensé que te gustaría echar un vistazo a los pastos que rodean el rancho y que después podríamos subir a la colina más alta para divisar el paisaje. Desde allí se ve el río que fluye al este, los pastos de verano, hasta donde van los caballos para pastar.

—¿Los dejáis ir hasta allí?

—Sí, reunimos gran parte de la manada y los llevamos hacia el norte, donde en verano hay más pasto para que se alimenten. Enviamos a un par de hombres con ellos para que los vigilen y atiendan durante esos meses. Viven en una cabaña de madera y procuran que no se acerquen los pumas y que no les pase nada a los caballos.

—¿Y qué pasa con los jóvenes? ¿También los lleváis hasta allí?

Él asintió.

—A todos, menos a los potros que están aún mamando y a los que dejamos aquí para domarlos y poder montarlos. El resto los vendemos según vamos necesitando.

—¿A quién?

—A cualquiera. Algunos viajan al norte, otros se los vendemos al ejército. La mayor parte del beneficio lo conseguimos de los que rompemos y después vendemos a otros rancheros y a gente del este.

—¿Cómo que los rompéis? —preguntó ella con extrañeza por el término.

—Bueno, dama del este, ¿cómo llamáis vosotros allí a conseguir que un caballo sea lo suficientemente manso y obediente como para dejar que te montes sobre él? —le dijo con sonrisa burlona.

—Desde luego no me imagino rompiendo un caballo —replicó ella algo ofendida—. En Kentucky acostumbramos a entrenarlos y domarlos desde que son potros de sólo días. Para cuando están listos para ser montados, ya están acostumbrados a estar en contacto con las personas y son bastante mansos.

—Supongo que sabes mucho del oficio, ¿no? —preguntó él riendo.

La observó mientras cabalgaba. Seguía con facilidad el trote del caballo y tenía que reconocer que se manejaba bien a lomos del animal.

—Siempre me gustó observar a los domadores y entrenadores de caballos. Desde niña —repuso ella con una sonrisa melancólica—. Solía escaparme a las cuadras siempre que podía. Y cuando me hice algo mayor, el jefe de doma, Doc Whitman, me dejó que los ayudara.

—Seguro que tu madre no tenía ni idea de lo que estabas haciendo —repuso él.

—No —respondió ella poniéndose seria de repente—. ¿Falta mucho? —le preguntó para cambiar de tema.

—Un poco.

El terreno iba ascendiendo poco a poco y su poni caminaba sin que tuviera que indicarle por dónde ir, era como si se supiese el camino. Seguía a Matt a pocos metros de él. Empezaba a reconocer el sentido del respaldo que tenía esa silla de montar, hacía que fuera mucho más cómoda. Observaba el paisaje de vez en cuando, pero su vista siempre volvía a Matt. Llevaba la espalda muy enderezada y los hombros echados hacia atrás, parecía orgulloso de las tierras que estaban atravesando y de las que tenía que encargarse por deseo de su padrastro.

La colina más alta apareció de pronto delante de ellos. Podía sentir el calor y el sol de media mañana atravesando la blusa que se había puesto para montar. Agradecía la ligera brisa que la mantenía algo fresca. Matt le había dejado un sombrero cuando salieron a montar, pero ella no se lo había puesto, sino que había dejado que colgara sobre su espalda.

Pero los intensos rayos del sol le hicieron cambiar de opinión y se lo puso.

—Seguro que mañana amaneces con la nariz quemada por el sol —le dijo él mientras la miraba por encima del hombro—. Ya es tarde para que intentes evitarlo poniéndote el sombrero, ¿sabes?

—Nunca me ha preocupado tener la piel blanca —replicó ella arrugando la nariz y acariciándola con la mano—. Pero me temo que esta vez has acertado, ya la noto algo sensible.

—Estoy seguro de que de pequeña fuiste una niña difícil —le dijo él mirándola de nuevo.

—Así fue, pero mejoré mucho cuando maduré —repuso ella con humor.

—Sí, seguro que sí —contestó él con una mueca.

Sus caballos siguieron por un estrecho camino hasta la cima de la colina. Iban en fila india y avanzaban deprisa. Ella lo seguía hasta que llegaron a la parte más alta, donde el terreno era más nivelado. Allí los caballos trotaron alegremente.

Segundos más tarde, Matt tiró de las riendas para parar a su caballo, levantando una importante nube de polvo. Levantó la mano para indicarle que se detuviera a su lado.

—Mira allí abajo —le indicó mientras señalaba el paisaje.

Estaban frente a un valle que llegaba hasta un profundo cañón. Éste se abría entre dos abruptas montañas. Un río bajaba desde una de las montañas más altas y cruzaba el valle.

—¿Es éste el comienzo de la zona de montaña? —le preguntó a Matt, mientras intentaba vislumbrar más allá del cañón.

—Bueno, esto son sólo colinas, las montañas están más al norte, donde empieza el río. Suele secarse en el valle en las épocas de sequía, pero en el norte fluye todo el año. A esa zona es a donde enviamos los caballos.

—Es desolador, ¿verdad? —comentó ella mientras miraba el horizonte.

No había ninguna criatura ni movimiento en toda la amplitud del valle.

—Eso piensan algunas personas.

—¿Tú no? —preguntó ella con curiosidad.

Matt negó con la cabeza y tiró de las riendas de su caballo para hacerlo girar.

—Es hora de volver. A María se le va a enfriar la cena antes de que volvamos a la casa —le dijo él con brusquedad.

Y así se desvaneció. Con la misma rapidez con la que había surgido el momento de complicidad entre los dos.

Él azuzó el caballo para hacerlo trotar.

—¿Podrás mantener mi ritmo? —le preguntó él mirándola de reojo.

—Ponme a prueba —replicó ella con orgullo, mientras tiraba con fuerza de las riendas de su caballo.

—Cualquier día de estos, damisela de ciudad —repuso él exagerando su acento—. Cualquier día de estos te tomaré la palabra.

Seis

Los cuartos traseros del caballo brillaban bajo el sol del mediodía como si fueran de caoba y con cada pasada del cepillo conseguía que relucieran más. Emmaline se dio cuenta de que aquél era un trabajo muy grato. Le gustaba ver el polvo y los pelos que se desprendían cada vez que lo cepillaba. Estaba quedando muy limpio. Le gustaba encargarse de los caballos.

El sonido de las yeguas y los potros y el aroma del heno y la piel le traían recuerdos del pasado, de una infancia vivida entre establos y que no podía evitar añorar.

Su amor por los caballos había sido lo que había impedido que su infancia fuera desgraciada. Su madre apenas se ocupaba de ella, la tenía casi abandonada y no salía con frecuencia del oscuro dormitorio. Y sus abuelos eran personas estrictas que se guiaban siempre por las reglas de comportamiento de la alta sociedad. Habían pasado años intentando modelar a su díscola nieta según esas rigurosas normas.

Siempre se había sentido fuera de lugar en la impresionante mansión neoclásica de sus abuelos, donde recibían a los invitados bajo el elegante pórtico. Ella había tenido también alguna vez que dar allí la bienvenida a los ciudadanos más destacados y adinerados de la ciudad. Recibiéndolos siempre con las palabras adecuadas y una sonrisa helada en el rostro. Todo por mantener el prestigio de su familia. Desde la muerte de su madre, se había pasado diez largos años intentando convertirse en lo que sus abuelos esperaban de ella y poder hacerse un hueco en los ambientes de la alta sociedad de Kentucky.

Pensó en su pasado. Se había esforzado mucho por seguir siempre las normas, ser educada y elegante, pero siempre lo había hecho en contra de su voluntad.

Las horas pasadas con los caballos en las cuadras habían sido su única escapatoria, los únicos momentos de felicidad.

Levantó la cabeza y miró a su alrededor. El picadero y los establos eran muy amplios y estaban rodeados de pastos que eran aún verdes, gracias sin duda a las últimas lluvias de la primavera. Se detuvo a admirar entonces la casa de adobe, parecía pertenecer a la tierra, era del mismo color y estaba perfectamente integrada en el entorno. Sus paredes eran gruesas y los techos altos. Estaba construida para retener en su interior las temperaturas más bajas de la noche durante las horas del día. Era un sitio en el que empezaba a sentirse a gusto, esa casa le había dado la bienvenida de algún modo.

Y la gente que vivía en ella había comenzado a tratarla como si estuviera en su casa. No pudo evitar sonreír al pensar en su hermana pequeña, la niña que había ido a buscar a ese sitio para llevársela de vuelta a Kentucky.

Ese mismo día, Theresa había estado practicando con la comba un buen rato antes de desayunar. Ella había estado diciéndole cómo hacerlo y la había animado sin parar. El momento había terminado con un primer intento de abrazo por parte de la niña. No había sido un abrazo de verdad, más bien un simple acercamiento un poco frío, pero había sido suficiente como para alegrarle el día. Después, Theresa se había ido corriendo de su lado para entrar a tomarse el desayuno.

—¿Qué haces aquí tan temprano? ¿Haciendo algo de ejercicio? —le había preguntado Matt apareciendo de improviso a su lado.

Se preguntó si la habría visto turnándose con la pequeña para saltar con la comba mientras le mostraba cómo hacerlo.

Se había girado para mirarlo. Sentía que su cara estaba ruborizada y le costaba respirar. Le había molestado mucho que la sorprendiera con la guardia baja, así que se había disculpado rápidamente para irse corriendo de allí. Había estado segura de que los saltos habrían conseguido despeinarla y hacer que su aspecto general fuera el menos adecuado para una señorita.

Había pasado algunos minutos frente al espejo de su dormitorio para acicalarse antes del desayuno. Se había limpiado la cara con agua caliente y una toalla. También se había cepillado la melena y colocado un lazo a juego con el vestido.

A la mesa, Matt había sido de nuevo el hombre a cargo de todo y todos. Le había preguntado a Olivia sobre las clases de ese día y había vigilado a Tessie para que se terminara el desayuno. Parecía no quedar nada del hombre que había bromeado con ella esa mañana después de que estuviera saltando a la comba, pero cuando se levantó de la mesa, la miró de una manera tan cálida que no pudo evitar estremecerse y guardar ese momento en su corazón.

Siguió cepillando los lomos del caballo mientras recordaba ese instante. Le hubiera encantado saber por qué Matt, que había estado tan serio durante el desayuno, se había relajado un poco al mirarla. Había notado un brillo especial en sus ojos, como si estuviera intentando esconder alguna emoción en su interior.

El caballo, encantado con la atención que ella le procuraba, se acercó más a ella y la miró con sus grandes ojos de color marrón.

—Está mimando mucho a Chocolate, señorita Emmaline —le dijo Claude desde la puerta del establo, mientras la observaba—. Ese caballo nunca había vivido tan bien.

Sonrió al escuchar sus palabras. Le caía bien ese hombre y sus bromas. Ese día estaba de buen humor, sobre todo pensando en el paseo que iba a darse a lomos de ese caballo.

—Me gusta cuidar de él —contestó ella mientras terminaba un lado y se movía hasta el otro lado del caballo.

Acarició con afecto el aterciopelado hocico del animal.

—Bueno, nunca ha tenido tanta atención y está encantado con usted —insistió el hombre.

Ella colocó una manta sobre el caballo. Después levantó la pesada silla de montar y se la puso encima con cuidado, pero no le quedó bien, no estaba satisfecha con su trabajo. La que solía usar en Kentucky era mucho más ligera y fácil de manejar.

—Deje que la ayude con eso —le dijo Claude mientras se acercaba hasta donde estaba ella para echarle una mano.

Agarró la pesada silla entre sus manos.

Ella se la dio aliviada y se secó las manos en la falda de montar. No dejaba de sorprenderle la suavidad de esa prenda de cuero. La miró una vez más. Se había convertido en un regalo de gran valor para ella y apreciaba mucho el gesto que Matt había tenido al dejársela usar. Se sonrojó al pensar en ello y en los momentos que había compartido con él ese día.

Esa mañana iba a salir a montar ella sola, pero les había prometido a todos a la hora del desayuno que no iba a alejarse mucho de la casa ni de las cuadras. Matt iba a estar trabajando allí con los caballos y no tenía tiempo para montar con ella. Observó a Claude mientras ataba las cinchas de la silla y las riendas.

El caballo estaba listo para ella.

Tomó las bridas con la mano y tiró de él hasta acercarlo a un cajón que Claude había colocado allí para ayudarla a subir al caballo. Podía hacerlo sin necesidad del taburete, pero le había enternecido mucho el gesto del hombre y sabía que apreciaría mucho que lo usara para subirse. Le sonrió una vez más desde allí para darle las gracias. Colocó su pie izquierdo en el estribo y le habló con suavidad al caballo para que se tranquilizara. Elevó entonces la pierna derecha por encima y tomó con fuerza las riendas.

El poni sacudió con fuerza la cabeza y resopló como si se hubiera vuelto loco. Pateó el suelo con sus cuartos traseros, resopló y, después, hizo un movimiento que la pilló por sorpresa. Sólo le dio tiempo a agarrar las riendas y el asidero de la silla con fuerza. El caballo saltó encabritado, parecía fuera de sí.

—¡Eh! ¡Eh! ¡Tranquilo, Chocolate! —le gritó Claude mientras observaba asustado cómo Emmaline intentaba controlar al caballo.

Tres hombres llegaron corriendo a su lado. Matt Gerrity iba a la cabeza de ellos. Andaba dando grandes zancadas y con sus ojos fijos en lo que estaba pasando.

Tenía que reconocer con admiración que Emmaline parecía estar aguantando bien encima del caballo. Pero el movimiento loco de las riendas parecía estar azuzando aún más al caballo, que parecía querer liberarse del peso que llevaba encima fuera como fuera. Volvió a saltar en el aire y esa vez se torció bastante al volver a plantar las patas en el suelo.

Aquello fue demasiado. Ella salió volando y él se apresuró a meterse entre el caballo y la mujer. Fue a donde había caído y la tomó rápidamente en sus brazos mientras los otros hombres intentaban sujetar al caballo. Chocolate los miraba aún resoplando y temblando, poco a poco fue recuperando la calma.

—¿Qué demonios ha pasado? —les gritó Matt furioso.

Miraba al caballo a una distancia prudencial y sujetando en sus brazos el cuerpo inerte de Emmaline.

Claude sacudió la cabeza. Observaba la escena con la misma perplejidad de todos.

—No tengo ni idea, jefe. El caballo estaba bien hace sólo un minuto. La señorita Emmaline estuvo mimándolo un poco, preparándolo para el paseo y Chocolate parecía encantado con ella. Después, yo mismo coloqué la silla y apreté las cinchas para que fuera muy segura. La señorita se subió al cajón y se montó. Todo fue igual que ayer y el día anterior.

—Bueno, está claro que algo ha pasado hoy —intervino él con un gruñido—. Y será mejor que lo averigües.

Se giró y fue hasta la casa. Los hombres se quedaron mirándolo.

—¿Creéis que se pondrá bien? —preguntó a los otros el que sujetaba las riendas de Chocolate con firmeza.

Claude se encogió de hombros.

—¿Quién sabe, Tucker? La verdad es que se ha dado un buen golpe. Me ha dado la impresión de que se ha quedado inconsciente...

Earl, otro de los ayudantes, estaba concentrado en la tarea de quitarle las cinchas y la silla al animal.

—Vamos a secar a Chocolate —les dijo—. Y lo miraremos bien a ver si descubrimos qué demonios le pasa.

—¿Son estas las bridas de Chocolate? —preguntó Tucker mientras las recogía del suelo.

Sin esperar una respuesta, se las puso al animal para asegurarse de que le quedaban bien y todo estaba correcto. Después se las volvió a quitar.

Claude observó a Earl quitándole la silla de montar y metiéndola en la cuadra. Sacudía la cabeza sin poder creerse lo que había pasado.

—No entiendo nada —murmuró mientras observaba a Matt entrando en la casa—. No sé qué ha podido ocurrir.

Acarició al caballo. Estaba tan tranquilo como siempre. No tenía nada que ver con el encabritado animal de unos segundos antes.

—Se va a poner bien, señor Matthew —dijo la mujer con seguridad y en voz baja.

Emmaline pudo oír sus palabras a través de la nube de dolor en la que se hallaba sumergida.

Se dio cuenta de que era María la que hablaba.
—María —la llamó.
Intentaba hablar con tono normal, pero el sonido que salió de sus labios apenas fue un susurro. Sintió cómo dos cabezas se aproximaban a ella y Matt tomó su mano entre las de él. Giró la cabeza para mirarlo y abrió un segundo los ojos.
—¿Emmaline? —la llamó él.
Se sentó a su lado en la cama sin soltarle la mano. La tomaba con mucho cuidado, como si fuera de porcelana y con el pulgar le acariciaba la muñeca. Con la otra mano le apartó el pelo de la cara.

Su frente estaba manchada de sangre y ya se había formado allí un bulto. Se le encogió el corazón al darse cuenta de que ella era más vulnerable de lo que parecía. No podía evitar pensar en lo que había pasado y en que el accidente podría haber sido mortal.
Habría perdido a Emmaline antes incluso de que hubiera podido llegar a conocerla, antes de que hubiera podido hacerla completamente suya.
Le sorprendió sentirse así. Había llevado siempre una existencia solitaria y nunca había dejado que nadie le afectara tanto.
Había habido otras mujeres en su vida, pero ellas no habían significado nada, sólo habían sido una diversión, un egoísta entretenimiento. Pero no quería pensar en ellas. Aquéllos no habían sido más que encuentros fortuitos, pero eso se había acabado con la llegada de esa mujer. Emmaline lo había cambiado todo. Había llegado allí y había desbaratado por completo sus planes de futuro.
En sentido estricto, había sido el viejo Carruthers,

su padrastro, el que estaba dictando el futuro conjunto de los dos con las exigencias de su testamento. Pero, mientras contemplaba a la mujer que yacía inerte en la cama y con la que había decidido casarse, nada de eso le importaba ya. Lo único que le importaba entonces era protegerla para que no pudiera volver a pasarle nada parecido.

Se inclinó sobre ella y volvió a susurrar su nombre.

—Sí...

Sólo podía susurrar. Intentó abrir de nuevo los ojos, pero los párpados le pesaban como si fueran de plomo. No podía hacerlo, la cabeza le dolía demasiado y la luz que entraba por la ventana intensificaba la sensación.

—La cabeza... Duele... —intentó ella mientras se levantaba la mano que tenía libre para tocarse la herida.

—He enviado a alguien al pueblo para que traiga al doctor —le dijo Matt mientras extendía la mano sobre su dolorida frente.

—Estoy bien —repuso ella.

Intentó moverse para cerciorarse de que la cabeza era lo único que tenía mal. Las piernas y los pies parecían estar bien. Sabía que le costaría andar de nuevo, quizá cojeara durante unos días. Y estaba segura de que todo el cuerpo tendría moretones y dolores durante algún tiempo, pero el dolor que de verdad le preocupaba y molestaba era el de su cabeza.

—No te muevas, Emmaline.

Le hablaba con suavidad, pero era una orden.

—No puedo, me duele —murmuró mientras cerraba de nuevo los ojos.

Matt le soltó la mano de repente y ella movió los doloridos dedos un par de veces, como si añorase ya su mano. Sintió entonces cómo él deslizaba las manos bajo su nuca y comenzaba a acariciarle con cuidado el cráneo, buscando sin duda alguna otra contusión que se pudiera haber producido con la caída.

No pudo evitar gemir cuando llegó a un punto que parecía haberse inflamado. Era justo encima de su oreja.

—Ahí, ahí... Me duele...

—Sí, aquí te has dado un buen golpe, cariño —le dijo él.

Se acercó más a ella y apartó con cuidado el pelo.

—En la piel hay un rasguño, pero este bulto no está sangrando.

—Estoy bien, sólo necesito descansar —contestó ella con algo de dificultad para hablar.

—Tenemos que lavarla y ponerle el camisón para que el médico pueda examinarla cuando venga —dijo María.

—No —murmuró ella—. Dejadme descansar y despertadme para la cena.

Le costaba mucho hablar, el dolor era casi insoportable.

—De eso nada —gruñó Matt entre dientes.

Se acercó hasta que sus labios quedaron al lado de su oído.

—No quiero discutir contigo, ¿de acuerdo? Deja que María te ayude a cambiarte y sé una niña buena o tendré que quedarme en el dormitorio y hacerlo yo mismo —le dijo él con tono amenazante.

Entreabrió con dificultad los ojos sólo para poder fulminarlo con la mirada. Después, con un suspiró de resignación, se relajó entre las manos de Matt. Aunque sólo fuera esa vez y durante unos segundos, lo más fácil era dejar que él se hiciera cargo de todo. Decidió rendirse.

—Sólo necesito una siesta —insistió ella.

Oyó cómo él reía su testarudo comentario, pero tenía tanto sueño que no pudo abrir los ojos para mirarlo.

—¿Qué es lo que ha pasado, señor Matthew?

—No estoy seguro. Chocolate se encabritó y la tiró cuando Emmaline acababa de montarlo. Parecía un caballo salvaje. La verdad es que no entiendo nada.

Matt se puso en pie entonces.

—Pero voy a averiguar lo que ha ocurrido. Eso puedes tenerlo muy claro, María. Voy a descubrir por qué el caballo se ha comportado así.

La afilada pieza de hierro estaba metida entre los pliegues de cuero de la silla de montar. Estaba en la parte de abajo, donde nadie podría haberla visto y casi en el centro, donde nadie la podría tocar mientras movían la silla de un lado a otro o mientras se la colocaban al caballo.

—¿Quién la encontró? —preguntó Matt fuera de sí mientras examinaba la pieza—. Menos mal que la señorita Emmaline no pesa demasiado —les dijo sacando el hierro de su escondite—. El peso de un hombre habría conseguido clavárselo del todo al pobre caballo.

Claude asintió con la cabeza.

—Sí. Chocolate sólo se ha llevado un buen rasguño de todo esto, nada más serio, pero lo suficiente como para encabritarlo.

—Lo encontré yo, jefe —le dijo Tucker—. Estaba

limpiando a Chocolate y secándolo cuando vi que el trapo se había manchado de sangre. Encontré el arañazo y decidí examinar la silla. Fue así como di con la pieza de hierro y lo llamé para que la viera.

—¿Habéis visto a alguien por aquí? —les preguntó él.

—No lo sé —contestó Claude—. Yo no he visto a nadie. Pero he estado fuera toda la mañana con los potros.

—No entiendo cómo alguien puede ser capaz de hacer algo así —comentó Tucker—. El caballo podría haber...

Se calló al ver la mirada que le dirigía su jefe.

—Bueno, el caso es que alguien lo colocó en la silla y cuando lo encuentre...

Matt tampoco pudo terminar la frase, pero no hizo falta.

—Es una señorita muy testaruda.

—No me estarás hablando de Emmaline, ¿verdad, María?

Matt estaba algo más tranquilo después de hablar con el médico y que éste le asegurara que Emmaline iba a ponerse bien pronto.

Estaba de mejor humor, pero María, que sujetaba la bandeja con comida que le había intentado dar a Emmaline, no parecía estar más tranquila.

—Señor Matthew, la señorita insiste en levantarse para cenar con nosotros. Y se burló del médico cuando le dije que el doctor quería que se pasara el resto del día en la cama. No me ha gustado nada cómo ha hablado del médico —protestó María con indignación.

La mujer le ofreció la bandeja. Ella ya se había rendido y daba la batalla por perdida, pero sabía que su jefe podría ganar aún esa guerra.

Matt sonrió con seguridad.

—Cada vez me recuerda más a su padre —dijo María mientras se alejaba por el pasillo—. Pelirroja como él e igual de cabezota.

Sujetó la bandeja en una mano mientras abría la puerta del dormitorio con la otra. Golpeó con los nudillos la puerta abierta para anunciar su presencia.

—Emmaline, he encontrado a María en el pasillo con esta bandeja llena de comida. ¿Qué te parece si la compartimos?

—Podrías haber llamado a la puerta antes de abrirla —protestó ella desde la cama.

Unos esbeltos y blancos pies asomaban bajo la colcha. El resto del cuerpo lo cubría perfectamente su camisón de algodón. Las manos de Emmaline y su cara eran lo único que la pudorosa prenda dejaba entrever.

En una de sus manos se habían formado ya pústulas. La otra estaba cubierta por un gran hematoma que subía por la muñeca y se escondía bajo el puño del camisón.

Estaba muy pálida y apretaba con fuerza la boca, se imaginó que aún tenía un agudo dolor de cabeza. No tenía demasiadas heridas en la cara, sólo unos arañazos en la frente. Su pelo, extendido sobre la almohada, era la única nota de color en la cama.

—¿Tan mal aspecto tengo, Matt? —le preguntó ella—. Estás frunciendo el ceño mientras me observas.

Emmaline hizo un mohín mientras le hablaba. Las ojeras que se habían formado bajo sus ojos resaltaban aún más su palidez.

—No tienes demasiado buen aspecto, no —le confesó él—. Desde luego no tienes el aspecto de alguien lo bastante fuerte como para salir de la cama e ir a cenar al comedor —añadió él sin dejar de mirarla—. De hecho, estoy seguro de que lo mejor que puedes hacer si quieres recuperarte pronto es quedarte exactamente donde estás y hacernos caso.

—Podría levantarme y estar arreglada para la cena en sólo unos minutos —insistió ella.

—De eso nada, cariño —repuso él con una sonrisa.

Emmaline abrió la boca para protestar, pero volvió a cerrarla. Lo cierto era que ya no le apetecía demasiado salir de la cama, pero su orgullo le decía que no podía dejar que le dieran órdenes de esa manera.

—Es la primera vez que un caballo me tira —le dijo mientras acariciaba los rasguños de sus manos.

Matt se relajó al instante. Se daba cuenta de que Emmaline empezaba a rendirse ya. Dejó la bandeja en la mesita de noche y se quedó callado unos instantes. Después se giró hacia ella con una sonrisa y le levantó la barbilla con suavidad para que le mirara a los ojos.

—Ojalá me hubieran dado diez centavos por cada vez que un caballo me ha hecho morder el polvo —admitió él.

Sus ojos se abrieron de par en par al oírlo.

—¿En serio? ¿Te han tirado de un caballo?

No pudo evitar reír al oírla.

—Cariño, cuando uno se dedica a domar caballos, no queda más remedio que hacerse a la idea de que eso va a pasar de vez en cuando.

—Siento estar causando tantas molestias —le dijo, mientras señalaba la bandeja con comida—. Seguro que el médico te ha dicho que estoy perfectamente.

—Bueno, no tan bien. Me ha dicho que lo más seguro es que sufrieras una suave conmoción cerebral y que tienes que pasarte en la cama el resto del día. Quiere que lo avisemos de nuevo si te sigue doliendo la cabeza dentro de dos días.

—¿De verdad ha dicho eso?

Vio cómo los ojos se le llenaban de lágrimas y luchaba para mantenerlas allí. Apartó la cara para separarse de la mano que aún sujetaba su barbilla.

Si Emmaline se había negado a comer en la cama había sido porque no quería ser una carga para nadie, pero Matt la miraba como si no lo fuera en absoluto. Le estaba emocionando ver la preocupación que había en sus ojos. Parecía sincera.

—Emmaline —le dijo él mientras se agachaba al lado de la cama hasta que sus caras quedaron al mismo nivel—. No estarás llorando, ¿verdad? ¿Es que te duele algo más? ¿Tan malo es el dolor de cabeza?

Le metió con delicadeza los pies de nuevo bajo la colcha y los tapó después. Le gustó sentir su grandes y cálidas manos en los tobillos. Después se puso en pie para colocarle las almohadas y asegurarse de que estuviera cómoda.

—No, no estoy llorando. No lloro nunca —aseguró ella mientras parpadeaba para esconder la evidencia de su mentira.

Se sentó a su lado, a medio camino entre ella y la bandeja de comida y se quedó un momento pensativo, parecía que estaba intentando decidir cómo solucionar el problema.

Después la tomó entre sus brazos y la ayudó a incorporarse. Su cara quedó presionada contra su torso mientras él colocaba un par de almohadones detrás de ella.

Ella inspiró profundamente, disfrutando con el masculino aroma que provenía de su camisa.

—¿Sabes que los hombres huelen distinto a las mujeres? —comentó ella mientras se relajaba sobre los almohadones.

Matt, que estaba a punto de recoger la bandeja de comida, se detuvo al oírla y la miró. Levantó algo sorprendido las cejas.

—Bueno, tengo que reconocer que ya me había dado cuenta de ello, cariño, lo que no sabía era que tú también lo supieras.

Ella asintió con solemnidad. Se encontraba de repente muy cansada.

—Sí que me había dado cuenta. Tu camisa huele a cuero, a caballos y a jabón. Pero también puedo oler tu piel.

—Vaya...

Levantó la bandeja y la colocó sobre su regazo. La imagen de aquella mujer inhalando el aroma de la piel de su torso le produjo otro problema más. Apretó la mandíbula enfadado consigo mismo, consciente del interés que se había despertado en su entrepierna.

—Me gusta que cuides de mí, Matthew —murmuró Emmaline antes de cerrar los ojos de nuevo—. No puedo creer que te esté contando estas cosas. La verdad es que me siento un poco atontada, como si no pudiera pensar con claridad.

—Seguro que es por culpa del medicamento que te dio el médico —repuso él.

Se dispuso a prepararle la comida. Destapó la sopa

que María le había hecho. Después abrió la servilleta en la que había metido rebanadas de pan caliente untadas con mantequilla.

—Puedes hablar tanto como quieras, cariño —le dijo él con una sonrisa—. Pero me temo que mañana vas a arrepentirte si hoy me hablas con demasiada dulzura.

—No es eso lo que estoy haciendo —protestó Emmaline—. Me he portado mal con María, ¿verdad? Dile que lo siento.

—Si, le has puesto las cosas bastante difíciles, pero bueno. Ahora, abre la boca —le acercó a los labios una cucharada de sopa mientras con la otra mano sujetaba la servilleta debajo de su barbilla.

Esperó a que le obedeciera.

Ella lo hizo. Saboreó el caldo de pollo y gimió contenta.

—Espera, deja que arregle esto —le dijo Matt.

Con una mano, extendió la servilleta sobre su pecho. Le metió parte de la tela bajo la barbilla y la alisó con la mano. Pudo sentir las curvas de su pecho bajo la palma de la mano y también cómo Emmaline contenía el aliento algo asustada.

—Ya, ya... No pasa nada —explicó él para tranquilizarla—. Sólo quería asegurarme de que no te mancharas el camisón.

—Creo que te estás aprovechando de mí —repuso ella mirándolo con los ojos entreabiertos—. Ni siquiera estoy muy segura de que sea apropiado que estés aquí, en mi dormitorio.

—Toma —dijo él mientras le daba otra cucharada de sopa—. Vamos a casarnos, Emmaline. Estaré durmiendo en tu dormitorio dentro de muy poco tiempo.

Ella tragó rápidamente la sopa.

—Mis abuelos no comparten dormitorio, cada uno tiene el suyo. Y creo que eso también sería buena idea para nosotros. No estoy acostumbrada a compartir mi dormitorio con nadie y estoy segura de que dormirías mucho mejor sin mí ocupando la mitad de tu cama.

Él sujetó otra cucharada frente a su boca.

—Deja de discutir conmigo, Emmaline. Ya tomaremos esa decisión otro día. Ahora mismo, todo lo que quiero es que te termines la sopa. ¿Te apetece ahora un pedazo del pan que ha hecho hoy María?

Ella asintió despacio y aceptó la rebanada de pan. La mordisqueó con cuidado.

—Bueno, ¿no crees que ya ha llegado la hora de que al menos me dejes ganar una discusión?

—A lo mejor, cariño, pero no será esa discusión.

Matt tomó su mano y la examinó con cuidado. Estaba seguro de que los arañazos y hematomas se curarían rápido, pero el recuerdo de la caída sería más difícil de olvidar.

Emmaline estaba sintiendo entonces los efectos del medicamento que el médico le había administrado esa mañana y que María le había vuelto a dar por la tarde. Pero sabía que al día siguiente no se sentiría tan relajada, cuando el recuerdo del accidente ya no estuviera apaciguado por el tranquilizante.

Tomó la mano y se la llevó a los labios. Le besó con delicadeza las heridas. La dejó después sobre el regazo de Emmaline e hizo lo propio con la otra.

Levantó un poco el puño del camisón para examinar el hematoma. Ése tardaría más tiempo en desaparecer, ya se había vuelto negro. Levantó de nuevo esa mano y volvió a besarla.

—Matt —susurró ella.

—¿Sí? —contestó él mientras se agachaba para besarla también en la pálida piel de su frente.

—Recuerdo que cuando era pequeña, mi padre solía besar mis arañazos y chichones. Solía decir que un beso podía hacer que todo mejorara —comentó ella con voz temblorosa—. No entiendo cómo puedo recordar eso ahora. Era muy pequeña cuando mi madre me llevó al este. Demasiado pequeña como para acordarme de esas cosas.

—Siempre recordamos las cosas importantes, Emmaline —le dijo él con suavidad.

—Me alegra que me besaras.

—¿A qué beso te refieres? —preguntó él mientras acariciaba con los labios su pálida frente.

Ella se quedó callada. Él se incorporó para mirar su cara. Emmaline lo observaba con los ojos entrecerrados y la piel tan pálida que parecían transparente a la luz de la lámpara.

—Al de esta noche —repuso ella—. Y también el del otro día, cuando actuaste como si de verdad te gustara.

—Es que de verdad me gustas, cariño —aseguró él con media sonrisa.

—¿Vas a besarme mucho después de que nos casemos? —preguntó ella mientras intentaba controlar un bostezo.

No pudo evitar echarse a reír. Era una delicia poder por fin relajarse y disfrutar de ese momento después de la tensión y preocupación que lo había atenazado todo el día.

—Sí, Emmaline. Voy a besarte continuamente. Y tú también lo harás.

Sus ojos ya estaban cerrados.

—No sé cómo hacerlo —susurró.
—Yo te enseñaré —le prometió él.

—Está muy atractiva a la luz de la luna.
—No le he dado permiso para hablarme con tanta familiaridad.

Él se rió. Oyó cómo se le acercaba más.

—Me debe más que el derecho a hacer algún comentario —gruñó él.

—No le debo nada, aún —repuso ella mientras se apoyaba en la pared de la cuadra e intentaba mantener la calma.

—No me dijo que quería matarla —le recordó él—. Creí que sólo quería asustarla lo suficiente como para que volviera al este.

—Si hay que hacerlo, ¿está dispuesto a llegar tan lejos? —le preguntó ella con frialdad.

Él volvió a reír.

—Reconozco que estoy dispuesto a llegar hasta donde sea, siempre que la recompensa sea lo bastante importante.

Ella sonrió y se acercó a él.

—Ya le he dicho cuánto estoy dispuesta a dar por quitármela de en medio. ¿No le parece suficiente?

Él la miró de arriba abajo y sonrió con picardía.

—Eso espero.

—Creo que le gustará lo que voy a darle —prometió ella.

El hombre alargó la mano hacia ella, pero la mujer se echó a un lado.

—Aún no —susurró ella—. Sé paciente.

Siete

—El testamento de Samuel es completamente legal y correcto —insistió Oswald Hooper—. Me aseguré bien de que así lo fuera cuando se lo redacté.

—No pretendía molestarlo —le dijo Matt.

Estaba sentado frente a él en el despacho del abogado.

—Lo que pasa es que quiero asegurarme de que los abuelos de la señorita Emmaline no puedan darnos problemas.

Oswald levantó las cejas, esperando que él se explicara mejor. No quería tener que preguntarle en voz alta.

Pero Matt no le hizo esperar. Se encogió de hombros y le sonrió.

—He enviado un telegrama esta misma mañana para que le envíen todas sus pertenencias desde Lexington —le dijo él sin perder la sonrisa—. Les he dicho que nos casamos —añadió.

Miró el reloj que había en una de las ventanas del despacho. Estaba algo nervioso.

—Supongo que recibiré respuesta en cualquier momento —le dijo mientras se ponía en pie y recogía el sombrero que había dejado en el perchero—. Creo que voy a acercarme a la estación y preguntarle a Harley Summers si sus abuelos habrán tenido ya el tiempo suficiente para mandarme un telegrama.

—¿Cuándo será la boda? —le preguntó Oswald poniéndose también de pie.

—Iré a ver al pastor después de hablar con Harley. No sé cuándo podrá, puede que incluso mañana mismo si puedo encontrarle un vestido en el bazar del pueblo para que lleve —le dijo Matt—. Y tengo intención de encontrarlo, cueste lo que cueste.

Se enfureció cuando Harley Summers le dijo que no había recibido respuesta desde Lexington. Se imaginó que los abuelos de Emmaline estaban demasiado conmocionados como para reaccionar.

Fue caminando desde la estación hasta la iglesia y ató la silla de paseo al poste frente al bazar de Abraham Guismann. Hubiera preferido ir a caballo hasta el pueblo, pero había decidido después llevar la silla porque no sabía cuánto iba a acabar comprando en la tienda de Abraham.

Caminó por la calle principal hasta la casa del pastor. Sabía que ese paseo le vendría bien para tranquilizarse un poco. No entendía cómo podía estar tan nervioso e impaciente. No había deseado tanto que el tiempo pasara deprisa desde niño, cuando contaba ansioso los días que quedaban para que llegaran las fiestas navideñas.

La visita al pastor fue bien y su humor mejoró un poco. El reverendo Tanner le aseguró que estaría encantado de oficiar la ceremonia en cuanto le avisara. A Josiah Tanner no parecía haberle sorprendido su petición. Matt le dio las gracias y se fue. No le hacía gracia que todo el pueblo supiera ya lo que iba a hacer y estuviera hablando de él.

Gracias a Deborah, todos los habitantes de Forbes Junction parecían saber que había heredado una novia junto con el rancho de los Carruthers. Emmaline había acertado cuando le avisó de lo que iba a ocurrir.

Ruth Guismann lo saludó cuando Matt entró en la tienda de su marido.

—Buenos días, señor Gerrity —le dijo ella con formalidad.

Él asintió y se llevó la mano al sombrero a modo de saludo.

—Buenos días, señora.

Pero se le quitaron las ganas de comprar cuando vio que las mujeres que estaban allí lo miraban con interés.

Respiró profundamente y decidió ir al grano y terminar con aquello cuanto antes.

Se metió las manos en los bolsillos y se quedó mirando con atención los rollos de tela que había colocados en estanterías tras el mostrador de cerezo. A su lado había toda una pared llena de cajones. Cada uno con las distintas piezas que componían el atuendo femenino. Había también calcetines y calzoncillos.

Vio que a su derecha había más estanterías con trajes doblados. Fueron esos los que atrajeron su atención.

—Necesito ver un vestido —murmuró él bajando la voz.

—¿Qué talla necesita? —le preguntó la señora Guismann.

A la mujer le brillaban los ojos y parecía estar conteniendo una sonrisa, estaba claro que le hacía gracia que se sintiera tan incómodo.

—No es muy grande —dijo mientras con las manos formaba un círculo que podía representar la cintura de Emmaline—. No sé. Bueno, es bastante más pequeña y delgada que María.

Ruth Guismann estaba sufriendo para no dejar que se le escapara la risa. Le dio la espalda y se dispuso a buscar entre vestidos oscuros.

—Señora —la llamó él después de aclararse la garganta con incomodidad.

—¿Sí, señor Gerrity? —repuso ella mientras sujetaba un vestido azul marino.

—No quiero que sea tan sombrío y oscuro —le explicó mientras miraba el vestido que sujetaba la mujer.

—¿Es para alguna ocasión especial? —preguntó la señora entusiasmada.

Miró a su alrededor y las mujeres que lo habían estado observando apartaron rápidamente las miradas.

Decidió que no iba a soportar por más tiempo aquella situación. Se negaba a ser el hazmerreír del pueblo y que todas las mujeres murmuraran. Levantó la cabeza y echó los hombros hacia atrás. Sacó del bolsillo delantero de sus pantalones vaqueros un rollo de billetes.

—Necesito un vestido de novia para mi prometida —anunció en voz alta y con el ceño fruncido—. Quiero algo que sea alegre. Verde, azul o algo así. Con encaje, volantes o lazos. Algo que lo haga más festivo y elegante. La cintura tiene que ser más o menos de este tamaño —explicó mientras hacía de nuevo un círculo con sus manos.

La señora Guismann dobló y colocó de nuevo en la estantería el vestido azul marino. Después rebuscó rápidamente con manos hábiles para dar con lo que necesitaba su cliente. Sacó un vestido floreado y con volantes. Lo desdobló y sujetó frente a ella para que él pudiera hacerse una idea de cómo era.

Matt entrecerró los ojos para intentar imaginarse la curvilínea figura de Emmaline dentro del vestido de flores azules. Miró los volantes y adornos, creía que tenía suficientes como para que le gustara a cualquier mujer.

—Este vestido tiene un elástico a la altura de la cintura —le explicó la tendera—. Creo que le quedará bien, si es que ha juzgado bien su tamaño.

La señora Guismann colocó la manga sobre el mostrador y le mostró los botones que, imitando perlas, cerraban los puños.

—Estos son la última moda en la ciudad de Nueva York —le aseguró.

—Pero debe de ser un poco caluroso con unas mangas tan largas, ¿no?

—Bueno, una dama nunca muestra sus brazos en público —contestó la mujer con dignidad, mientras le mostraba sus propias mangas.

Él asintió y tomó el vestido de sus manos. Lo sujetó delante de él. Dejó que el dobladillo rozara el suelo y decidió satisfecho que el largo era el adecuado.

—Está bien —concluyó de mala gana, al ver que todas las clientas lo observaban ya sin decoro—. ¿Necesito comprar alguna cosa más que vaya con el vestido?

La señora Guismann le sonrió con condescendencia.

—Voy a ver qué puedo encontrar.

Sin esperar a que él le diera permiso, la mujer fue hasta los cajones que debían contener la lencería femenina. Se imaginó que allí habría suficiente seda y encajes como para quedarse sin el dinero que había llevado esa mañana a la tienda.

—Muy bien, usted dirá —concedió con un suspiro de resignación.

El montón de prendas fue creciendo frente a él en el mostrador. Él observaba todo con gesto estoico, pero acabó apartando la vista cuando vio una ligera y frágil prenda que parecía de seda. Aunque lo cierto era que no habría podido distinguir la seda del algodón o el tergal.

Frustrado, miró a otro lado y sonrió a la mujer que tenía más cerca, Hilda Schmidt. Ella, animada por el gesto, se acercó para hablar con él.

—Ya habíamos oído que iba a haber una boda —le dijo la mujer con entusiasmo—. Le dije al señor Schmidt ayer mismo que en el grupo de bordadoras al que pertenezco le vamos a hacer una colcha a su futura esposa.

Matt frunció el ceño.

—¿Cuánto hace que lo sabe?

—Bueno, hace ya algunos días. Creo que desde el servicio religioso del pasado domingo.

Le pareció que tenía sentido, Deborah lo había visitado en el rancho el sábado. Estaba claro que no había perdido el tiempo. Admitió que iba a tener que felicitar a Emmaline, había acertado de lleno al describir a Deborah como el tipo de persona al que le gustaba murmurar sobre los demás.

—Bueno, no va a ser una boda a lo grande —le dijo él con firmeza—. Sólo tendremos una ceremonia privada en la capilla. Eso es todo.

—Muy bien, muy bien —repuso la mujer algo decepcionada—. Les llevaremos la colcha después de la luna de miel, entonces.

Las otras mujeres asintieron casi al unísono y él se contuvo para no suspirar. Todas lo rodearon, como gallinas alrededor de la comida. Se dio la vuelta para fijar de nuevo su atención en los artículos que llenaban el mostrador.

—¿Lo tiene ya todo, señora Guismann? —preguntó con algo de desesperación en la voz.

Había decidido que, aunque la tendera le dijera que no, iba a salir de allí tan rápidamente como sus pies lo dejaran.

Ella inclinó a un lado la cabeza y se mordió el labio inferior mientras observaba las prendas que llenaban el mostrador. Asintió para indicar que su trabajo había terminado y después tomó el rollo de papel que tenía a sus espaldas. Calculó el trozo que iba a necesitar y lo cortó. Lo colocó en el mostrador y apuntó con rapidez allí los precios de las prendas.

No pudo por menos de levantar sorprendido las cejas cuando vio el total de la suma, pero sacó los billetes sin abrir la boca y se los entregó a la mujer.

La señora Guismann le dio las gracias y se guardó el dinero en el bolsillo del delantal. Después colocó las prendas en medio del papel e hizo un paquete con ellas. Tenía mucha práctica y lo hizo con celeridad. Cortó también un pedazo de cordel y lo anudó alrededor del paquete.

—Aquí tiene, señor Gerrity —le dijo la mujer con una sonrisa de satisfacción—. Estoy segura de que su novia estará bellísima —añadió mientras se acercaba a la gran caja registradora.

Fue hasta la puerta y, antes de salir, se llevó la mano al sombrero un instante e inclinó la cabeza para despedirse de las señoras. Aliviado, salió a la calle y cerró la puerta tras él.

Era ya media tarde cuando volvió por fin al rancho. Earl salió de la cuadra y se acercó para sujetar a la yegua y permitir que él se bajara del coche.

—¡Quieta, quieta! —le dijo al animal para calmarla—. Vamos, te espera tu cena. Te quito el arnés y ya puedes comer —añadió Earl mientras Matt se bajaba del coche—. ¿Necesita ayuda con algo, jefe?

—No, no pesa mucho —repuso él mientras recogía de la parte de atrás del coche el gran paquete y lo sujetaba por el cordel.

Con lo que le había costado esa ropa y lo que había sufrido para comprarla, estaba decidido a meter él mismo el paquete en la casa. Planeaba llevárselo a Emmaline hasta su propio dormitorio si era necesario.

—El resto de las cosas hay que llevarlas al cuarto de los aparejos —le dijo a Earl, mientras señalaba las cosas que había comprado en la herrería del pueblo.

Fue hacia la casa. El telegrama que había recibido de Lexington estaba metido en el bolsillo de su camisa. Intentó controlar la sonrisa triunfadora que amenazaba con salir de sus labios. Harley Summers le había apuntado en un papel el telegrama que le habían enviado desde allí.

Los abuelos de Emmaline no habían abierto la boca para quejarse, simplemente lo informaban de que iban a enviarle sus cosas. Ella podría tener toda su ropa en la habitación en una semana poco más o menos.

Subió los escalones del porche pensando en que

lo mejor que podían hacer era trasladarse los dos al dormitorio más grande de la casa, uno que estaba en la parte de atrás. Entró por la puerta de la cocina. Decidió que le encargaría a María que preparara la habitación mientras él llevaba a Emmaline al pueblo para celebrar la ceremonia. No pudo evitar sonreír encantado al pensar en la imagen de sus delicadas botas de piel al lado de su tosco calzado a los pies de la cama.

Atravesó la cocina y fue hasta el comedor.

Emmaline estaba sentada donde siempre, justo enfrente de la señorita Olivia y con Theresa a su lado. María estaba a punto de servir una fuente con carne y verduras delante de su plato, a la cabecera de la gran mesa de caoba.

—Lo esperamos hasta que vimos que la carne se estaba enfriando —le dijo María dándose la vuelta para mirarlo—. Venga y siéntese.

Buscó a Emmaline con la mirada, pero ella estaba ocupada colocándose la servilleta sobre el regazo. Le puso nervioso que no lo mirara, que apartara la mirada.

—Emmaline —dijo él con suavidad y al lado de su silla.

Ella lo miró de mala gana y con ojos desafiantes.

—¿Sí? —contestó con frialdad.

Tuvo que contenerse para no dejarse llevar por la furia. Se le cayó el paquete de las manos, pero ni el golpe contra el suelo hizo que ella se inmutara.

Desde el otro lado de la mesa sonó la ilusionada voz de su hermana pequeña.

—¿Me has traído algo, Maffew?

—Matthew —corrigió Olivia con voz firme—. Ya hemos hablado de ello, Theresa. Eres lo suficientemente mayor como para decir bien el nombre de tu hermano.

Matt la miró exasperado.

—Olivia, ¿tenemos que soportar clases y correcciones también durante la cena?

—Sólo estaba intentando... —comenzó la mujer.

Lo miraba atónita, sin comprender su reacción.

—¡Ahora, no! —la interrumpió él.

La mujer bajó la vista y se concentró en su regazo.

—Maff... Matthew —dijo la niña intentando pronunciar bien su nombre.

—Sí, Tessie, muy bien —masculló él entre dientes.

—¿Me has traído algo? —repitió la pequeña.

Él negó con la cabeza.

—No, Tessie, esta vez no te he traído nada.

—Entonces, ¿todo lo que hay en ese paquete es para Emmaline? —preguntó la niña mientras se inclinaba sobre el asiento de su hermana para ver mejor el bulto.

—Sí, todo —repuso él mientras se apartaba e iba hasta su silla.

Se dio cuenta de que la desconcertante mujer estaba enfadada por algo, pero sabía que no iba a averiguarlo hasta después de la cena.

Pasaron los minutos y quedó más claro aún que estaba disgustada con él. Emmaline habló con la señorita Olivia sobre la educación de Theresa. Le sugirió que usara un libro que ella había llevado desde Kentucky. Les prometió que se lo mostraría a las dos al día siguiente durante el desayuno. Se mostró agradable con María y la felicitó por la deliciosa cena y el sabroso postre que sirvió después. Incluso le contó a Theresa la historia de un perro que ella había tenido de pequeña y le dijo que después le enseñaría una foto que llevaba consigo en su bolsa de viaje y en la que estaba el animal.

Pero al hombre que estaba sentado a su derecha no le dirigió la palabra en toda la cena. Todo lo que hizo fue mirarlo de reojo cada cierto tiempo. Para cuando terminaron de cenar, él estaba tan harto con la situación que le hubiera encantado arrastrarla para que saliera del comedor y conseguir que se le bajaran un poco los humos.

Pero, por supuesto, no lo hizo. Se atrevió sólo a agarrarla por la muñeca cuando ella se levantó para abandonar la mesa. Hizo un gesto para pedirles a la señorita Olivia y a Tessie que se ausentaran. Después, tomando el paquete con la otra mano, llevó a su reticente novia hasta el gran dormitorio de la parte de atrás de la casa.

Abrió la puerta y se echó a un lado para que entrara. Cerró después con un fuerte golpe de talón. Emmaline lo miró con el ceño fruncido.

—No se considera apropiado estar a solas en un dormitorio con una mujer que no es tu esposa —le dijo ella con tono digno y remilgado.

—Estuve contigo a solas en tu dormitorio unos días atrás, cuando ese caballo que tanto adoras te tiró al suelo —replicó él mientras se acercaba a ella.

Sus caras sólo estaban a unos centímetros de distancia. Vio arrepentimiento y vergüenza en sus ojos antes de que Emmaline bajara la mirada al suelo.

—Eso es distinto. Yo no me daba cuenta de lo que pasaba. No era yo misma...

—No, eso lo tengo muy claro. Con decirte que fuiste agradable conmigo...

Le dio la espalda y volvió a girarse de nuevo para mirarla. Puso los brazos en jarras y la miró con toda la ira que había estado conteniendo.

—¿Qué demonios te ocurre? —exclamó él.

Ella levantó deprisa la vista, indignada por sus palabras.

—¡No me hables así! —replicó ella mientras intentaba separarse de él empujando con las manos su torso.

Emmaline se dio cuenta de que empujar a Matt era como intentar mover una montaña, no tenía la fuerza necesaria para hacerlo. Él ni siquiera se movió. Sabía que no iba a poder salirse con la suya, así que decidió decirle lo que le pasaba.

—María me dijo que habías ido al pueblo a arreglar lo de nuestra boda —le dijo ella.

Matt la miró extrañado.

—¿Por eso estás enfadada?

Ella abrió la boca para hablar, pero la cerró de nuevo. Después volvió a intentarlo.

—Sí, por eso estoy enfadada —replicó ella en el mismo tono enfadado de Matt.

—Pero si lo he hecho por ti —gruñó él.

Se pasó las manos por el pelo, parecía desesperado.

—Pues, muchas gracias —repuso ella—. Pero me hubiera gustado tener algo más que decir y opinar en la organización de mi propia boda, ¿no te parece?

—¿Por qué? —preguntó él sin entender nada—. ¿Qué es lo que hay que organizar? Vamos a ir al pueblo. Nos acercaremos a ver al reverendo y él nos casará. Eso es todo. He intentado que sea lo más sencillo posible y encargarme yo de todos los detalles del asunto. ¡Estaba intentando hacerte un favor, por todos los demonios!

Ella lo miraba fuera de sí.

—¿Es eso lo que significa para ti esta boda? ¿Sólo

uno de los asuntos que tienes que solucionar cuanto antes?

Él suspiró y cerró los ojos un instante.

—Venga, Emmaline... No te enfades, no quería decir eso. Sabes que no. Supongo que pensé que no querrías venir conmigo.

—Tenías miedo de que quisiera una boda de verdad, ¿no?

Él se quedó callado.

Sintió cómo se quedaba pálida mientras esperaba una contestación que no llegaba. Le hizo entonces la pregunta que le había estado rondando por la cabeza algún tiempo.

—¿Te avergüenzas de mí? —le preguntó con voz temblorosa.

—¡No! ¡Claro que no!

Le contestó con tanta vehemencia que no pudo dudar de la sinceridad de sus palabras. Se sentía algo más aliviada, pero no tranquila del todo. Apretó los labios y se separó un poco del hombre que la miraba con intensidad. Matt tenía los brazos en jarras y maldijo entre dientes.

—Por favor, no uses palabras malsonantes en mi presencia —le pidió ella entonces con educado tono.

—Bueno, es que has conseguido sacarme de quicio, señorita refinada —replicó él—. Y si crees que lo que he dicho es malsonante, tendrías que oírme cuando de verdad me enfado.

Ella suspiró y se echó un poco más hacia atrás. No quería ni imaginarse cómo sería Matt Gerrity cuando de verdad montaba en cólera por algo. Le parecía que hasta su aroma era amenazante. Era un olor masculino y sensual.

—¡No vuelvas a hacer eso! —protestó él—. ¡Me

olisqueas como si fuera una cuadra y levantas esa orgullosa nariz como si no fuera lo suficientemente bueno para ti!

Ella sacudió la cabeza y lo miró atónita.

—Eso no es verdad —replicó ella—. Nunca he pensando algo así. Yo no soy altanera ni arrogante. Desde luego, no como tú.

—¿Qué se supone que quieres decir con eso? —preguntó Matt bajando un poco el tono de voz.

—Que estoy harta de que pienses que, sólo porque soy del este, no podría ser una buena esposa de ranchero. Quieres casarte conmigo a toda prisa y a escondidas para que tus amigos no tengan la posibilidad de verme y reírse de tu prometida.

—¡Demonios! —gritó él fuera de sí.

Alargó las manos hacia ella y, con una fuerza imposible, agarró sus hombros y tiró de ella hasta que quedó aplastada contra su torso. Aflojó entonces las manos para deslizarlas por su espalda. Las llevó hasta su estrecha cintura y la empujó hasta que su esbelto cuerpo quedó aplastado indecentemente contra su cuerpo.

Ella podía sentir su calor a través de las capas y capas de ropa que los separaban. Podía sentir su ardor y la frustración que lo consumía. Sus pechos habían quedado aplastados entre los dos y sentía en ellos una urgencia desconocida. Su estómago estaba comprimido contra la entrepierna de Matt, que no podía esconder por más tiempo su evidente excitación. Se quedó sin aliento al entender lo que aquello presagiaba.

Él la miraba con los ojos encendidos por el deseo y el enfado. Aun así, cuando la besó por fin lo hizo con delicadeza y suavidad. Lo hizo despacio, como si estuviera esperando que ella le diera permiso para continuar. Sintió cómo Matt inhalaba con fuerza al separarse de ella. La miró con intensidad a los ojos.

—Me vuelves loco, mujer —gruñó él entre dientes, ante de besarla de nuevo.

Esa vez no lo hizo con tanto cuidado. Lo hizo apasionadamente, marcándola con la caricia de su lengua, lamiendo su boca cerrada hasta dar con la apertura que necesitaba.

Ella se estremeció y suspiró. Matt deslizó la lengua en su interior, aprovechando la ocasión que ella le había procurado sin saberlo. Acarició sus labios y su boca, transmitiéndole un mundo de sensaciones al que no pudo por menos de rendirse con un gutural gemido.

Él también gruñó con satisfacción y ese sonido consiguió mortificarla. Le parecía increíble que Matt hubiera conseguido con tanta facilidad que se rindiera entre sus brazos. Había podido someterla y contar con su complacencia para tomarla de esa manera.

Ni la manera en la que había invadido su boca ni las caricias de su lengua habían conseguido que se apartara de él. Todo lo contrario, estaba derritiéndose entre los brazos de ese hombre, acercándose aún más a su cuerpo.

Pero creía que no habría podido comportarse como una dama aunque lo hubiera intentando con más fuerza. Le parecía imposible hacerlo cuando su propio cuerpo estaba reaccionado como lo hacía y se encontraba aplastada de manera indecente e íntima contra ese hombre. No podía siquiera pensar en nada, todos sus sentidos estaban trastornados por el placer de aquellos apasionados besos.

Se apartó de ella con cuidado. Ya no estaba tan irritado como lo había estado minutos antes. La miraba sonriente, apenas podía esconder ese gesto de victoria al recordar lo que acababa de ocurrir entre los dos. La miró de arriba abajo. Emmaline estaba temblando.

—Y ahora, señorita Emmaline, ¿sigue teniendo dudas? ¿Aún no sabes a ciencia cierta si quiero casarme contigo o no? ¿De verdad crees que te juzgo por tus cualidades o falta de ellas para ser una buena esposa de ranchero? La verdad es que ni siquiera sé qué significa eso —le dijo él con una sonrisa.

Emmaline negó con la cabeza. Parecía indecisa, como si no supiera qué contestar ni cómo reaccionaría él.

Se llevó las manos a la cara y se cubrió las mejillas. Estaba colorada y parecía querer refrescarse la cara con ese gesto. Después se las llevó al pelo y se arregló los rizos que habían escapado de su peinado.

Cubrió las manos de Emmaline con las suyas y las apretó con ternura para detenerlas.

—Deja esos bonitos rizos a su aire —le ordenó con suavidad.

Miró tiernamente los mechones rebeldes que se habían escapado y rodeaban su rostro.

Ella lo miró a lo ojos, con intensidad, parecía querer algún tipo de compromiso por su parte. Estaba muy seria.

—Si de verdad quieres casarte conmigo, esperarás a que podamos organizar una boda como Dios manda —anunció ella con firmeza y levantando la cara desafiante.

—¿Si de verdad quiero casarme contigo? —repitió él sin poder creer sus palabras—. Creí que eso ya lo había dejado muy claro.

—Bueno, o puedo ir al pueblo, hablar con el reverendo y participar en la organización o...

Se detuvo para pensar un momento, como si no pudiera decidir qué tipo de amenaza haría que él le diera la razón.

—Iré contigo —intervino él.

—Bueno, eso ya lo veremos —repuso ella bajando los ojos en gesto de rendición femenina.

Pero a Matt no podía engañarlo. Antes de apartar la vista, pudo ver el brillo y determinación que había en sus ojos.

Ocho

El cielo estaba ya coloreándose de rojos y naranjas y Emmaline contempló el amanecer desde la ventana de su dormitorio. Había pasado muy mala noche, no había parado de dar vueltas. Estaba muy confusa.

Había llegado a la conclusión de que Matt Gerrity era un diablillo. Él llevaba las riendas y tiraba de ellas cuando quería y como quería. La estaba controlando con la fuerza de sus besos y planeando el futuro de los dos sin tener en cuenta sus necesidades ni sus deseos.

La verdad era que había decidido posponer todo hasta que su cabeza se recuperara por completo del accidente. No podía hacer caso a su corazón, éste no dejaba de traicionarla continuamente. Sabía que le iría mucho mejor si pudiera sólo concentrarse en Theresa y en el bienestar de la pequeña. Al menos de momento. Creía que la boda se podía posponer, al menos eso esperaba. Pensaba que a lo mejor había una salida para ese enigma, una solución legal para que no tuviera que casarse con él. Creía que el abogado quizás pudiera dar con algún fallo de forma que invalidara el testamento.

Decidió que merecía la pena intentarlo.

Lo más sencillo había sido salir de la casa sin ser vista. Ponerle la silla a Chocolate, llevarlo de la cuadra al pueblo y convencer a Tucker de que tenía que ir sin falta había sido la parte más complicada.

De camino hacia allí, tuvo que ignorar el hambre que atenazaba su estómago, no quería ni pensar en el desayuno que María habría preparado esa mañana. Después pensó en el hombre que saldría sin duda a su encuentro en cuanto alguien se diese cuenta de que no estaba en la casa y azuzó al caballo para ir más deprisa. Le daba miedo pensar en cómo reaccionaría Matt esa vez. Temía sus enfados.

Pero sabía que tenía que intentar aquello. Merecía la pena. Estaba segura de que Oswald Hooper conocería la respuesta, si había alguna.

Le pareció ver la bala cruzando delante de ella casi antes de escuchar el sonido del disparo. Se sobresaltó al verla y escuchó el impacto de la bala en la base de uno de los árboles que acababa de pasar.

—¡Maldito cazador! —masculló entre dientes.

Miró a su derecha para intentar ver al irresponsable que acababa de disparar en su dirección sin verla venir.

El caballo resopló y se movió nervioso cuando ella tiró con fuerza de sus riendas. Las aflojó un poco y se inclinó para acariciarle la cabeza. Le habló con suavidad para tranquilizarlo mientras miraba de nuevo a su alrededor.

Vio algo de color moviéndose deprisa. El sol le daba en la cara y tuvo que entrecerrar los ojos para ver. Desaparecía en ese instante de su campo de visión la figura de un hombre a caballo que se alejaba de allí rápidamente.

—La próxima vez que vea a un hombre con una camisa roja, le diré cuatro cosas —murmuró ella mientras azuzaba al caballo—. El muy imbécil ha estado a punto de darme a mí en vez de a ese árbol.

Alargó el cuello y se colocó la mano a modo de visera sobre los ojos.

—La verdad es que no veo ninguna posible presa por aquí. No entiendo qué es lo que podía estar cazando —se dijo en voz alta.

Después, se encogió de hombros y prosiguió su camino hasta el pueblo.

Matt se fijó en la silla que solía ocupar Emmaline a la mesa del comedor y en que estaba vacía. Frunció el ceño mientras contemplaba el asiento mullido y la delicada estructura de madera labrada donde se sentaba siempre ella.

—¿Dónde está? —preguntó de repente mientras María le colocaba un plato frente a él.

Los huevos revueltos estaban aún calientes y humeaban, igual que el filete que acababa de prepararle.

Pero aquella sabrosa comida no era suficiente para distraerlo del hecho de que ella, la mujer que esperaba ver a su lado esa mañana, no estuviera allí.

María se separó de la mesa y se limpió las manos en el delantal que llevaba sobre su vestido.

—Seguro que viene enseguida, señor Matt —le dijo.

—¿La has visto esta mañana? —le preguntó él mientras se echaba sal y pimienta en el plato.

Ella negó con la cabeza.

—No desde que le llevé una taza de café a su dormitorio hace una hora.

—No tienes por qué servirnos café en las habitaciones, María. Ya tienes bastante trabajo sin tener que hacer eso —replicó él de mala gana.

Pero sabía que ella no le iba a hacer caso, ya habían tenido la misma discusión durante años y años.

Ella se encogió de hombros y le sonrió.

—No se ponga así, señor Matt. Sabe de sobra cuánto le gusta tomarse un café nada más levantarse, antes de afeitarse.

Él se rindió. Una vez más, María le había ganado la batalla. Era una mujer testaruda. Su misión en la vida era cuidar de esa gente, que se habían convertido en su familia después de tanto tiempo.

Los huevos y el filete estaban deliciosos y Matt se dispuso a disfrutarlos. Iba a ser un día muy largo y necesitaría toda la energía que la comida pudiera proporcionarle.

Tenía que recoger al ganado que estaba en los pastos al oeste y traerlo de vuelta a las cuadras. Allí habría que matar ya a algunos y marcarlos.

Él había proseguido con la tradición de los Carruthers que consistía en criar terneros para producir su propia carne. Como cada año, venderían el sobrante. Intentaban tener un número limitado de cabezas de ganado, una cantidad que pudieran manejar con facilidad. Pero el ganado era sólo una parte pequeña en la producción del rancho. La cría de caballos era el pilar de la actividad.

Theresa y la señorita Olivia se unieron a él a la

mesa del desayuno. Todos comieron en silencio durante unos minutos. Cada vez estaba más nervioso, sentía que algo pasaba, que algo iba mal.

—Ella ya debería estar aquí —murmuró de repente mientras echaba la silla hacia atrás y se ponía en pie.

—Emmie no va a venir a desayunar, Maffew. Digo, Matthew —anunció su hermana pequeña.

La miró con el ceño fruncido.

—¿Qué quieres decir, Tessie?

Ella agitó la mano delante de su cara para quitarle importancia al asunto. Y le habló de manera despreocupada.

—Ya se ha ido al pueblo. Se fue muy temprano.

—¿Al pueblo? —repitió él—. ¿Al pueblo?

Recordó entonces las últimas palabras que Emmaline le había dicho la noche anterior antes de salir del dormitorio en donde habían estado.

—Eso ya lo veremos —le había dicho ella.

—¡Maldita Emmaline Carruthers! —exclamó mientras se calaba el sombrero.

—Mujer desconcertante, lo que necesitas es una buena reprimenda —gruñó mientras le colocaba la silla al caballo.

Apretó las cinchas y lo preparó todo con movimientos seguros y diestros.

—¿Se fue sola? —le preguntó a Tucker.

El hombre lo miraba con preocupación, sabía que no convenía acercarse al jefe cuando estaba de mal humor.

—Sí, señor, así es. Le ofrecí engancharle el coche y acompañarla, pero dijo que estaría bien, así que no discutí con ella.

—No dejes que vuelva a salir sola del rancho, ¿de acuerdo? —le dijo Matt mientras lo miraba con intensidad.

—Sí, señor, de acuerdo —repuso el hombre—. Y siento mucho no haberle dicho antes que la señorita Emmaline había salido a pasear a caballo, pero no tenía ni idea de que iba a ir hacia el pueblo, no hasta que vi que iba en esa dirección.

Matt murmuró algo entre dientes y se subió al caballo. Lo hizo girar deprisa y apretó con fuerza las espuelas. Estaba decidido a dar con ella, pero se imaginó que no ocurriría hasta que llegara a Forbes Junction, ella le llevaba mucha ventaja.

Oswald Hooper estaba abriendo la puerta de su despacho cuando vio a Emmaline bajarse del caballo frente al edificio. La observó mientras se acercaba.

—Buenos días, señorita Carruthers. No esperaba verla hoy por aquí —le dijo él con una sonrisa—. Y tengo que decirle que su aspecto es un poco desaliñado.

Ella le dedicó su sonrisa más fría y se llevó las manos al pelo para peinárselo un poco.

—Bueno, alguien disparó a un conejo o a algún otro animal a las afueras del pueblo y la bala salió por ahí perdida. La esquivé por muy poco, pero tengo que admitir que...

—¿Qué? ¡Espere un minuto! —exclamó el hombre mientras se acercaba para tomarla por el brazo—. ¿Dice que alguien le ha disparado?

El hombre la miró rápidamente de arriba abajo, como si quisiera encontrar evidencia de un disparo.

—¿Y dice que casi le da?

Ella le dio un golpecito afectuoso a la mano del abogado para calmarlo. Después negó con la cabeza.

—No, no creo que estuvieran apuntándome a mí —le aseguró ella con vehemencia—. Seguro que era algún cazador con poca puntería.

Oswald Hooper tragó saliva y la miró perplejo.

—Bueno, siento mucho que se llevara un susto así —le dijo él con sinceridad—. Es una lástima empezar así un día tan bonito como éste —añadió con una sonrisa cálida y mejor humor—. Lo último que esperaba era verla por aquí esta mañana, pensé que estaría en casa preparándose para su boda.

—¿Lo sabía? —le preguntó ella con toda la tranquilidad que pudo fingir—. Entonces, supongo que el señor Gerrity ya le ha notificado sus intenciones, ¿verdad?

—Bueno, sí, tengo entendido que ya ha hecho los trámites necesarios —repuso él.

El abogado hablaba con cuidado, midiendo sus palabras. Parecía darse cuenta de que aquel asunto era bastante peliagudo. Emmaline movía con nerviosismo el pie y lo golpeaba contra la acera. Por mucho que quisiera esconderlo, cualquiera podía darse cuenta de que estaba disgustada.

—Dígame una cosa —le dijo ella mirándolo directamente a los ojos—. ¿Hay alguna manera legal en la que pueda hacerme con la custodia de mi hermana sin tener que casarme con Matthew Gerrity?

El abogado la miró con la boca abierta. Parecía estar atónito con su pregunta. Después, negó con la cabeza.

—Pensé que ya habían decidido casarse, señorita. ¿Hay algún problema con el que pueda ayudarla?

Ella respiró profundamente y sacudió la cabeza.

—Bueno, es que he estado pensando que lo mejor que podemos hacer es esperar un poco y no precipitarnos.

La verdad era que lo que Matt estaba haciendo con ella era no tenerla en cuenta para nada. Lo había organizado todo sin pedirle su opinión y sin interesarse por sus necesidades. Esperaba que ella lo siguiera como si fuera un perrito. Y lo último que quería era convertirse en la mascota de otra persona.

—Me sorprende oír sus palabras, señorita Emmaline —dijo él con calma—. Pero así, a voz de pronto, no se me ocurre la manera en la que usted pudiera evitar la boda para hacerse con la custodia de Theresa.

—¿No hay ningún vacío legal en el testamento que nos pueda servir? —le preguntó ella con esperanza.

—Bueno, deje que le diga una cosa —añadió él con algo más de entusiasmo—. El juez del distrito llegó anoche al pueblo. Él conocía a su padre y también el contenido de su testamento. Samuel lo había hablado ya con él hace más o menos un año. A lo mejor porque él sabía algo sobre la ley en un caso como éste que yo ignoro. No lo sé —le comentó mientras señalaba al hotel del pueblo—. Puede que aún esté allí. Si está lo encontrará en el comedor.

Emmaline respiró profundamente. Era su última oportunidad e iba a aprovecharla.

—Muchas gracias, señor Hooper. Creo que voy a ver si tengo suerte y doy con él antes de que se vaya —le dijo.

Ató con fuerza las riendas del caballo al poste y cruzó la carretera en cuanto pasaron algunos carruajes.

Pocos segundos después, entraba ya en el elegante vestíbulo del hotel, donde había algunos hombres. Los saludó con la cabeza y se dirigió al comedor.

—¿Quiere una mesa para el desayuno? —le preguntó una joven al lado de la puerta.

La mujer llevaba un uniforme negro con un inmaculado y almidonado delantal atado a la cintura.

—No, gracias —repuso.

Miró rápidamente a su alrededor. No había mucha gente allí a esas horas. Se preguntó qué aspecto tendría un juez del distrito. Vio a un hombre gordo que comía con el sombrero sobre la mesa. No creía que fuera ése. Ni tampoco uno de los dos hombres que tragaban pastas con poca delicadeza y vestían pantalones vaqueros.

Desinflada, se dio la vuelta y se acercó a la camarera que la había recibido al lado de la puerta.

—¿Ya ha tomado el juez su desayuno? —le preguntó.

—Sí, señora. Hace ya bastante que se fue hacia la casa de Katy Klein —respondió la joven ruborizándose—. Me refiero a El Liguero dorado, por supuesto. Parece que esta mañana hay juicio. Esos dos de allí son testigos de un tiroteo —añadió mientras señalaba a los hombres que vestían como rancheros—. Seguro que habrá mucho público en la sala para escuchar el juicio.

Pero Emmaline no se fijó en lo que le decía la joven sobre el juicio. Su mente había quedado distraída con dos palabras que había pronunciado al principio.

—¿El liguero dorado?

—Sí, señora. Es la casa más grande del pueblo. Hasta que se construya un tribunal en Forbes Junction, es allí donde se celebran los juicios.

—Bueno, muy bien... Gracias —repuso ella yendo hacia el vestíbulo—. ¡Un juicio en una taberna! ¡Nunca había oído hablar de nada igual! —reflexionó en voz alta.

Una vez en la acera, miró hacia un lado y otro de la calle. Se fijó en los brillantes rótulos que marcaban los dos locales favoritos de los hombres de ese pueblo. La bala de plata estaba a un lado de la calle, El liguero dorado al otro.

Fue hacia el segundo de los sitios. No podía quitar la vista del dibujo de un liguero, pintado con todo detalle, que estaba sobre la puerta de la taberna.

Caminaba deprisa hacia allí. Pisaba tan fuerte con sus elegantes botines que se iba formando una nube de polvo a su alrededor.

Las puertas estaban pintadas de rojo y estaban colgadas lo bastante altas como para que no pudiera ver nada por encima de ellas. El interior estaba en penumbra. Sabía que podría mirar por debajo si se agachaba lo necesario, pero era una dama y una dama no hacía cosas tan indignas.

Empujó con la mano una de las puertas batientes y se metió entre ellas.

Estaba muy oscuro en el local. La única luz en su interior era la que se colaba entre las puertas y por las dos ventanas de la sala. Vio que estaba muy desordenado y lleno de cosas.

Había muebles por todas partes. Las sillas estaban colocadas al revés encima de las mesas y un joven barría con rapidez el suelo. Todo estaba lleno de polvo. Miró a su alrededor para intentar localizar al hombre que iba a convertir ese bar en un tribunal, al menos por un día.

—¿Señorita? —la llamó un hombre vestido con una camisa blanca desde detrás de la barra—. ¿Puedo ayudarla en algo?

Ella se acercó despacio. Se encontraba fuera de lugar y no sabía si había sido buena idea ir hasta un sitio como aquél. Sabía que a su abuela le daría un infarto si la pudiera ver en ese instante. Pero se imaginó que era bastante seguro a esas horas del día. Al anochecer, en cambio, los hombres que frecuentaban un sitio como aquél, harían que se convirtiera en un lugar inadecuado y peligroso para una dama decente como ella.

Pensó en el juez y en que él quizá pudiera ayudarla a salir de la situación en que se encontraba. Eso le dio la seguridad que le faltaba.

—¿Está aquí el juez del distrito? —preguntó ella en voz baja.

El camarero asintió y señaló una de las mesas, la que se encontraba en una de las esquinas más oscuras del local.

—Allí, señora —le dijo—. Se llama juez Whitley.

El hombre se quedó callado y después la miró sonriente.

—Una pregunta, ¿no es usted la niña del viejo Carruthers, la que vivía en el este?

Ella asintió sin dejar de mirar en la dirección que le había señalado. Había allí un hombre sentado a una mesa.

—Ya había oído decir que había vuelto al pueblo. Aunque yo lo habría podido adivinar por sus rizos pelirrojos, señora. La verdad es que se parece muchísimo a su padre —continuó el camarero mientras ella cruzaba la sala.

—No son pelirrojos, sólo castaño rojizo —susurró ella sin que nadie pudiera oírla.

El hombre estaba vestido de negro. Llevaba una camisa blanca abotonada hasta el cuello y una corbata negra. El sombrero era ancho y lo llevaba inclinado sobre los ojos, tanto que no podía vérselos.

A pesar de estar sentado, estaba claro que era un hombre grande. Se detuvo justo frente a la mesa, sin saber muy bien qué hacer.

Esperó a que él levantara la vista y la mirara.

—¿Juez Whitley? —preguntó ella con firmeza.

Él asintió.

—Necesito hablar con usted —le dijo sin saber cómo iba a recibirla ese hombre.

Pero estaba decidida a intentar averiguar lo que tenía que saber.

—Dígame, señorita —repuso él sin soltar la copa que sujetaba entre las manos.

Le sorprendió que el hombre bebiera licor a esas horas tan tempranas. Vio cómo elevaba el vaso y lo bebía todo de un trago.

—Sea rápida. Tengo juicio dentro de unos minutos —le urgió él de mala manera.

—Me llamo Emmaline Carruthers —comenzó ella sin saber muy bien cómo expresar lo que necesitaba saber.

—Eso ya me lo había imaginado. Con esa melena pelirroja, no podía ser otra persona. Además, tiene esa mirada de los Carruthers, no puede negar de quién es hija.

—¿A qué se refiere?

—Bueno, es más guapa que su padre, pero tiene la misma barbilla orgullosa de él —le dijo el juez mientras la miraba con atención—. Supongo que quiere preguntarme sobre el testamento que dejó, ¿no es así?

Ella asintió.

—Sí, así es. Quiero saber si existe la manera de impugnarlo. Quiero a mi hermana, pero no estoy segura de querer casarme ahora mismo. Me gustaría esperar un poco más y no precipitarme, la verdad.

Sabía que todo lo que le estaba pasando era por culpa de Gerrity. Creía que era un hombre mandón, prepotente y avasallador. Eran las mejores palabras que se le ocurrían para describirlo. Esa actitud masculina y dura con la que actuaba le irritaba mucho. Y la manera en que la había tratado la noche anterior había sido la gota que había colmado el vaso de su paciencia. Por eso estaba allí esa mañana,

Tenía que reconocer que Matt tenía un lado más tierno y amable. Ésa era la parte de él que le gustaba, la que había conseguido convencerla para que se casaran. Por otro lado, estaba el poder que tenía sobre ella cuando la abrazaba y besaba.

Sacudió la cabeza para volver a la realidad y no dejar que su mente se fuera por otros derroteros. Estaba decidida. Si podía retrasar la boda sin arriesgarse a perder la custodia de su hermana, iba a hacerlo.

La anoche que había pasado sin poder pensar en otra cosa que no fuera él, la había convencido de que Matt podría hacerse dueño de su corazón si lo dejaba. Ella estaba comiendo ya de la palma de su callosa mano y lo había conseguido sólo con unos cuantos besos y algunas palabras en el momento adecuado.

—No hay manera de cambiar el testamento, señorita Carruthers. Su padre lo dejó todo atado y bien atado —le dijo el juez Whitley.

Se abrieron las puertas del bar detrás de ella. Se dio cuenta de que no era la primera vez que se abrían en los últimos minutos. La sala se iba llenando de gente poco a poco. Algunos hombres se quedaron mirándola sin moverse, como si les fascinara que ella estuviera presente en ese lugar.

Oyó firmes pasos de botas de montar a su espalda y todo su cuerpo se estremeció al instante. No tuvo que esperar a oír su voz para saber quién estaba detrás de ella. No tuvo que esperar a que tomara su cintura entre sus fuertes manos para saber de quién se trataba. Era el único hombre que parecía tener la capacidad de quemar su piel a través de la ropa.

—Ha conocido a mi prometida, señor juez —dijo Matt alegremente, mientras la sujetaba con la mano.

Habló al magistrado por encima de su cabeza. El hombre lo miró con gesto divertido.

—No se puede decir que esta jovencita esté deseando casarse contigo, muchacho —le dijo el juez Whitley.

Matt le hizo una mueca.

—Es difícil convencerla —replicó mientras la agarraba con más fuerza.

—Suéltame —susurró ella entre dientes.

—Ni lo sueñes —le dijo Matt al oído mientras rozaba su rojiza melena con los labios.

—Bueno, será mejor que arreglemos este asunto de una vez por todas para que quede claro y pueda hacer mi trabajo —anunció el juez poniéndose en pie.

Tal y como se había imaginado, era un hombre enorme. Tragó saliva. Mucho más grande y alto de lo que había pensado. Se echó instintivamente hacia atrás, protegiéndose en el hombre que la sujetaba con firmeza.

—Matthew Gerrity, ¿comprende que tiene que casarse con esta mujer para poder tener la custodia de su hermana y las propiedades de los Carruthers? ¿Está de acuerdo con esos términos?

La voz del juez se oyó por toda la sala.

—Sí, lo estoy —repuso Matt.

—Y usted, Emmaline Carruthers, ¿es consciente de que para heredar las propiedades de su padre y tener la custodia de su hermana debe casarse con este hombre, vivir con él y tener un hijo suyo? ¿Lo entiende?

Ella se quedó callada. Por supuesto que entendía los términos del testamento. Y desde ese momento, y gracias a la sonora voz del juez, la mitad de la población de todo el pueblo también iba a conocer todos los detalles del mismo.

Suspiró frustrada. Su vida dejaba de ser privada. Y, si ese hombre tenía razón y no había manera de eludir los requisitos del testamento, iba a tener que hacer lo que acababa de describir el hombre. Por un lado, se sintió aliviada al darse cuenta de que todo el asunto se escapaba de sus manos y la decisión ya estaba tomada.

—¿Señorita Emmaline? —insistió el juez para que contestara.

No recordaba qué le había preguntado exactamente. No se acordaba de si era que entendía el testamento o que aceptaba casarse con Matt.

—Sí, por supuesto —contestó ella de mala gana y sin poder obviar las manos fuertes que la sujetaban por la cintura.

Podía sentir el calor que desprendía el cuerpo de Matt detrás de ella. También sintió el resoplido que dio aliviado después de que contestara.

El juez golpeó la mesa con el puño.

—Muy bien, de acuerdo entonces con las leyes del estado de Arizona y, según su propio consentimiento, los declaro marido y mujer. Matt, puede besar a su esposa —anunció el juez con voz ceremoniosa.

Un zumbido le bloqueó los oídos, no podía escuchar nada, y la visión se le nubló como si estuviera envuelta en una nube. Le fallaron los pies y estuvo a punto de tropezar cuando él la hizo girar. Matt tomó su barbilla en la mano y se la levantó unos centímetros. Vio la sonrisa de su boca y sus ojos entrecerrados. No fue hasta que Matt se inclinó sobre ella para besarla cuando dejó de luchar y permitió que la nube negra que la perseguía se hiciera con ella. Cayó sin conocimiento al suelo y sin apenas tiempo para protestar.

Matt la levantó del suelo y la sacó del bar en brazos. Los hombres que llenaban el sitio aplaudían y silbaban animados por el espectáculo que acababan de presenciar. Podía recordar ligeramente los gritos de la gente mientras ella se rendía a la voluntad de ese hombre. Apretó más los ojos al acordarse de lo que había pasado.

Podía sentir el fuerte brazo a su espalda. El otro le sujetaba las rodillas. Se sentía segura allí, con la cabeza apoyada en su pecho. La luz del sol le quemaba los párpados y le llegaron los aromas de caballos, polvo y del hombre que la sujetaba.

—Será mejor que abras ya los ojos, Emmaline —le dijo él—. Sé que estás despierta —añadió con tono burlón mientras la llevaba hacia el hotel.

Los abrió un poco para mirarlo. Le enfureció ver su sonrisa triunfante.

—Lo he fingido todo —le dijo ella con firmeza—. Yo no me he desmayado nunca.

—¿No? Pues lo has hecho muy bien, ha sido una actuación muy realista —repuso él riendo con ganas.

La dejó en pie al llegar a la puerta del hotel. La sujetó hasta que se aseguró de que podía mantener el equilibrio.

—¿Estás bien? —le preguntó Matt sin soltarla.

Ella se apartó de él. Levantó la cabeza y se mordió el labio inferior mientras miraba a su alrededor. Al otro lado de la calle, cerca de la puerta de la taberna de la que acababan de salir, había un grupo de hombres. Los miraban con descaro, sin querer perderse la continuación del entretenimiento de esa mañana.

Había varias mujeres frente al bazar que había al lado del hotel. Observaban con detenimiento su aspecto desaliñado.

Ella se alisó la blusa con las manos y se echó el pelo hacia atrás, intentando domar sus rebeldes rizos sin demasiado éxito. Notó que algunas de las mujeres miraban con admiración al hombre que tenía a su lado. No podía creerse el descaro con el que procedían esas damas y las miró con el ceño fruncido.

Se sentía fatal, como si estuviera en medio de un escaparate, donde todos pudieran verla y hablar de su vida. Estaba convencida de que todo aquello era culpa de Matthew.

—Espero que estés satisfecho, Gerrity —le dijo ella furiosa—. Has conseguido convertirme en el hazmerreír de todo el pueblo.

Matt miró a su alrededor con interés y saludó a las mujeres que los observaban con un galante gesto de su sombrero.

—Bueno, yo no diría que está aquí todo el pueblo, Emmie —le dijo él de buen humor.

—A lo mejor no está aquí todo el pueblo, pero lo sabrán antes de que anochezca.

Matt la tomó por el codo y la dirigió hacia la puerta del hotel, donde entraron juntos.

—Hoy no has desayunado, querida esposa —le dijo Matt con algo de brusquedad—. A lo mejor por eso te desmayaste en el bar.

—No me desmayé —insistió ella sin querer dar su brazo a torcer—. Simplemente, me quedé un minuto sin aliento.

—Bueno, antes de hacer nada más, será mejor que comas algo —repuso él yendo hacia el comedor sin soltar su brazo.

Allí los recibió la misma joven del delantal blanco con la que había hablado sólo unos minutos antes.

La verdad era que estaba hambrienta. Así que asintió con la cabeza.

—Supongo que no me vendría mal tomar algo de pan con mantequilla —concedió ella de mala gana.

—Tomarás tu desayuno y después decidiremos qué hacer con lo que ha pasado —le dijo mientras los llevaban hasta una mesa cerca de la ventana.

Matt sujetó su silla mientras ella se sentaba, después se agachó para susurrarle al oído.

—Volveré en un minuto. Si lo deseas, puedes pedir el desayuno mientras tanto. Yo sólo tomaré café —le dijo.

Matt se incorporó y salió rápidamente del comedor. Ella se quedó observándolo. Seguía atónita y perpleja después de todo lo que le había pasado ese día.

La habitación del hotel era grande. El recepcionista les había asegurado que era la mejor que tenían.

Emmaline, cuando por fin reunió las fuerzas suficientes como para mirar a la cama, decidió que al menos la cama era grande. La había ignorado desde que Matt la llevara hasta allí unos minutos antes, aún estaba furiosa después de que él no le hiciera caso. Él había insistido en que pasaran allí su día y noche de bodas.

No había querido hacer una escena en el vestíbulo, donde el recepcionista y otros huéspedes contemplaban con interés la discusión que habían tenido en voz baja. Decidió entonces cerrar la boca y esperar a que tuvieran algo de intimidad para poder hablar libremente los dos.

No quería ni mirarlo a la cara, estaba convencida de que Matt tendría una expresión de triunfo en sus ojos. Así que se distrajo mirando a su alrededor por el dormitorio. Estaba decorado profusamente con terciopelos granates y adornos dorados. Desde las cortinas de las ventanas hasta el dosel de la cama. Las paredes estaban cubiertas con un papel floreado. Y, por si eso no fuera ya excesivo, las cubrían también diversos cuadros con ornamentados marcos. Fingió interés en los paisajes que representaban y se puso a mirarlos detenidamente, uno a uno. Sabía que Matt la estaba observando desde la puerta.

—Será mejor que me mires a mí y digas lo que piensas, Emmaline —dijo él después de un tiempo—. No vamos a salir de esta habitación hasta que lleguemos a algún tipo de acuerdo y hagamos las paces.

—No he hablado porque no sabía que pudiera hacerlo. Me da la impresión de que hasta ahora has hecho todo lo que te parecía sin contar conmigo.

—Fue idea tuya ir a esa taberna —le recordó él—. Yo tenía la intención de que nos casáramos delante del reverendo.

Furiosa, se giró para mirarlo.

—El juez me engañó y lo sabes muy bien.

Vio cómo la cara de Matt se relajaba y le sonreía después.

—Lo sé, Emmaline. Créeme, no era así como había planeado que sucedieran las cosas, pero nunca puedes confiar en el viejo juez porque siempre sale por donde menos te los esperas. Whitley era un buen amigo de tu padre, ¿lo sabías? A lo mejor sólo quería celebrar él la ceremonia en honor a esa vieja amistad.

—¿Ceremonia? —repitió ella atónita—. ¿Crees que

eso fue una ceremonia? Eso no fue más que una auténtica farsa.

—Pero fue legal. Ahora eres mi esposa, Emmaline Gerrity —le dijo Matt con firmeza.

—No siento que haya sido legal —admitió ella.

—¿Te sentirías mejor si fuera el reverendo el que pronunciara las palabras que nos declaren marido y mujer? —le preguntó Matt.

Se acercó a ella con tres pasos y levantó la mano como si estuviera pidiéndole una limosna.

Se quedó observando su mano, llena de callos, y reconoció el significado de su gesto. Matt buscaba su consentimiento y estaba dispuesto a hacer que el reverendo repitiera la ceremonia y que así fuera más fácil para ella aceptar esa unión.

No era la primera vez que la sorprendía con más compresión de la que ella se había imaginado. Levantó lentamente la mano y se la ofreció, permitiendo que tirara de ella para acercarla aún más a su cuerpo.

—Hagámoslo todo de nuevo, señora Gerrity —le susurró él a modo de invitación.

Ella no pudo evitar sonreír.

—No tengo un vestido de novia —protestó ella.

—No, pero vas a casarte con algo prestado y viejo. Además, tienes un lazo azul en la cabeza —le dijo él mientras deslizaba los dedos hasta su nuca y la acariciaba allí.

Después enredó las manos en su pelo y jugó con sus rizos.

—Pero no tengo nada nuevo —repuso ella con voz temblorosa, mientras lo miraba.

—Puede que eso podamos arreglarlo —le dijo Matt.

Le soltó el pelo y se quedó mirándola unos instantes. Después, se inclinó y la besó con ternura en la frente. Matt cerraba los ojos, como si así pudiera disfrutar más de esos besos.

—¿Cómo vas a arreglarlo? —le preguntó ella.

Podía sentir cómo todo su cuerpo se encendía con la llama de la pasión. La estricta educación que Delilah le había transmitido durante los últimos años se había empezado a desmoronar desde hacía ya algunos días. Le bastaba con que Matt la tocara con sus cálidas manos para que ella bajara la guardia. Se sentía muy vulnerable entre los brazos de ese hombre. Un hombre que llevaba las riendas de su futuro.

—Eso es un secreto —murmuró él contra su sien—. Es una sorpresa. Esperaremos aquí un poco más, una hora más o menos, ¿de acuerdo?

Esperaba que alguien llegara pronto a la habitación con lo que él les había pedido mientras Emmaline lo esperaba en el comedor.

—¿No te importa esperar? —le preguntó.

«¿Que si me importa esperar?», pensó ella.

Sabía que, entre los brazos de Matt y con sus cálidos besos en la cara, estaría dispuesta a darle la razón en todo. No le importaba esperar por lo que él le había prometido que sería un sorpresa.

El mero hecho de estar allí ese día había sido toda una sorpresa. Igual que todo lo que había ocurrido ese día. Estaba segura de que no podría sorprenderla ya nada.

—No, no me importa esperar —le dijo mientras sacudía la cabeza.

Matt se apartó de ella de mala gana y la miró con una sonrisa.

—Estoy esperando a que me traigan un paquete. ¿Por qué no encargo que te preparen un baño y así puedes arreglarte el pelo y asearte? Cuando llegue el paquete, te lo subiré enseguida, ¿de acuerdo?

El baño había sido cálido y reconfortante.

Se puso de pie frente al espejo oval que colgaba frente al lavabo y miró su reflejo. Le brillaba la piel y todo gracias al jabón aromatizado que Matt le había encontrado. Sonrió al recordarlo.

—Pensé que te gustaría esto —le había dicho él con algo de timidez, mientras le entregaba el jabón por encima de la pantalla del baño.

—Gracias —la había dicho ella.

Se dio cuenta de que aquello significaba una nueva etapa entre los dos. Algo tan simple como darse y recibir una barra de jabón era todo un progreso para ellos. Matt había ido a buscarle aquello pensando sólo en su comodidad y no pudo por menos de sonreír al recordarlo.

Aún seguía cubierta con una larga toalla blanca. Se cepilló el pelo y se lo enroscó de varias maneras distintas. Ninguna le convencía, pero tenía que ser un peinado sencillo, sólo llevaba consigo unas cuantas horquillas y un lazo azul.

Alguien golpeó la puerta con rapidez y el ruido atrajo su atención. Sintió después cómo alguien metía una llave en la cerradura. Estaba claro quién se hallaba al otro lado de la puerta.

—¿Matt? —lo llamó ella desde su escondite al otro lado de la pantalla que separaba la bañera del resto de la habitación.

—Sí, soy yo —repuso él mientras entraba y cerraba

la puerta tras él—. ¿Dónde estás, Emmaline? ¿Aún sigues en la bañera?

—No, estoy intentando arreglarme el pelo —contestó ella.

—Te he traído algo —le dijo Matt desde el otro lado de la habitación—. ¿Quieres verlo?

—No estoy vestida —repuso ella con pudor.

No pudo evitar sonrojarse al pronunciar las palabras.

—Ponte algo y sal —le sugirió él—. Quiero mostrarte esto, Emmaline. Acababan de traérmelo desde el rancho.

Se asomó lentamente para mirarlo. Matt se pasaba una mano por su oscuro pelo. En la otra llevaba un gran paquete. Se dio cuenta de que era el mismo que había llevado a la casa la noche anterior.

No pudo evitar mirarlo con interés.

—¿Qué es? —le preguntó.

—Ven a verlo —respondió él para atraer su curiosidad.

Se apretó bien la toalla, subiéndola todo lo posible por encima de sus pechos. Con la otra mano se la sujetaba alrededor de la cintura. La tela le cubría hasta las pantorrillas. Aun así, no pudo evitar vacilar antes de salir. Le parecía que estaba bastante presentable y que, de todos modos, estaba legalmente casada con el hombre que la esperaba al otro lado de la habitación.

Pero acababa de dar tres pasos cuando se detuvo de nuevo. Ya no le daba la impresión de estar presentable. Él la consumía con su mirada.

Se le fueron los ojos sin poder remediarlo a cada centímetro de su piel que quedaba expuesto. Sus hombros eran suaves y redondeados y sus brazos esbeltos. Gran parte de su cuerpo estaba pudorosamente cubierto por la toalla, pero dejaba entrever sus pantorrillas, tobillos y pies.

No era la primera vez que veía sus delicados pies y admiraba la suave curva de sus empeines y sus pequeños dedos. Pero la sedosa piel de sus hombros lo tenía hipnotizado. Se moría por acariciarla, pero se daba cuenta de que era una joven inocente. Se controló para sujetar las manos y no dejarse llevar por sus instintos. No tenía ninguna experiencia y estaba seguro de que si se mostraba impulsivo, sólo iba a conseguir asustarla. Tenía que lograr que se sintiera cómoda y a gusto.

—Ven a ver lo que te he traído —le dijo intentando parecer despreocupado.

Colocó el paquete sobre la cama. Se sacó el machete de la bota y cortó el cordel que ataba el regalo. Lo abrió con cuidado y desveló las prendas que había comprado para ella el día anterior. Le parecía increíble que sólo hubiera pasado un día desde que fuera a la tienda para adquirir el vestido de novia de Emmaline.

Lo levantó y la miró. Ella se acercó, olvidándose por unos instantes de su vergüenza. Alargó la mano para tocar el tejido de algodón.

Era un vestido blanco con flores azules y hojas verdes. Los tallos entrelazaban delicadamente una flor con otra.

—Es precioso —dijo ella después de un momento.

Se le llenaron de lágrimas los ojos y se estremeció. Soltó sin darse cuenta la mano que sujetaba la toalla en su cintura. Estaba más relajada. Matt colocó el vestido sobre su brazo y ella se lo agradeció con un susurro.

—¿Lo elegiste tú?

Matt asintió y se echó hacia atrás. Tenía que alejarse de ella, de la tentación que suponía. Apenas podía mantener el control. A pesar de llevar sólo una simple toalla, Emmaline era un regalo para la vista. Su pelo estaba suelto y flotaba libre alrededor de su cara y sobre sus hombros. Le brillaban los ojos y sonreía con dulzura. Estaba seguro. Era la mujer más atractiva y sensual que había visto en su vida.

Y era su esposa.

Creía que, o salía en ese instante de la habitación o podía acabar fastidiando el día de su boda. Tanto ansiaba tocarla que sentía cómo le temblaban las manos. Se las metió en los bolsillos para no caer en la tentación de acariciarla, para no abrazarla y llevarla hasta la gran cama, donde podría tomarla como un enloquecido semental, sin darle oportunidad al reverendo de bendecir su unión y pronunciar las palabras que conseguirían apaciguar la conciencia y el corazón de su esposa.

Nueve

Estaban casados y bien casados. Y Emmaline, por mucho que reflexionara y recapacitara, no conseguía entender cómo había pasado todo en un solo día.

No sólo habían acabado contrayendo matrimonio en contra de su voluntad y sin que ella fuera consciente de lo que se traía el juez Whitley entre manos, sino que además estaban a punto de pasar su noche de bodas en el hotel Forbes Junction.

Miró de reojo al hombre que estaba sentado frente a ella en la mesa. Matt parecía tranquilo y cortaba el filete que le habían llevado. Levantó la vista de forma inesperada y le sonrió, después volvió a concentrarse en la comida, parecía tener apetito.

—Estás disfrutando con todo esto, ¿verdad? —comentó ella con tono acusatorio.

—Por supuesto —repuso él mientras se limpiaba la boca con la inmaculada servilleta.

—No hablo de la comida, sino de este día. Y del

hecho de que estemos en un... Aquí —dijo ella mirando a su alrededor—. En medio de un hotel donde todo el mundo sabe ya que nos hemos casado.

Matt la miró mientras masticaba otro pedazo de carne.

—Dos veces —replicó él tomando un trozo de pan de la cesta—. Nos hemos casado dos veces. Apuesto lo que quieras a que poca gente está tan casada como nosotros. ¡Dos veces! —repitió con una sonrisa.

—El reverendo nos estaba esperando —le recordó ella sin dar su brazo a torcer—. No sé de qué te quejas. Creo que lo apropiado era casarnos delante de un pastor de la iglesia como lo hicimos, no en una taberna.

—Como quieras, Emmaline.

Ella se movió en la silla, incómoda con todo aquello. Tomó un trocito de patata asada con su tenedor, pero volvió a dejarlo en el plato sin probar bocado.

—Ya sabes lo que quiero decir —insistió ella—. Todo el pueblo sabe que cuando vayamos arriba a nuestra habitación... Saben que es nuestra noche de bodas.

Sabía que estaba ruborizada, podía sentir el calor en sus mejillas. Se había pasado así casi todo el día.

Matt vio cómo se sonrojaba y le brillaban los ojos, al borde de las lágrimas. Se moría de ganas de llevarla arriba hasta la habitación y comenzar la noche de bodas de la que ella estaba hablando con tanto embarazo.

—Emmaline, querida —comenzó él en voz baja mientras se inclinaba un poco sobre la mesa para que sólo la oyera ella—. No hay ninguna pareja de casados en todo el pueblo que no haya tenido su propia noche de bodas.

Se dio cuenta de que sus palabras no había servido para consolarla cuando vio el gesto de consternación en su cara.

—A eso me refiero —susurró ella mientras se limpiaba las manos en la servilleta—. ¡Todos lo saben!

Matt levantó su taza y bebió un sorbo de café. Se le había enfriado mientras disfrutaba del sabroso filete. Dirigió el dedo índice hacia al plato de Emmaline y ella lo miró con el ceño fruncido.

—¿Qué? ¿Qué pasa?

El filete estaba intacto. Lo había cortado en pequeños pedazos, pero no había conseguido probarlo aún. Al lado estaba la patata asada. La había cortado también, pero no había comido nada. Lo mismo había pasado con las verduras.

—Tienes que comer, Emmaline —le dijo él con suavidad—. No has probado tu cena y, si no me equivoco, tampoco tomaste nada a la hora de la comida. Lo único que has comido en todo el día fue el pan con mantequilla que pediste para desayunar.

—Bueno, pero lo tomé bastante más tarde de la hora normal de desayunar —replicó ella—. Además, no tengo demasiado apetito —añadió mientras soltaba el tenedor y apoyaba las manos en su regazo.

—Bueno, no me vengas entonces con quejas a medianoche, cuando estés muerta de hambre —le advirtió él mientras terminaba su cena.

—No tengo intención de quejarme de nada —susurró ella mientras miraba de nuevo a su alrededor con gesto avergonzado.

—Nadie te está mirando, Emmaline —insistió él intentando ser paciente—. Nadie se va a fijar en nosotros.

—¿Eso crees? Pues Deborah Hopkins acaba de entrar con un hombre y vienen los dos hacia nuestra mesa.

—Intenta parecer feliz —le ordenó él mientras alargaba la mano para birlarle un pedazo de su filete.

Hizo lo que le decía y sonrió con educación. Pinchó una zanahoria y se la llevó hacia la boca.

—Bueno, bueno, así que ésta es la novia —dijo Clyde Hopkins a modo de saludo, al llegar al lado de su mesa.

—Hola, Clyde —lo saludó él con entusiasmo y levantándose por deferencia a Deborah—. Así es. Te presento a Emmaline, mi esposa. Mi flamante esposa.

Le pareció que Matt la presentaba con el adecuado grado de orgullo de cualquier marido en el día de su boda. Sonrió con todo el entusiasmo que pudo musitar, asegurándose de que se le vieran todos los dientes en el gesto.

No pudo evitar ruborizarse al ver cómo aquel hombre la miraba de arriba abajo.

—Bueno, bueno. Es una esposa encantadora, ¿verdad, Deborah? Tan bella que ha conseguido arrastrarte al altar, ¿eh?

Emmaline miró a su alrededor. Eran el centro de atención en el comedor. Todos los miraban sin ningún tipo de complejo. Le hubiera encantado poder levantarse y salir de allí para preservar la poca dignidad que le quedaba.

—¿Al altar? —repitió ella con perplejidad.

—Bueno, ya he oído que tuvisteis que conformaros con la taberna y con una mesa de bar en vez de un altar —comentó Clyde con una sonrisa pícara—. Pero, bueno, una boda es una boda. Sea como fuere, estáis casados.

—Matt está lleno de sorpresas, siempre lo he dicho —comentó Deborah entonces—. Y supongo que su decisión de casarse con su novia en El liguero dorado es sólo una de las muchas sorpresas que guarda para ella.

La mujer le sonrió con frialdad y después se llevó la mano a la cabeza para atusarse el pelo, que ya estaba perfecto. Después, por si no fueran ya el hazmerreír de todos, se acercó a ella y le habló en un tono lo suficientemente alto para que todos los presentes la escucharan.

—A lo mejor te lleva a La bala de plata para pasar la luna de miel.

—¡Ya basta, Deborah! —gruñó Matt mientras la miraba con los ojos entrecerrados y la mandíbula apretada—. Acabas de insultar a mi esposa. Si fueras un hombre, te arrastraría hasta la calle ahora mismo para obligarte a callar —le dijo agarrando con fuerza su mano.

Deborah palideció al oír sus duras palabras. Y seguro que tampoco le era agradable la fuerza con la que Matt sujetaba sus delicados dedos.

Como si el contacto con su piel fuera suficiente para repugnarle, Matt soltó de inmediato su mano y volvió a sentarse.

Fijó entonces su atención en Clyde Hopkins.

—Saca a tu hija de aquí —le dijo Matt sin levantar la voz.

Alargó la mano y tomó el plato lleno de comida que ella tenía aún delante. Lo levantó unos centímetros por encima de la mesa antes de hablarles de nuevo.

—Sal ahora mismo de aquí con ella o Deborah va a comenzar una nueva moda femenina cuando este plato decore la pechera de su traje —dijo Matt en tono amenazante.

Clyde la miró con los ojos encendidos por el odio y la indignación. Después, con toda la dignidad que pudo reunir, tomó a su hija del brazo y salieron del comedor.

—Por favor, vayámonos de aquí —le pidió ella en cuanto se quedaron solos de nuevo.

—Nos iremos dentro de poco —le aseguró Matt—. Bebe un poco de agua, Emmie. Toma algo de pan o entretente con lo que sea, no voy a permitir que todo el mundo vea que Deborah ha conseguido echarte de aquí.

—No serán ellos los que consigan echarme de aquí. Yo ya estaba deseando irme antes de que aparecieran por el restaurante —replicó ella con sarcasmo.

Matt la miró con extrema ternura mientras parecía asimilar lo que sus palabras acababan de confesarle.

—No tienes que huir de mí, cariño —le dijo Matt con amabilidad—. Y si lo haces, te seguiré a donde vayas.

Apoyó los codos en la mesa.

Se daba cuenta de que iba a costarle conseguir que Emmaline se sintiera lo suficientemente relajada como para disfrutar de la noche de bodas. Parecía muy confusa y asustadiza. La visita de Clyde y su hija no había hecho sino empeorar su estado. Tenía que conseguir que se sintiera a gusto.

—Por favor —le pidió ella en un susurro.

Parecía estar deseando salir de allí y él accedió por fin.

—Muy bien, vámonos —le dijo.

Con la mano en su cintura, la acompañó fuera del restaurante. Le alivió ver que la gente no los miraba ya, sino que fingían interés en sus propias mesas y platos. Cuando llegaron al vestíbulo, la dirigió hacia la amplia escalera que llevaba al piso de arriba, donde estaba la habitación que había alquilado.

Arrastraba los pies contra la superficie enmoquetada de las escaleras, la mano que se aferraba a la balaustrada le sudaba profusamente y el corazón le latía a mil por hora. Cuando llegaron frente a la habitación dos cero nueve y Matt abrió la puerta para dejarla entrar, Emmaline estaba a punto de desmayarse de nuevo con el pánico que la atenazaba por completo.

—No tengo un camisón —espetó sin pensar, en cuanto vio la cama frente a ellos.

Se dio media vuelta para mirarlo. Se daba cuenta de que debía haber casi desesperación en sus ojos.

—Tenemos que volver a casa. Tenemos que ir hasta el rancho, Matt. No puedo irme a la cama si no tengo un camisón.

Matt luchó para controlar la sonrisa que amenazaba con asomar en sus labios al escuchar las palabras de Emmaline. Pero se controló. No estaba dispuesto a disgustarla más aún de lo que estaba.

—No pasa nada cariño —le dijo para tranquilizarla—. Puedes dormir con tus enaguas o algo de eso. O quizás con esa prenda de seda que te traje en el paquete del vestido.

—¿La camisola? ¿Quieres que duerma con eso puesto? ¡Es casi transparente! —exclamó ella estupefacta.

—Sí, lo sé —murmuró él.

Recordó la prenda. La había visto sólo durante unos segundos sobre el mostrador de la tienda de Abraham

Guismann. Pero su apariencia delicada y sedosa había sido suficiente para que su fértil imaginación volara al pensar en Emmaline cubierta sólo con esa camisola.

Sintió cómo se despertaba su entrepierna, pero sabía que ella no estaba preparada aún para eso e intentó pensar en otra cosa.

—¿No podríamos simplemente volver al rancho? —le preguntó ella esperanzada.

Sabía que él se iba a negar, pero quería intentarlo una vez más, apelar a la clemencia de ese hombre. Creía que se moriría de vergüenza si se veía obligada a bajar a desayunar al comedor al día siguiente en frente de toda la gente que sabía lo que había pasado esa noche entre los dos. Su noche de bodas.

—Emmaline, ¿se puede saber de qué estás tan asustada?

No quería preguntarle aquello, pero las palabras se escaparon antes de que pudiera pensar en ello. Decidió que era mejor saberlo. Se acercó a ella y apoyó con cuidado las manos en sus delicados hombros.

—Sabes que nunca haría nada que pudiera hacerte daño, ¿verdad?

—No sé de qué tengo miedo, Matt. Ése es el problema. No... No sé nada —admitió Emmaline—. Bueno, algo sé, claro. Sé que se usa a un semental para preñar las yeguas, sé cómo nacen los cachorros y he visto a los pájaros en primavera revoloteando y me imaginó que estaban... Bueno, ya sabes...

Ella se detuvo de repente, sonrojándose una vez más. Era como si acabara de darse cuenta de que estaba hablando con su marido de lo innombrable, de algo de lo que nunca hablaba una dama.

—Emmie... —le dijo él con voz tierna y una sonrisa—. Los hombres y las mujeres no son como los caballos, lo perros ni los pájaros, aunque te confieso que no sé qué viste hacer a los pájaros. Si te hubieras dedicado a observar a las gallinas con el gallo, entonces sí que podrías haber aprendido algo —añadió él burlón.

Ella frunció el ceño y se apartó de mala manera.

—¡Sé que no es lo mismo, Gerrity! Eso lo sé.

—¿De verdad, cariño? —le preguntó él con más amabilidad, mientras alargaba de nuevo sus manos hacia ella.

Podía rodear su cintura con las manos. Era como si estuviera hecha para él y sabía que iba a encajar con la misma perfección en más de un sentido. No pudo evitar admirar todo su cuerpo.

Recordó la suavidad que le habían prometido sus hombros desnudos después del baño. Sintió la imperiosa necesidad de despojarla del vestido que llevaba puesto. La idea de quitarle las medias y deslizarlas por sus pantorrillas fue suficiente para que sus manos comenzaran de nuevo a temblar. Tampoco podía quitarse de la cabeza la firmeza y las curvas de su busto.

—No me mires así —le advirtió ella.

Todos sus sentidos estaban en alerta y una abrasante ola de calor recorría su cuerpo, sobre todo en las partes que Matt iba acariciando con su mirada y donde la tocaba.

—Vuélvete —le pidió él.

Su tono era más de orden que de sugerencia, pero ella obedeció. Matt no dejó de tocarle la cintura mientras se giraba.

Después las apartó, pero sólo para desabrocharle los

botones de perla que cerraban el vestido desde la nuca. La hilera de delicados botones terminaba justo por debajo de sus caderas. En cuanto terminó, Matt se dispuso a hacer lo mismo con los que cerraban los puños de sus mangas. Tenía los brazos alrededor de sus hombros y sujetaba las manos de Emmaline por delante de su pecho. Le estaba desabrochando los botones con sumo cuidado. Estaba segura de que no podía ser sino un accidente que Matt tocara con el interior de la muñeca uno de sus pechos al quitarle el último botón.

Entonces él tiró de las mangas y se deslizó con ellas el corpiño del vestido. Ella, completamente aturdida con lo que estaba pasando, agarró con fuerza el cuello del vestido para que no cayera del todo.

—¿Qué se supone que estás haciendo, Matthew Gerrity? —exclamó ella fuera de sí.

Estaba intentando, con poca fortuna, que el vestido no cayera. Miró por encima de su hombro con los ojos muy abiertos y vio que él le estaba sonriendo.

—Sólo intento ayudarte, cariño.

—Me lo puse sin ayuda y me lo puedo quitar del mismo modo —replicó ella.

Se daba cuenta de que había perdido por completo el control de la situación.

—Venga, Emmaline, deja que te ayude —insistió él mientras cubría sus manos con delicadeza.

Ella suspiró temblorosa y soltó el vestido. La prenda cayó de inmediato a sus pies, como una lluvia de flores azules y hojas verdes. Agachó la cabeza y cerró los ojos.

—Saca los pies del vestido, Emmaline —le dijo Matt con amabilidad—. No querrás que se te arrugue tu vestido nuevo.

—No —repuso ella.

No podía dejar de mirarse el pecho, el principio de sus senos estaba completamente expuesto y a la vista de Matt.

—Estaba seguro de que te quedaría bien —le comentó Matt mientras se agachaba para recoger el vestido del suelo.

Matt agarró la goma elástica que había sido introducida en la cintura de la prenda para que se adaptara a mujeres de distinta talla. La estudió y estiró después.

—Esto es todo un invento, ¿no te parece?

—Sí —murmuró ella sin poder dejar de observar las manos de Matt.

Él tomó con cuidado el vestido y lo colgó de un perchero que había en la pared. Después, al volverse para mirarla de nuevo, se esforzó por fijarse sólo en su rostro. Era consciente de que la combinación dejaba la parte superior de los pechos de Emmaline a la vista y no quería incomodarla aún más.

—¿Necesitas ayuda con el resto de la ropa? —le preguntó entonces, sin dejar de mirar sus ruborizadas mejillas.

Ella negó con la cabeza.

—No.

—¿No sabes decir otra cosa más que sí o no, Emmaline? —le dijo él con una sonrisa.

—No sé qué otra cosa decir —admitió ella—. No necesito más ayuda, gracias. No me compraste un corsé...

Levantó las cejas al oír sus palabras.

—No creo que las mujeres de esta zona los usen y no creo que nadie tenga uno en el rancho. Hace demasiado calor para que las pobres señoras vayan encorsetadas.

—Bueno, pronto avisaré a mi casa de Lexington para que envíen mis cosas. Entonces tendré el mío para usarlo cuando lo necesite.

Estuvo a punto de decírselo, pero su sentido común lo detuvo a tiempo. Sabía que era mejor no sacar ese peliagudo tema en esos instantes. Emmaline ya estaba bastante tensa con la noche de bodas como para decirle que ya se había comunicado él con sus abuelos.

Vio a través de las ventanas de la habitación que el sol tocaba ya la línea del horizonte. Todo el cielo se había teñido de colores hacia el oeste. Sabía que se haría de noche muy pronto. Emmaline se había dado cuenta de que en Arizona los atardeceres eran muy rápidos y que las puestas de sol se convertían en noches oscuras en pocos minutos.

Estaba deseando que llegara esa oscuridad. Lo último que se habría imaginado era tener que meterse en esa cama llevando sólo una fina camisola de seda y a la plena luz del día.

Se dio cuenta de que tenía que ganar algo de tiempo. Y se le ocurrió una idea al instante.

—¿Podría tener un poco de intimidad para asearme? —le pidió ella.

Matt la miró con los ojos entrecerrados, como si sospechara de sus intenciones. Pero después se encogió de hombros y asintió. Le parecía que Emmaline estaba completamente limpia, pero si lo que necesitaba para calmarse era asearse un poco más en el lavabo, estaba dispuesto a ser magnánimo y hacer que se sintiera lo más cómoda posible.

—Claro —asintió él—. Estaré aquí mismo, sentado al lado de la ventana y mirando la calle, así que puedes meterte detrás del biombo y hacer lo que tengas que hacer.

Emmaline hizo una mueca de desagrado al oír su propuesta. No parecía quedarse satisfecha con la solución.

—Bueno, verás... Parte de lo que tengo que hacer requiere más privacidad aún —repuso ella después de unos momentos de silencio.

—Ya... —repuso él algo incómodo—. Bueno, saldré un rato, Emmaline, pero volveré pronto —le advirtió mientras iba hasta la puerta de la habitación—. Daré un paseo por aquí fuera y vuelvo dentro de unos minutos.

Salió satisfecho por haber dejado las cosas claras. Fue por el pasillo hasta las escaleras y dio una vuelta por el callejón que había en la parte de atrás del hotel. Estaba lleno de ganaderos y peones. Estaba decidido a darle diez minutos.

Pero ni uno más.

Matt vio al entrar en la habitación de nuevo que Emmaline no ocupaba ni una tercera parte de la cama. Se había metido por el lado que estaba más lejano a la puerta.

Se había cubierto con la sábana y la colcha hasta justo debajo de la barbilla y estaba tumbada boca arriba.

La colcha dibujaba su esbelta figura.

Esperaba que no llevara puesto nada más que la ligera camisola que le había comprado él.

No podía dejar de mirarla y le costó pasar el cerrojo de la puerta para asegurarse de que tuvieran la necesaria privacidad. Le temblaban las manos.

Emmaline oyó el sonido del metal cuando Matt pasó el cerrojo y tragó saliva.

«Estoy encerrada en esta habitación con él, estamos casados y no sé qué tengo que hacer», pensó ella angustiada.

No podía dejar de morderse el labio inferior mientras lo miraba asustada.

Deseaba con todas sus fuerzas que Delilah le hubiera dado más detalles sobre la noche de bodas. Le costaba respirar con normalidad.

—¿Estás durmiendo, Emmaline? —le preguntó él con suavidad, mientras se acercaba despacio a la cama.

Con una mano iba quitándose los botones de la camisa.

—No —susurró ella.

Daba gracias al cielo de que fuera ya casi totalmente de noche. La luz de la luna era casi la única que entraba en la habitación.

Matt estaba de pie entre ella y la ventana, la luna iluminaba su contorno. Se quitó el cinturón que sujetaba sus pantalones vaqueros y éstos se deslizaron un poco por sus caderas cuando se sacó la camisa.

Se dio la vuelta y fue a colgarla entonces en otro de los ganchos del perchero, al lado de su vestido. Fue un gesto que la conmocionó. Fue un momento de intimidad que le recordó que estaban casados, que iban a vivir juntos y compartirlo todo. Su ropa estaría metida en el mismo ropero y sus cuerpos dormirían en la misma cama. Todo aquello le parecía increíble.

Matt se sentó en la silla de madera que había al lado de la cama y se agachó para quitarse las botas. Después se quitó los largos calcetines. Eso le recordó que no había podido quitarle las medias a Emmaline, una de sus fantasías.

Ese pensamiento lo sacudió con fuerza y sintió de nuevo la misma urgencia que había intentando controlar durante todo el día.

Se puso en pie, se desprendió de sus pantalones y se los sacó. Ya sólo lleva puestos sus calzoncillos cortos.

Levantó la sábana y se metió en la cama. El lino estaba recién planchado y fresco. Fue una sensación agradable.

Para demostrarle a Emmaline que podía que estar tranquila, puso mucho énfasis en lo cómodo que estaba. Apoyó la cabeza en la almohada suspirando, metió las manos debajo de la nuca y se esforzó por mostrarse lo más natural posible.

Después de un rato, levantó un poco la cabeza y la miró.

—¿Tienes suficiente sitio? —le preguntó él con voz alegre.

—Eh...

Emmaline parecía no saber cómo contestar a su pregunta y él no pudo evitar reírse.

—Bueno, supongo que es mejor eso a que siempre me respondas con un «sí» o un «no» —le dijo .

—¿Cuándo vas a hacerlo? —preguntó Emmaline sin poder esperar más.

Estaba asustada y angustiada con aquello, pero tampoco podía seguir esperando. Se imaginaba que él comenzaría a tocarla en cualquier momento. Aunque no tenía ni idea de qué esperar de todo aquello.

—¿Hacer el qué?

Enfadada, Emmaline se sentó de golpe en la cama. La sábana cayó y la fina camisola no podía hacer nada por ocultar la silueta de sus firmes y redondeados pechos a la luz de la luna que provenía de la ventana.

Estaba tan agitada que sólo podía respirar superficialmente y su pecho se movía a la vez que su respiración.

Era más de lo que podía soportar Matt. Hasta entonces, había hecho lo imposible por no asustarla e ir despacio, pero no iba a poder aguantarlo más.

Tiró de la mano de Emmaline y ella se giró hacia él. Estaba pálida y sus ojos estaban llenos del miedo de la inexperiencia ante ese acto de suprema intimidad.

Volvió a tirar de su mano y esa vez ella perdió el equilibrio y se inclinó hacia él. Con cuidado, él tomó su hombro e hizo que se apoyara sobre su torso.

Empezó a acariciar sus rizos con ternura. Su cabello era tan abundante que sus dedos se enredaban en él.

—Me gusta tu pelo, señora Gerrity —murmuró él en su oído.

—Gracias —contestó ella.

Tenía su cara apoyada en el negro vello que cubría su torso.

—¡Qué educada eres! —repuso él—. ¿Qué dirías si te confieso que me gustan también tus bonitos hombros y tu piel suave?

La oyó respirar profundamente. Después sacudió la cabeza.

—No lo sé —repuso ella con un susurro—. ¿De verdad? ¿De verdad te gustan mis hombros?

—Sí, por supuesto —le aseguró él.

Acarició uno de sus brazos, podía sentir su pulso acelerado en la delicada muñeca. Entrelazó los dedos con los suyos y los examinó, acariciando cada uno. Quería ir muy despacio con ella.

—Tú tienes unas manos bonitas —le confesó Emmaline.

—Están llenas de callos —repuso.

Sus palabras quedaban casi ahogadas entre sus suaves y brillantes rizos. Se dio cuenta fascinado de que su pelo, casi siempre rojizo, parecía casi dorado a la luz de la luna. Y su aroma... Inhaló su delicioso aroma una vez más.

Con cuidado, movió su otra mano y le acarició la espalda hacia arriba hasta llegar a su nuca. Le echó la cabeza hacia atrás y sus bocas quedaron la una frente a la otra. Ella no se quejó y eso le animó a ir más allá.

La boca de Emmaline era cálida y suave. La besó con extremo cuidado, consciente de que el cuerpo de la joven se estremecía entre sus brazos.

—Dijiste que te gustaba que te besara —le recordó él a modo de excusa y sin dejar de darle sensuales besos.

—Sí... —suspiró ella contra su boca.

Se daba cuenta de que ella se entregaba a él, con todo lo que ello significaba. Era un regalo maravilloso.

La mano que había acariciado su brazo siguió moviéndose y comenzó a acariciarle los hombros. Sabía que podía sentir su calor a través de la fina camisola.

Deslizó la mano después hasta su espalda y exploró los huesos de su columna.

La rodeaba por completo, desde la mano que sujetaba su nuca mientras la besaba hasta la que tenía en la espalda y hacía que estuviera completamente aplastada contra su cuerpo. Emmaline tenía las manos entre los dos y poco a poco fue aventurándose a acariciar el vello de su torso.

Él cerró los ojos al sentir que ella comenzaba a tocarlo. Podía sentir la caricia de sus dedos y el inquietante roce de sus uñas, mientras Emmaline exploraba tímidamente su torso.

La excitación que lo había perseguido durante ese largo día era ya más que evidente y sabía que incluso alguien inexperto como ella se daría cuenta. Estaba fuera de sí y ella, con sus manos, no estaba sino poniéndole las cosas más difíciles todavía.

Dejó de besarla para mirarla.

—Hola, señora Gerrity —susurró el con voz ronca y sensual contra su rostro.

El aliento le olía a menta y café. Era muy agradable.

—Señora Gerrity... —repitió ella despacio.

La presencia de Matt la embriagaba. Se tranquilizó un poco al oír su nuevo nombre. Intentó convencerse de que todo iba a ir bien. Él estaba siendo muy caballeroso y estaba empeñado en tratarla como a una dama en todo momento. Pensó que quizás eso era todo lo que necesitaba para ser feliz, estar casada con él. Sonrió y se acurrucó a su lado.

—Quería asegurarme de que respondías si te llamaba así —murmuró él.

—Por supuesto —contestó ella—. Ahora que soy tu esposa, ése es mi nombre.

Matt sonrió y se apartó un poco. Tiró de ella hasta dejarla en el centro de la cama. Él se inclinó entonces sobre ella, aplastando con su fuerte torso sus pechos.

—Pero no lo eres, no de verdad —le dijo él con tono amable.

—Sí, sí que lo soy —repuso ella con algo de indignación—. Claro que soy tu esposa. ¡Y el doble que otras esposas! El juez y el reverendo me han convertido en tu esposa.

Matt no pudo evitar reírse.

—Ahí es donde te equivocas, señora Gerrity. Todas esas palabras no han servido para nada. Yo soy el único hombre en el mundo que puede convertirte en mi esposa.

Emmaline se quedó callada. Sus ojos reflejaban su profunda confusión. La observó, esperando pacientemente a que ella entendiera el verdadero significado de sus palabras.

—¡Pero estamos juntos en la cama! —espetó ella de repente.

Él asintió.

—Me has estado besando, tocando y todo eso...

—Hay más —la interrumpió él con amabilidad, mientras aplastaba su cuerpo contra sus cálidos muslos.

Ella se movió incómoda, intentando apartarse de su abultada erección. Pero él la sujetó con la mano para que no lo hiciera.

—¿No sabes lo que es eso, Emmaline? —le preguntó él con delicadeza.

No sabía cuánto tiempo iba a ser capaz de aguantar la presión que se iba acumulando en su ser y que ansiaba ser liberada pronto.

—¿Es ésta la parte en la que...? ¿Es ahora cuando tengo que ser sumisa?

—¿Es eso lo que piensas que va a pasar? ¿Crees que voy a hacerte daño? —le preguntó él mientras separaba los muslos de Emmaline con su pierna.

—No sé demasiado de estas cosas, pero creo que

no se me va a dar bien lo de ser sumisa —le advirtió ella un susurro apenas audible.

Emmaline se dio cuenta de repente de que, sin que ella fuera consciente de lo que ocurría mientras hablaban, Matt se había colocado encima de ella y se había abierto camino entre sus piernas.

—Yo te enseñaré cómo hacerlo, Emmaline —murmuró Matt.

Matt no sabía cómo iba a poder quitarle la camisola. Emmaline la tenía enredada entre sus muslos y bien sometida alrededor de su cuerpo.

Bajó una mano y tiró de la prenda. Consiguió que se desprendiera y aflojara.

—¡Me estás desnudando! —exclamó ella angustiada.

Estaba en tensión, no podía controlarse por más tiempo. Ella lo miraba asustada. Abrió la boca como para protestar, pero cerró los ojos y se lo pensó mejor.

Notó cómo se quedaba sin aliento cuando le quitó la camisola del todo con un ágil y diestro movimiento.

Emmaline estaba perpleja, abrió los ojos y miró atónita su propio cuerpo desnudo. No podía creerse que no hubiera ya ropa entre ellos.

—Esto es lo que ocurre cuando la gente hace el amor, Emmaline —le dijo él con cuidado—. Ésta es la parte que nos convierte de verdad en marido y mujer.

Todo él era oscuro. Su cabello negro y el vello que cubría su torso. Parecía una criatura de la noche.

Miró el lugar donde sus cuerpos se tocaban.

Matt apoyó con cuidado la mano sobre la parte más baja de su vientre y la extendió allí.

—Aquí es donde crecerá nuestro bebé, Emmie —le dijo en un susurro—. No sabes cómo ocurre, ¿verdad?

Se resignó a la tarea de instruirla sobre lo que estaban a punto de hacer. No entendía que nadie le hubiera contado de dónde venían los niños y lo que pasaba entre un hombre y una mujer. Creía que su abuela o alguna otra persona debería haberlo hecho.

Ella negó con la cabeza. Parecía completamente perdida.

—Bueno, he visto mujeres en estado —le dijo Emmaline.

—Ya... —repuso él.

Dejó que su cabeza cayera sobre el pecho de Emmaline, cerró los ojos y suspiró profundamente. Estaba siendo más difícil de lo que había previsto. Después se echó completamente sobre ella, tomó su barbilla con una mano y besó la boca que ella le ofrecía.

Sintió cómo se revolvía bajo su cuerpo.

—Matt —murmuró contra su boca—. Tengo tanto calor...

—No pasa nada, cariño —susurró él.

Se abrió paso entre sus labios y acarició su lengua y su boca mientras hacía que sus caderas girasen también sobre la pelvis de Emmaline.

—No sabes cómo me haces sentir, cielo —le dijo mientras elevaba las rodillas de Emmaline.

Se deslizó más abajo y su boca encontró sus firmes pechos. Los besó y lamió con exquisito cuidado mientras se iba abriendo paso entre sus piernas. Lo hizo todo con ternura y delicadeza, sabía que aquel también era territorio virgen, tanto como la parte de su anatomía que presionaba su erección.

Emmaline no dejaba de retorcerse y su respiración era rápida y superficial. Matt estaba tocándola en todos los sitios prohibidos, los que nunca había creído que acabaría por ceder a él ni a ningún otro hombre. Podía sentir su boca contra la piel, quemándola por dentro. Estaba haciendo que sintiera estremecedoras olas de placer que recorrían su cuerpo y que parecían concentrarse en la parte baja de su vientre. Allí abajo, donde Matt la presionaba con fuerza.

Gimió el nombre de su marido. Ni siquiera reconocía su propia voz, era aguda y entrecortada. Deslizó los dedos por el negro pelo de Matt y lo sujetó para que no se moviera de donde estaba y para que no dejara nunca de hacerle lo que le estaba haciendo. No entendía qué estaba pasando, pero estaba disfrutando con aquello.

Con cuidado para no asustarla más aún, Matt deslizó la mano entre Emmaline y él y la dirigió hacia el centro de su feminidad. Se sintió aliviado al descubrir en los sedosos y cálidos pliegues de su piel que estaba lista para recibirlo. Ya no podía esperar más.

—No te muevas, cariño —le pidió.

Se colocó de nuevo sobre ella y se preparó para deslizarse dentro, rezando al mismo tiempo para no hacerle daño.

Pero no tuvo tanta suerte. El cuerpo de Emmaline repelía la agresión y no cedía territorio. Podía sentir cómo su carne se ceñía alrededor de él, impidiendo que entrara. Empujó con más fuerza, pero con cuidado. Respiraba profundamente para intentar controlarse.

Segundos después, Emmaline gimió dolorida cuando él atravesó la barrera de su inocencia.

Deslizó sus manos hasta agarrar sus caderas e impedir que se moviera. Empujó entonces con más fuerza, hasta estar por completo dentro de su esposa.

Ella gritó y se estremeció con violencia, revolviéndose ante la agresiva invasión de su cuerpo. Pero después, aún temblorosa, se resignó a lo que estaba ocurriendo y lo abrazó.

—¿Eso es todo? —preguntó ella.

Él negó con la cabeza mientras intentaba con todas sus fuerzas controlar el río de pasión que ansiaba con salir de su cuerpo.

—No, cariño, hay más —gruñó él.

No quería moverse. Esperaba pacientemente a que la tierna carne de su esposa se acostumbrara a su presencia y acabara aceptándolo.

—Me siento tan llena —comentó ella moviendo un poco las caderas para aliviar la presión.

—No... No te muevas —le pidió él entre dientes.

Lo último que quería era derramar su semilla antes de conseguir que Emmaline disfrutara con su unión.

Se apartó de ella unos milímetros para que su mano pudiera deslizarse entre los dos hasta llegar a sus partes más privadas. Sintió cómo Emmaline se estremecía.

—¿Te estoy haciendo daño? —preguntó preocupado.

Emmaline le contestó con un gemido y un sutil pero importante movimiento. Elevó ligeramente las caderas hacia la mano que la acariciaba íntimamente. Sintió cómo se comprimían los músculos de sus nalgas, donde él la sujetaba con la otra mano para impedir que se moviera. Emmaline elevó las rodillas más aún y su respiración se volvió más rápida y agitada. Los gemidos se sucedieron entonces entre confusas palabras.

—Por favor, Matt, por favor... No puedo... No...

Su voz era suplicante. Echó la cabeza hacia atrás sobre la almohada y acabó por rendirse al maravilloso placer que él le estaba produciendo con sus caricias.

Él deslizó los brazos bajo su espalda hasta que consiguió agarrar sus delicados hombros. La sujetaba con fuerza contra él. Se levantó entonces unos milímetros para deslizarse más dentro aún. Lo hizo una y otra vez, maravillado por su calidez y las sensaciones que aquella mujer le estaba haciendo vivir. Cada vez le costaba más respirar, hasta que segundos más tarde y con un gran estremecimiento, se dejó llevar con un grito desgarrador.

Se desplomó sobre ella y estuvieron así un momento.

—Emmie —la llamó después él al notar que ella estaba demasiado callada—. Emmie...

Levantó la cabeza para mirarla.

Y se quedó sin palabras al ver las lágrimas que caían despacio por su cara. Se acercó a ella para limpiarlas con su propia mejilla.

—No llores, preciosa —le susurró—. La próxima vez no te dolerá.

Ella lo miró entonces, parpadeando para librarse de las lágrimas. Levantó la mano hacia él mientras le sonreía. Acarició su cara y dibujó con su delicado dedo las líneas de su rostro. Desde la frente a la mandíbula.

—No lloro porque me haya dolido —susurró ella mientras sacudía la cabeza ligeramente.

Él se sintió muy aliviado.

—Entonces, ¿por qué?

Matt se inclinó sobre ella para limpiarle otra lágrima, esa vez con su lengua.

—Por todo... No sé... —murmuró ella intentando encontrar las palabras—. Tú... Yo... Las caricias, la cercanía de nuestros cuerpos. Me siento como si fuera parte de ti —le dijo finalmente.

Ni ella misma podía creerse lo que estaba pasando ni cómo se sentía.

Matt sonrió al oír sus palabras y se movió ligeramente, recordándole a Emmaline dónde estaba.

—¿Lo eres? —le preguntó mientras apartaba algunos de sus rizos de la cara.

Volvió a tentarle la suavidad de su piel.

Se inclinó sobre ella para besar una y mil veces su cuerpo desnudo. No quería ni podía mirarla a los ojos, no se atrevía tampoco a reconocer los nuevos sentimientos que estaban naciendo en su corazón.

Diez

El reflejo que le devolvió el espejo era el de una cara acalorada y ruborizada. También un poco ansiosa, pero no lo que había esperado ver. Era, después de todo, su propia cara y Emmaline se había imaginado que se vería distinta después de lo que había pasado.

Frunció el ceño mientras se metía un rebelde rizo bajo el sombrero. Estaba segura de que su aspecto sería distinto. Creía que lo que había ocurrido en la noche de bodas haría que pareciera mayor, más madura o algo así.

—Emmaline, ¿estás lista para irte?

Se giró para mirar al hombre que había entrado en la habitación mientras ella se estudiaba en el espejo.

—No entres así de sigiloso —le dijo enfadada—. Me has asustado.

Matt la miró de arriba abajo. Desde su sombrero a los zapatos que asomaban por debajo del vestido. Se tomó su tiempo estudiándola. Sonrió al ver que ella soportaba nerviosa el escrutinio.

Sabía que sus mejillas debían estar ruborizadas. Se sentía muy confundida y avergonzada esa mañana. No sabía muy bien cómo comportarse después de esa noche.

Se sonrojó aún más al ver que él seguía mirándola. Al final, tuvo que llevarse las manos a la cara para refrescar su acalorado rostro.

—No me mires así —le pidió ella—. Siempre consigues que me ruborice y no me gusta.

Matt se acercó a ella con dos largos pasos. La tomó por la cintura y acercó a su cuerpo antes de que pudiera darse cuenta de lo que iba a hacer. Ella se tensó de inmediato y abrió la boca para protestar, pero él sacudió entonces la cabeza.

—No digas nada, Emmie —susurró Matt—. Me gusta cuando te sonrojas —añadió él con extrema dulzura.

Se tensó de nuevo al sentir que la agarraba con delicadeza, pero con tanta fuerza que estaba atrapada entre sus manos.

Matt se quedó mirando su boca con atención y sonrió antes de besarla.

Ella cerró los ojos y se relajó. Se sentía emocionada. Una vez más, Matt estaba consiguiendo estremecerla con sus besos, transmitirle el mismo deseo que él sentía. Esa combinación de aromas y caricias la llenaba por completo. Movió los labios con cuidado, explorando por su cuenta.

Estaba disfrutando con aquello y se sentía contenta, triunfante después de la noche pasada en aquella habitación. Le encantaba saber que Matt la deseaba. Eso le había confesado horas atrás. Se lo había susurrado al oído justo antes de...

Se estremeció al recordar lo que habían compartido. Las intimidades y los lugares prohibidos que habían sido besados y acariciados.

Matt levantó la cabeza al sentir cómo se tensaba y ella se apartó. Abrió los ojos y miró el rostro de su marido.

—¿Qué ocurre, Emmaline? ¿Tienes miedo de que te lleve de nuevo hasta la cama? —preguntó él mientras la mecía con cariño entre sus brazos—. No voy a hacerlo, ¿sabes? —añadió con algo de pesadumbre en la voz—. Tenemos que volver al rancho cuanto antes. Tessie debe de estar preocupada sin saber dónde estamos.

Ella negó con la cabeza.

—Ya, ya. No estaba pensando en eso, no —mintió.

Matt rió al oír sus palabras.

—Seguro que has pasado más de un par de minutos esta mañana pensando en lo que pasó anoche —le dijo él mientras contemplaba su cara de preocupación—. ¿De verdad fue tan desagradable para ti, Emmie?

Lo miró a los ojos y negó de nuevo con la cabeza, esa vez con más suavidad.

—No, no fue desagradable en absoluto —le contestó ella con sinceridad—. Pero es que...

No sabía cómo explicarse. Lo que había pasado entre ellos había sido toda una revelación, un despertar. Nada podía haberla preparado para esperar la manera en la que él le había hecho el amor durante horas. El inesperado placer que Matt le había producido con sus caricias, la felicidad que había descubierto en sus brazos y la ternura con la que la había tratado eran recuerdos que iba a atesorar siempre. Pero no podía hablar de ello, su educación le impedía comentar esos temas tan privados en voz alta.

Ya era tortura bastante que esa mañana no lograra pensar en otra cosa.

«Me he convertido en una mujer lujuriosa, igual que ésas que provocan a los hombres y están siempre disponibles. Las mujeres sobre las que mi abuela solía advertirme cuando me decía que no debía tener pensamientos impuros», pensó ella con confusión.

—No tenía ni idea de lo que pasaba entre un hombre y una mujer —confesó ella en un susurro.

Le costaba admitir su ignorancia.

—Ya me lo había imaginado —le dijo él sin soltarla—. ¿Es que nadie te había hablado nunca de ello?

Ella negó con la cabeza y mantuvo la vista fija en la camisa de Matt, no podía mirarlo a los ojos mientras hablaban con esa franqueza.

—Lo único que me dijo Delilah es que cuando me casara, tenía que ser una buena esposa y someterme a los deseos de mi marido.

Le irritó que él se riera, ya era bastante complicado decirle esas cosas sin que él se burlara de ella. Levantó la cara con dignidad.

—Y mi abuela me advirtió que no debía tener nunca pensamientos impuros y que siempre debía comportarme como una dama —replicó ella con énfasis en cada palabra—. Y me lo pusiste muy difícil, Matt.

—Si quieres que te diga la verdad, cariño. Me sorprende que todo ocurriera y fuera tan bien con todas las ideas que debían estar flotando todo el tiempo en tu preciosa cabecita rizada —le dijo él con ternura—. Mírame a los ojos, Emmaline, y escucha lo que tengo que aconsejarte como recién casada que eres. No tienes que someterte a tu marido. Sólo quiero que disfrutes con lo que hagamos juntos —añadió con una sonrisa.

Ella lo miraba con los ojos muy abiertos. No podía creerse que Matt le estuviera diciendo aquello.

—Ni siquiera estoy muy segura de que debamos hablar de este tema —repuso ella con pudor, mientras empujaba su torso con las manos para separarse de él.

Matt no pudo reprimir una carcajada que la pilló por sorpresa. Todo su rostro sonreía, hasta sus ojos.

—De todas formas, no creo que tenga que preocuparte porque vayas a convertirte en una sumisa esposa, Emmaline. La verdad es que eres la mujer más inflexible y testaruda que he conocido en mi vida.

—¿En serio? ¿Y has conocido a muchas mujeres en tu vida? —le preguntó ella.

—Seguramente no tantas como podría haber tenido —replicó Matt—. Tengo veintiocho años, Emmaline, y he conocido a unas cuantas damas durante estos últimos años. Pero voy a decirte algo ahora mismo. No tienes que preocuparte por nada porque, de ahora en adelante, no habrá nadie más que tú en mi vida.

El comité de bienvenida los esperaba frente a la casa cuando llegaron al rancho.

—Seguro que alguien ha visto que llegábamos —le susurró Matt—. Parece que las mujeres de la casa están listas para abalanzarse sobre nosotros, ¿verdad?

Emmaline asintió, pero su cabeza estaba en otras cosas. Ya podía sentir sus mejillas encendidas mientras paraban los caballos frente a la puerta trasera de la casa. Le avergonzaba la idea de enfrentarse a María, Olivia y los trabajadores del rancho ya como esposa de Matt. Pero se moría de ganas de abrazar a Theresa con cariño.

Vio a la niña. Se balanceaba sobre uno de sus pies mientras los miraba con el ceño fruncido y una de sus mejores caras de enfado.

—No viniste a casa anoche —le dijo la pequeña a modo de acusación—. No me leíste un cuento antes de dormirme.

Miraba a Matt con atención, pero de vez en cuando le dirigía una mirada a ella.

—Lo siento, Tessie —repuso su hermano mientras bajaba del caballo—. Nos entretuvimos en el pueblo más de lo que habíamos planeado y no pudimos volver antes de que se hiciera de noche. Así que tuvimos que pasar la noche en el hotel —le explicó pacientemente.

Fue hasta donde estaba la niña, la tomó en sus brazos y la levantó. Los dos sonreían.

Se acercó después hasta donde estaba Emmaline, aún a lomos del caballo.

—¿Sabías que Emmaline se va a quedar a vivir aquí con nosotros? —le preguntó Matt a su hermana.

—Nadie me lo había dicho, Maffew. Digo, Matthew —protestó la pequeña mientras miraba de reojo a su hermana.

—Es que queríamos decírtelo nosotros mismos, Theresa —le dijo ella con una sonrisa.

Alargó la mano y le acarició la frente con cariño.

—¿Nunca vas a volver a Lexing o como se llame ese sitio de donde viniste? —le preguntó Tessie con la voz llena de esperanza—. ¿Vas a quedarte aquí con Maffew, digo Matthew, y conmigo para siempre?

Miró a Olivia y después susurró en la oreja de su hermana.

—Siempre se me olvida decirlo bien —le explicó de manera conspiratoria.

—No pasa nada, a todos se nos olvidan cosas —le dijo mientras se agachaba para darle un beso en la cabeza.

—No, a la señorita Olivia no se le olvida nada —le comentó Theresa—. Siempre me está recordando cosas que tengo que hacer.

Levantó la vista para mirar a la mujer que observaba la tierna escena y se dio cuenta de que la miraba con frialdad. La maestra bajó de inmediato la mirada al ver que la había sorprendido y borró de su rostro toda evidencia del odio que parecía sentir por ella.

Se estremeció al ser consciente de ello. No podía creérselo.

«Seguro que lo he interpretado mal. No puede ser que esa mujer me odie tanto. ¿Por qué iba a sentirse así?», pensó ella.

La miró de nuevo. La señorita Olivia se alisaba con las manos la falda de su traje y seguía con la vista en el suelo. Su gesto era sereno y difícil de descifrar. Estaba segura de que se había equivocado al interpretar su mirada de unos segundos antes y se sintió muy aliviada por ello.

—Emmie, ¿vas a bajarte de una vez de ese caballo o qué? —le preguntó la pequeña sin poder esperar más.

Rió con ganas al oírla.

—Por supuesto. Me bajo ahora mismo. Además, tengo algo que decirte.

Elevó la pierna derecha y se puso en pie sobre la silla, dispuesta a bajarse ella sola. Pero Matt se acercó rápidamente y posó una de sus manos en su rodilla.

—Tessie, baja un momento —le dijo su hermano mientras la dejaba en el suelo.

Después, con un posesivo gesto que la pilló por sorpresa, la agarró por la cintura y la bajó del caballo.

Quedaron en el suelo el uno frente al otro.

Matt, sin soltarle la cintura, la hizo girar hacia donde estaban Olivia y María.

—Emmaline y yo nos casamos ayer en el pueblo —les dijo sin más preámbulos.

Theresa echó la cabeza hacia atrás y los miró a los dos con los ojos muy abiertos.

María sonreía feliz y se acercó a ellos mientras asentía con la cabeza.

—Ya me lo había imaginado cuando envió a alguien para que mandáramos el paquete de ropa que le compró el otro día. Tucker nos dijo que estaba en el hotel y que parecía muy satisfecho y contento.

Fulminó a Matt con la mirada y él se encogió de hombros.

—Bueno, es que todo iba muy bien —repuso él para explicarse.

Y sujetó con más fuerza su cintura.

—Felicidades, señor Gerrity —le dijo Olivia con amabilidad y una sonrisa—. Y mis mejores deseos para usted, señora Gerrity.

—Gracias —repuso ella mientras intentaba apartarse de Matt.

Se agachó para abrazar a Theresa y Matt tuvo que soltarle de mala gana la cintura.

—Bueno, tengo mucho que hacer —explicó Matt mientras buscaba con los ojos a los jornaleros que trabajaban ya cerca de las cuadras.

Claude lo saludó desde allí con la mano.

Matt fue hasta los caballos que acababan de desmontar y tomó sus riendas. Su mente estaba ya ocupada con todas las cosas que tenía que hacer.

—Intentaré volver para la cena —le dijo a María mientras llevaba los animales hacia los establos del rancho.

—He matado unos pollos esta mañana —contestó el ama de llaves—. Así que voy a preparar empanadillas.

Emmaline hizo un gesto de desagrado.

—¿Has matado tú a los pollos? —le preguntó sin poder creérselo.

—Sí —contestó la mujer—. ¿Quién iba a hacerlo si no? No dejaría que esos hombres se acercaran a mi gallinero. Todos tienen las manos grandes y hablan fuerte. Seguro que asustarían a las gallinas que están incubando —explicó mientras miraba a Emmaline con intención—. Creo que ésa podría ser una buena tarea para usted. Podría encargarse de darles de comer y de recoger los huevos.

Emmaline miraba incrédula a María.

—No, creo que no puedo hacer eso —repuso mientras sacudía la cabeza—. No sé nada de gallinas, pollos ni huevos. Sólo sé que, de manera milagrosa, pasan del gallinero a algún guiso que aparece en la mesa como por arte de magia.

—¿No sabe cocinar? —preguntó María completamente atónita.

Ella volvió a negar con la cabeza.

—Nunca he pasado demasiado tiempo en la cocina —admitió—. A nuestro cocinero no le gustaba que nadie lo molestara y yo nunca pensé que pudiera verme obligada a saber cocinar, la verdad.

María la miró con los ojos entrecerrados.

—Creo que va a darse cuenta de que las cosas son

un poco distintas aquí —le dijo mientras se volvía hacia la casa—. Todo el mundo tiene que ser capaz de cuidar de uno mismo en un rancho. Y eso también incluye aprender a cocinar.

Se estremeció al pensar en lo que debía suponer matar pollos y gallinas y prepararlos para ser cocinados.

—Creo que podría encargarme de recoger verduras y hortalizas del huerto y prepararlos —ofreció ella esperanzada—. Pero siempre me ha interesado más trabajar en los establos con los caballos que encargarme de las tareas de la cocina.

—Las damas no trabajan en los establos, allí es donde están los hombres. Los jornaleros vienen y se van, se quedan poco tiempo en los ranchos, y una dama ha de tener el suficiente sentido común como para mantenerse alejada de ellos. Al señor Matt no le gustaría verla merodear por los establos.

Siguió a María dentro de la casa para intentar explicar su posición.

—Ya he estado allí con los hombres que trabajan en las cuadras. Bueno, al menos con uno de ellos, con Claude.

María se giró para mirarla y frunció el ceño.

—Con Claude está a salvo. Y puede que también con los otros, pero no es una buena idea. Deje que sea el señor Matthew quien lo decida. Es una mujer bella y ahora es también la señora de la casa. Tiene que hacer lo que su marido le diga. Lo sabe, ¿no?

—¡Vaya! Hablas como Delilah o mi abuela —replicó enfadada—. Sí, me he casado con Matt, pero eso no significa que él pueda decirme lo que tengo que hacer y lo que no —le anunció con dignidad.

—Matthew nos dice a todos lo que tenemos que

hacer —intervino Theresa—. Él es el que manda en el rancho, ¿verdad, señorita Olivia?

—Tu hermano es el propietario del rancho, Theresa. Y no está bien discutir con los que tienen la autoridad —contestó Olivia.

—¡Tonterías! —replicó Emmaline—. Cualquier mujer como Dios manda podría aprender a cuidar de un caballo.

—¡Emmaline! —gritó Matt de repente.

Se giró para ver dónde estaba él y lo vio aparecer frente a ella en la puerta. Parecía muy enfadado.

—¡Lo último que debe preocuparte ahora es cuidar de los caballos!

—¿Qué es lo que te pasa? ¿Por qué estás tan preocupado?

—¡No estoy preocupado, estoy furioso! Tuviste el poco sentido común de irte sola del rancho montando a caballo. Pero lo peor de todo es que no se te ocurrió decirle a tu marido que alguien te había disparado.

Respiró profundamente al recordar lo que le había ocurrido de camino a Forbes Junction. Le parecía increíble que eso hubiera pasado sólo un día antes. Había cambiado tanto su vida desde entonces...

—Fue algún cazador con mala puntería o algo así. ¿Cómo te has enterado? Se lo dije sólo al señor Hooper.

—¿Qué pasó? ¿Quién iba a querer dispararle? —preguntó María.

—Parece que la señorita Emmaline no pensó que era importante mencionarlo —replicó Matt—. Pero, después de que saliera ayer hacia el pueblo, alguien estuvo a punto de matarla.

—No es verdad. No he intentado ocultártelo. Lo que pasa es que he tenido otras cosas en la cabeza —murmuró.

—Bueno, si Tucker no se hubiera encontrado con el señor Hooper ayer, aún no sabría nada, ¿no?

—No creo que quisiera dispararme a mí. Seguro que ni siquiera me vio —replicó ella enfadada.

—Eres la mujer más desconcertante y testaruda que he conocido en mi vida. Que no se te ocurra volver a montar sola, ¿me oyes, Emmaline?

—¿Cómo no iba a oírlo, señor Gerrity? —contestó ella furiosa, mientras lo aguijoneaba en el torso con un dedo—. Me estás gritando y no tienes derecho a decirme lo que puedo o no hacer. He montado siempre y, a estas alturas de mi vida, no necesito ir acompañada de nadie.

—No me hables así, ahora soy tu marido y será mejor que lo recuerdes. Yo doy las órdenes en este rancho y espero que me obedezcan. ¿Entendido?

Notó que alguien tiraba de su falda y se encontró con los ojos de Theresa, llenos de lágrimas.

—No os peléis, Emmie —le pidió la niña con preocupación.

Comprendió al instante cómo se sentía la pequeña y se agachó para consolarla.

—No nos peleamos. Tu hermano y yo estamos sólo discutiendo algo sobre lo que no estamos de acuerdo.

Oyó cómo Matt susurraba entre dientes unas palabras ininteligibles y después se agachaba también para abrazar a Theresa.

—No deberías decir esas palabras tan malas —lo regañó la niña—. Mamá solía reñir a papá cuando él hablaba así.

—Es verdad, Tessie. Lo siento —le dijo con una sonrisa forzada—. Tu hermana y yo arreglaremos las cosas más tarde.

Se levantó y la miró con enfado.

—Ya hablaremos esta noche.

Se quedó mirándolo mientras Matt salía de la casa. Suspiró y se giró para mirar a María.

—Supongo que volverás a decirme ahora que tengo que obedecer a mi marido.

—No, creo que ya sabe lo que tiene que hacer, señorita Emmaline. Pero me sorprende que no le contara lo de los disparos.

—Pensé en hacerlo, pero estoy segura de que fue sólo un accidente. ¿Quién iba a querer dispararme? ¿Qué es lo que dijo Matt entre dientes? Parecía otro idioma.

—Siempre habla en español cuando se enfada —le dijo Theresa—. A veces puedo entenderlo, pero no sé lo que significa.

—Ni tienes por qué saberlo, Theresa —le dijo Olivia con firmeza.

—Estoy de acuerdo contigo, Olivia —repuso ella—. De hecho, me encargaré de decirle a Matt que deje de hacerlo.

Matt cerró la puerta tras él y se apoyó en ella. Miró a la mujer sentada frente al tocador.

—No empieces a chillarme —le advirtió Emmaline—. Te habría dicho lo que pasó si lo hubiera considerado importante. La verdad es que no me acordé de ello hasta esta mañana.

Él estaba callado e inmóvil. Sólo se movían sus ojos, mirándola de arriba abajo.

No pudo evitar ruborizarse al ver cómo se la comía con los ojos.

—¿Has terminado ya de decirme lo que piensas? —preguntó Matt con seriedad.

—No sé a qué te refieres —murmuró ella.

—Sí lo sabes. Dices que no fue importante, pero quiero que me escuches.

Ella juntó las manos sobre el regazo y lo miró con rebeldía.

—Tenemos un problema, Emmaline. No fue un accidente que te cayeras del caballo el otro día. Alguien colocó una afilada pieza de metal bajo tu silla.

—¿Estás seguro? —le preguntó ella palideciendo.

—Tan seguro como que ayer alguien estuvo a punto de matarte —admitió de mala gana.

—Pensé que era alguien de caza o algo así... ¿Por qué iba alguien a intentar...?

—¿Lo viste, Emmaline?

—No, la verdad es que no —repuso mientras negaba con la cabeza—. Si alguien hubiera querido de verdad hacerme daño, no habría...

—¿No habría qué?

—No habría apuntado tan mal. La bala dio en un árbol, no se acercó a mí. Tuvo que ser accidental.

—¿Viste al hombre que lo hizo?

—No, sólo su camisa roja.

—¿Iba a caballo? —preguntó él—. ¿De qué color era? —añadió al ver que Emmaline asentía.

—Oscuro. Creo... No lo sé. Todo fue muy rápido —repuso ella mientras se agarraba la bata con dedos temblorosos.

Matt se dio cuenta de que estaba muy asustada y de que era más frágil de lo que parecía. La ira que había intentando contener lo dominó de nuevo. No podía creer que alguien la hubiera esperado apostado para intentar matarla. No entendía cómo alguien podría hacer daño a la mujer que lo miraba con ojos llenos de inocencia.

Sacó las manos de los bolsillos y comenzó a desabrocharse la camisa. Ella lo miró boquiabierta.

—¿Qué pasa?

—Te estás quitando la ropa, pero la lámpara está aún encendida.

—Me preparo para ir a la cama, Emmaline —repuso él quitándose el cinturón.

—Espera, voy a apagar la lámpara —dijo ella al ver que Matt se sentaba en la cama para despojarse de las botas y el resto de su ropa.

Emmaline se concentró en la lámpara mientras Matt se quitaba la ropa, cuando percibió que debía estar ya en la cama, se quitó ella la bata y dejó que se deslizara al suelo.

—Métete en la cama, Emmaline —le dijo él con firmeza.

—¿Estás enfadado conmigo? —le preguntó ella.

—No, claro que no.

Se echó hacia atrás un poco para permitir que la luz de la luna que entraba por la ventana iluminara el rostro de su marido. Tenía el ceño fruncido y estaba muy serio. Pero alargaba su mano hacia ella.

—Ven a la cama, Emmie. Ven.

Ella aceptó su mano y se metió en la cama.

—No pasa nada, Emmaline —le dijo con amabilidad—. No estoy enfadado. Estaba disgustado, pero ya no.

Matt se apoyó en un codo para inclinarse sobre ella. Su masculino aroma y la penetrante mirada de admiración que le dedicaba fueron suficientes como para hacer que se estremeciera. No se acostumbraba a que él tuviera tanto poder sobre ella.

Suspiró entrecortadamente y lo miró también con atención. Parte de su oscuro cabello caía libre sobre su frente. La miraba con intensidad y seriedad. Alargó la mano y acarició su ceño.

—¿Vas a darme un beso de buenas noches?

—No, aún no —repuso Matt—. Ya lo haré después —añadió antes de inclinarse y besarla.

A pesar de su aspecto y actitud, el beso fue tierno y dulce. Parecía tener su deseo bajo control. Poco a poco, fue introduciéndola en el reino de los placeres carnales. El mismo lugar que ya habían visitado la noche anterior en el hotel.

Matt iba mostrándole el camino y ella lo seguía. Él conseguía llevarla a sitios que nunca había imaginado que existieran, mostrándole el poder que tenía su propio cuerpo.

Después de la tempestad, llegó la calma y se quedaron abrazados y exhaustos. Matt tenía enterrada la cara entre sus pechos y ella acarició su pelo.

Se alegraba de que estuvieran a oscuras, porque no quería que Matt pudiera reconocer en su cara los sentimientos con los que estaba luchando. Estaba segura ya de que el hombre que había tomado su cuerpo le había robado también algo más. La noche anterior, ella le había regalado su virginidad. Esa noche, ya en su propio dormitorio de casados, le acababa de entregar su corazón.

—Ahora te daré ese beso de buenas noches, Emmie —le dijo él entre risas.

—¿Ahí? —preguntó ella, sorprendida al ver que la besaba en el pecho.

—Bueno, empezaré aquí —repuso él entre besos—. Puede que tarde un poco, pero seguro que llegaré a tu boca tarde o temprano.

No pudo evitar estremecerse de placer. Cerró los ojos y se abandonó a él de nuevo.

Estaba oscuro bajo el árbol. Las sombras la ocultaban. Lo vio llegar poco después.

—Te falló la puntería —le dijo ella enseguida.

Él alargó la mano para tocarla, pero cambió después de opinión.

—No me falló, señorita —repuso él—. Sólo quería asustarla.

—Pensó que eras un cazador —le dijo ella riendo.

—¿Cómo lo sabe? —preguntó el hombre.

—Se lo contó al abogado en el pueblo y todos en el rancho de los Carruthers saben lo que ocurrió. ¡Menudo pistolero estás hecho! Tendré que encontrar a otro —replicó enfadada.

—No, de eso nada. ¿Me ha oído?

—Sí, te he oído.

—Yo me encargaré de ello. Ya le dije que me libraría de ella. Sólo quería hacerlo de una manera más limpia, asustándola para que volviera al este.

—Bueno, pues aún está aquí —repuso ella mientras se alejaba de allí.

—Espere —le susurró el hombre.

Pero ella no hizo caso.

El hombre maldijo entre dientes y prometió que acabaría cuanto antes con todo aquello.

Once

Matt ya estaba a la mesa cuando ella entró en el comedor a desayunar. No lo miró a los ojos. Se sentó en su sitio y se concentró en colocar sus cubiertos con cuidado.

Después, con dignidad, levantó los ojos para mirar al hombre que presidía la mesa. Y descubrió boquiabierta que se estaba riendo de ella. En su mirada había destellos de pasión, pero parecía disfrutar al ver lo incómoda que estaba ella.

—Pensábamos que no vendrías a desayunar ya, Emmaline —le dijo él con una sonrisa—. Tessie creía que ibas a dormir todo el día, pero le dije que seguro que te levantabas antes de la hora de comer. También le he dicho que hoy pasarías algún tiempo con ella, si te parece bien.

—¿Vas a planear mis días, Matthew, o lo de hoy es una excepción? —repuso ella con indignación.

—Hasta que descubramos qué es lo que está pasando, quiero que te mantengas siempre en la casa o cerca. Y me ha parecido que hoy era un buen día para que Tessie y tú comencéis una nueva rutina. Ahora que estás a cargo de la casa, supongo que querrás hacer cambios.

—Creo que la casa está en muy buenas manos —repuso ella mirando a María.

María se acercó a la mesa y comenzó a servir huevos en sus platos. Se paró al lado de su silla.

—Es la nueva señora de la casa —le dijo—. Vamos a pasar muchos años juntas, señorita Emmaline, y hoy es el primer día de esa nueva vida —añadió mientras miraba a su alrededor—. Creo que necesitan más café. Y Theresa un vaso de leche.

Se dispuso a probar los huevos revueltos. Miró después a la niña y vio que le sonreía.

—¿Podría acompañaros durante las clases de esta mañana?

—Me parece una idea excelente —repuso Olivia mientras entraba en el comedor y se sentaba—. Por favor, disculpen mi retraso.

—Muy bien, entonces asistiré a las lecciones —anunció ella dedicando una sonrisa a su hermana.

Miró a Matt. Él seguía observándola con ojos burlones, pero en ellos había algo de la pasión que habían compartido durante toda la noche. Bajó la mirada avergonzada. Creía que Matt parecía un gato observando a un inocente ratón y esperando el mejor momento para atacarlo.

Matt sabía lo que le pasaba por la mente. Miró a su recién estrenada esposa, parecía un modelo de virtudes y la perfecta dama, pero él sabía muy bien por qué se había estremecido unos segundos antes y por qué se había sonrojado.

Se concentró en su comida sin dejar de mirarla de vez en cuando. Theresa lo bombardeaba con preguntas a las que daba breves respuestas.

—¿Por qué no puedo montar, Matthew? Tucker dice que soy casi tan buena como la señorita Emmaline.

—Dice que encima de la silla eres casi tan buena como ella pero que necesitas mucha práctica sosteniendo las riendas. Tessie, aún eres pequeña y no está bien presumir así de lo que haces.

—Entonces, tengo que practicar más, ¿no?

—Podría trabajar un poco con ella esta tarde —ofreció Emmaline.

—Yo no voy a estar aquí esta tarde —intervino él—. Tengo que ir con un par de hombres a revisar el ganado que vamos a enviar a Yuma. A lo mejor mañana.

—Ya veremos —repuso ella desafiante.

—Emmaline, ¡acompáñame al porche! —le ordenó él mientras se levantaba de la mesa.

—Por supuesto —repuso ella mientras doblaba con cuidado la servilleta y la dejaba al lado de su plato antes de levantarse.

Salió al pasillo delante de ella y después se giró de repente para mirarla. Su rápido movimiento la pilló por sorpresa y aprovechó la ventaja para tomarla de la mano y arrastrarla hasta un extremo del pasillo. Allí la empujó contra la pared. Emmaline lo miraba asustada. Sin darle tiempo a protestar, la besó con fuerza y apretó su cuerpo contra el suyo. No la soltó hasta que notó que ella se relajaba entre sus brazos.

Emmaline estaba completamente rendida a la voluntad de Matt. Intentó encontrar en su interior el enfado que debía sin duda sentir después de que le hablara y tratara de esa ruda manera, pero se sorprendió al darse cuenta de que lo único que quería era acercarse aún más a su cuerpo.

Tenía las manos presas entre los cuerpos de los dos y luchó por liberarlas para llevarlas a los hombros de Matt. Cuando lo consiguió, se aferró a ellos como si se le fuera la vida en ello. No podía dejar de temblar.

Él levantó la cara y la miró con ojos penetrantes.

Matt se fijó en su temblorosa boca y en cómo ella parecía aspirar su aroma mientras abría tímidamente los ojos para mirarlo. Le parecía increíble que aquélla mujer, femenina, preciosa y sensual, fuera su esposa y tuviera derecho a poseerla. Pero lo cierto era que ella era la que lo tenía comiendo de la palma de su mano.

La abrazó posesivo al pensar en ello. Emmaline había conseguido tentarlo de nuevo esa noche y por la mañana se enfrentaba a él. Y en ese instante, entre sus brazos, se rendía de nuevo a su voluntad. Se moría de ganas de llevarla hasta el dormitorio y liberar su frustración con ella.

Emmaline lo miraba con confusión.

—No puedo hacer mi trabajo si tengo que preocuparme por ti. Prométeme que estarás en la casa o con Claude todo el día. No salgas por ahí y te metas en líos, ¿de acuerdo?

—No tengo intención de meterme en líos —repuso ella con indignado gesto—. Voy a pasar el día en la casa, con María y Theresa. Puede que por la tarde trabaje algo en los establos con la niña y con Claude, si te parece bien, claro.

La miró con media sonrisa. Tomó el sombrero del perchero y se lo puso sin dejar de observarla.

—Eso es lo que quería oírte decir —le dijo mientras la apartaba para abrir la puerta y salir.

Emmaline le oyó reír mientras salía de la casa. Apretó frustrada los labios, no estaba dispuesta a concederle esa victoria. Salió tras él al porche y le gritó con voz animada las palabras que sabía que harían que se detuviera.

—Pero la verdad es que pasaré casi todo el día organizando nuestra fiesta, Matthew —dijo ella.

Vio cómo se paraba y se tensaba su espalda. Se giró y le sorprendió ver que sonreía.

—Muy bien, eso hará que estés ocupada un par de días. Es la mejor idea que has tenido hoy.

Apretó los dientes frustrada. Odiaba que él tuviese la última palabra y no haber conseguido su propósito.

Miró a su alrededor, no había nadie. Se alegró de no haber tenido testigos. Metió las manos en los bolsillos de su traje y volvió a entrar. Seguía disgustada, pero no podía obviar el cálido sentimiento que persistía en su interior después del apasionado y breve abrazo del pasillo.

Emmaline decidió que tendría que invitar a todos los vecinos a la fiesta. María había colgado la guirnalda con desgana y estaba muy ocupada preparando un menú que parecía más propio de una juerga de hombres que de un banquete de bodas.

Decidió que tendrían que llegar a un acuerdo. Tendría que ser algo a medio camino entre una parrillada y una cena formal.

Se dio cuenta de que iba a ser complicado que

aquello fuera una presentación formal ante otros rancheros y gentes del pueblo. Se imaginó que acabaría siendo algo más parecido a lo que había sugerido María, con un novillo asándose en el jardín.

Aún no le convencía la idea de que la fiesta fuera al aire libre.

—Creo que la lista de todo lo que necesitamos traer del pueblo está terminada —le dijo una satisfecha María mientras se la entregaba a ella—. Y tenemos que decidir también lo de las mesas y bancos.

Le parecía increíble que María creyera necesitar tanta comida. Era exagerado.

—¿Necesitamos mesas? ¿No pueden sentarse bajo los árboles y comer allí? —preguntó.

—A los jóvenes no les importará sentarse en el suelo, pero los hombres se sentarán a las mesas y discutirán y contarán historias durante horas, ya verá.

—¿Y las mujeres?

—Servirán a sus esposos y tendrán su propio sitio para sentarse y comer.

—¿De dónde sacaremos tantas mesas?

Miró de nuevo la lista. La organización se estaba complicando más y más.

—Las harán nuestros jornaleros en los establos. Allí tienen madera siempre para hacer paredes entre los caballos y esas cosas.

Le parecía increíble que pudieran improvisar así, estaba acostumbrada a elegantes vajillas y cenas formales. Le costaba imaginarse cómo iba a resultar la fiesta. No le hacía gracia tener que servir a los hombres, pero se imaginó que estaría bien ser una esposa dócil por un día, creía que Matt se lo merecía.

—Bueno, encárgate tú de eso, María. Yo aún tengo que escribir las invitaciones y hacer que las envíen.

—Uno de los trabajadores puede llevarlas al pueblo cuando tenga que ir a algún recado. En cuanto a las de los vecinos, podemos dárselas en mano cuando los veamos.

Tampoco estaba acostumbrada a tales informalidades.

Fue hasta el despacho de Matthew y se dejó caer en el gran sillón de piel. Se sentía muy pequeña allí, había sido perfecto para su padre, un hombre grande.

No pudo evitar pensar entonces en él, el hombre que había sido su padre durante los dos primeros años de su vida. Recordaba ligeramente haber estado allí de pequeña, mirando la gran mesa mientras su padre, sentado en ese mismo sillón, la mecía entre sus brazos. Recordaba ver a su madre en el umbral de la puerta, mirándolos con gesto serio e infeliz.

Cerró los ojos un instante. Le parecía increíble recordar incluso el sonido de la voz de su padre. Su tono la había asustado y había hecho que corriera a los brazos de su madre. Se dio cuenta entonces de que ellos habían estado discutiendo y de que probablemente esa imagen perteneciera al día que ellas se fueron del rancho.

Él había estado abrazándola y besándola hasta que llegó su madre a por ella y le ordenó que dejara a su padre. Y ella había sido una niña tan obediente que hizo lo que su madre le pidió sin más. A pesar de su corta edad, ya se había dado cuenta de que convenía obedecerle siempre.

Frunció el ceño al recordar todo aquello. Había crecido asustada. Sólo se relajaba en los establos, cuidando de los caballos.

Con Matthew y en el rancho podía de nuevo romper los moldes establecidos y liberarse de la estricta educación que le había impedido madurar. A él le había bastado con dejarse llevar por sus deseos para conseguir que ella derrumbara esas barreras y se diera cuenta de que era entre sus brazos donde tenía que estar.

Había completado el círculo, volviendo al lugar donde había nacido y con el hombre que su padre había elegido para ella. Durante los últimos días casi se había olvidado de que ella no había elegido a Matthew, sino que su matrimonio había sido impuesto. Sin darse cuenta, había aceptado la voluntad de su padre como el regalo que él había querido dejarle en herencia.

—Me quería de verdad —susurró—. Quería que estuviese aquí y no se le ocurrió otra manera de hacer que me quedara.

Ese pensamiento hizo que se relajara y se sintiera mejor con su pasado. Se acurrucó en el gran sillón y cerró los ojos.

Matt la encontró en el sillón de su despacho, con la cabeza inclinada a un lado y las manos apoyadas en el regazo. Respiraba tranquilamente, completamente dormida.

La miró desde la puerta. Esa mujer no tenía miedo a llevarle la contraria. Lo cierto era que disfrutaba con cada discusión, cada desafío y cada airada respuesta que ella le profería con su mordaz lengua.

A veces dejaba que se saliera con la suya, otras veces le llevaba la contraria sólo para verla fuera de sí, enseñándole los dientes y atisbos de su fuerte temperamento.

Ahora la veía por fin dormida, echándose la siesta a la que ella se había negado desde su llegada al rancho. Solía retirarse a su dormitorio durante ese tiempo de descanso en la casa, pero estaba seguro de que se había dedicado sólo a leer o escribir cartas.

Sonrió mientras se acercaba a ella. La tomó entre sus brazos. Ella protestó sin despertarse y Matt la llevó hasta el sofá de piel que había bajo la ventana. Se quitó las botas deprisa y se echó a su lado, encajando su cuerpo con el de ella.

Emmaline sonrió en sueños y se acurrucó contra él. Era suficiente tenerla cerca para que su deseo se despertara, pero le bastaba en ese momento con tenerla entre sus brazos y disfrutar de su compañía. No quería despertarla.

Ella durmió allí durante más de una hora. Él, en cambio, estaba demasiado excitado para conciliar el sueño.

Cuando se despertó, abrió los ojos perpleja al verlo allí.

—¡Matthew Gerrity! ¿Qué estás haciendo? —exclamó avergonzada—. ¡Es de día y te has tumbado aquí conmigo, donde cualquiera puede vernos!

—He cerrado la puerta, Emmie —repuso él sin dejar de abrazarla.

—No me importa —replicó ella incorporándose y alisando su traje—. Apártate de mí.

—Por favor, Emmaline. Si estuviera encima de ti, tendrías algo de lo que quejarte, pero sólo estoy tumbado a tu lado, echándome la siesta contigo.

Emmaline lo empujó para ganar algo de espacio, después pasó por encima de él y se puso en pie. Intentó atusarse el pelo y recomponerse un poco.

—¡Mírame! ¡Estoy hecha un desastre!

—Te estoy mirando y estás bien. A lo mejor un poco arrugado, pero si te hubiera quitado el vestido antes de tumbarte en el sofá, te habrías despertado...

—¿Quitarme el vestido? ¡Ni lo sueñes! —replicó ella—. Mis otros vestidos están para lavar, Matt. Ahora tendré que ir a cenar con este aspecto.

—Por hoy está bien, cariño —le dijo él para tranquilizarla—. Pronto tendrás tanta ropa como necesites. Tus cosas de Lexington llegarán cualquier día.

—¿Qué quieres decir? —preguntó ella sin entenderlo.

Lamentó haberle dicho aquello, no había pensado confesárselo aún.

—Que envié un telegrama a tus abuelos y les pedí que enviaran tus cosas.

—No puedo creerlo —susurró ella.

—Será mejor que lo creas. Mandé el telegrama cuando fui al pueblo a comprarte el vestido de novia y a hablar con el reverendo. Supongo que tus cosas llegarán dentro de un par de días.

—¿Qué les contaste? ¿Qué decía el telegrama? —preguntó una pálida Emmaline.

—Les dije que íbamos a casarnos y que ibas a necesitar tus cosas porque no ibas a volver al este.

—¡No te creo! No puedo creer que se lo dijeras así, sin más.

—Pues sí, lo hice. No sé de qué otro modo podía haberlo hecho, así que se lo dije directamente.

—¿Es que no se te ocurrió que quizás quisiera contárselo yo misma? —preguntó ella intentando parecer calmada.

Estaba satisfecho con cómo estaba reaccionando ella. Había pensado que Emmaline iba a estar furiosa, pero le había sorprendido aceptándolo tan bien como el resto de los cambios. Ni siquiera había protestado después de tener que pasar la noche en su cama.

Pero debería haberse dado cuenta, haber sido consciente de la furia con la que ella lo miraba. Emmaline le había seguido la corriente en todo, hasta ese instante.

Y ya era demasiado tarde. Había llevado las cosas demasiado lejos con ella.

—¡Maldito Matthew Gerrity! —le gritó—. ¿Quién te crees que eres, tomando decisiones por mí todo el tiempo?

Se levantó del sofá de un salto, pero fue demasiado tarde, ella ya había ido a la mesa de escritorio para encontrar algo que tirarle a la cabeza. El tintero de cristal le dio en medio del pecho. La tinta manchó su camisa y su cara con cientos de gotas azules. El resto de la tinta que quedaba en el tintero se esparció por la alfombra.

Emmaline miró estupefacta lo que había causado su abrupta reacción. Fue corriendo hacia la puerta y salió deprisa del despacho, incapaz de enfrentarse a él después de lo que había hecho. Fue apresuradamente hasta su dormitorio y se metió dentro, apoyándose en la puerta y respirando con dificultad.

Pasaron minutos hasta que oyó sus pasos. Se apartó de la puerta, sabía que ella no iba a poder impedir que entrara, no era lo suficientemente fuerte.

Le sorprendió que él no irrumpiera en el dormitorio, sino que llamó a la puerta.

—¿Qué quieres? —preguntó con voz temblorosa.
—Quiero entrar, Emmaline —contestó Matt.

Le alivió darse cuenta de que no parecía enfadado. Agarró el picaporte y abrió despacio.

Matt se había quitado la camisa y su piel aún estaba manchada por la tinta. Todo el torso y los brazos estaban manchados, pero lo que la dejó sin aliento fue ver los diminutos puntos de tinta que habían ensuciado su cara. Se cubrió la boca con la mano, consciente de lo que había hecho.

Él estaba callado. Cerró la puerta de una patada y se acercó a ella.

—Matt... —murmuró ella.

Había quedado atrapada entre él y la cama, no podía seguir apartándose de él.

—Sí, Emmaline...

—¿Me creerías si te digo que lo siento de verdad?

—Creo que no —repuso él.

—¿Por qué?

—Seguramente porque me doy cuenta de que ahora mismo te estás conteniendo para no reír.

—No, no es verdad —mintió ella mientras se quitaba la mano de la boca—. Bueno, puede que me riera si no tuviera miedo de que estuvieras furioso conmigo, pero la verdad es que no pareces enfadado.

Matt se encogió de hombros y se acercó más a ella.

—No sé si puedo enfadarme contigo, Emmaline. Creo que tenías derecho a reaccionar así. He tomado todas las decisiones por ti durante los últimos días y supongo que merezco esto.

—¿De verdad no estás enfadado? —repitió ella con gran alivio.

—No —negó él—. La verdad es que casi ha merecido la pena. Tenías que haber visto la cara de María cuando vio mi camisa. Hizo que me la quitara y ahora mismo está intentando lavarla en la cocina. No me gustaría tener que decirle que debería olvidarse de la camisa y tirarla y preocuparse por limpiar la alfombra.

—¿Crees que las manchas no van a salir? —preguntó ella preocupada.

—Me debes una, Emmaline.

—¿Sí?

—Sí. Creo que esto es lo peor que me has hecho.

—¿De verdad? ¿Qué más te he hecho?

—Creo que será mejor que no empiece ahora a enumerar todos los agravios, Emmie —le dijo mientras la tomaba entre sus brazos—. Pero estás a punto de pagar por todo.

—¿Podré pagar con esto? —le preguntó ella mientras agarraba sus hombros y se acercaba más a él.

—No. Vas a tardar mucho en compensarme por esto, Emmie. Años y años...

Doce

—¿Qué te parece, Emmaline? —susurró Matt en su oído mientras la abrazaba.

Era una suerte que estuvieran en un rincón a la sombra, donde nadie podía verlos.

—Me parece que nunca había visto una vaca tan grande en mi vida —repuso ella mientras miraba el animal que se asaba sobre el fuego.

—No es una vaca, es un novillo —la corrigió él intentando no reírse.

—Bueno, para mí son todos vacas, Matt. Sólo espero que haya bastante para alimentar a toda esta gente.

Matt se inclinó sobre ella para besarle la nuca y Emmaline inclinó la cabeza hacia delante para facilitarle el acceso. La había observado mientras se peinaba ese día, enrollando su pelo en alto con horquillas. Le encantaba poder ver la delicada curva de su cuello.

—¿Podré quitarte después estas horquillas, Emmie? —le dijo al oído.

Ella se estremeció y sonrió nerviosa.

—Déjalo ya, Matt —le dijo mientras le quitaba las manos de la cintura—. La gente puede vernos.

Miró a su alrededor, pero no podía dejar de pensar en ella.

—Menos mal que la gente no se fija en mí, sino en ti.

Emmaline suspiró e intentó apartarse de él, pero Matt agarró con más fuerza su cintura.

—¡Matthew Gerrity! ¿Quieres dejar de comportarte así? —murmuró ella entre dientes, mientras intentaba saludar con educación al reverendo Josiah Tanner y su esposa.

—No pasa nada, todo el mundo sabe que somos recién casados —le dijo él—. Es nuestra fiesta, Emmaline. Esta gente quiere ver cómo nos achuchamos.

Ella gruñó entre dientes mientras se preparaba para saludar al reverendo.

—Estamos encantados de que hayan podido asistir —le dijo ella con educación.

—Es una fiesta estupenda, señora. Les deseo la mayor felicidad. La verdad es que me alegra haber bendecido este matrimonio. Admito que tenía mis dudas con todo lo que pasó ese día en el pueblo, pero estoy seguro de que su padre habría estado encantado de verla de nuevo en casa, señorita Emmaline.

—Bueno, éste es su hogar —intervino Matt—. ¿Por qué no toman un plato y se sirven algo de la carne que hemos estado asando hoy?

—Excelente idea, muchas gracias —repuso el reverendo, yendo hacia la parrilla con su esposa.

—¿Y tú, Emmaline? ¿Tienes hambre? —le preguntó él—. Podríamos llenar un par de platos y comer bajo el árbol mientras observamos a la gente pasándoselo bien.

—Más tarde —repuso ella—. Mira, los del piano y los violines los están afinando ya.

—Se están preparando para el baile. Antes de que te des cuenta, todo el mundo estará bailando.

Vio cómo Emmaline fruncía el ceño.

—No sabía que habías invitado a tu antigua novia —dijo ella con frialdad, al ver quién se acercaba.

Matt la tomó con fuerza por la cintura, pero ella intentó zafarse.

—Suéltame ya —le dijo entre dientes.

—No te pongas así, Emmaline. Pórtate como una recién casada feliz y saluda a los invitados.

—¿Es que tenías que invitarla? —preguntó ella mientras sonreía con frialdad.

—Es nuestra vecina —le advirtió él—. Será mejor que seas educada.

—¿Me estás amenazando, Matthew Gerrity? —preguntó ella con tono dulce.

—Espera a que estemos solos, ya verás —repuso él.

—¡Vaya, vaya! ¡Mira quiénes están aquí! Nada menos que los novios, escondidos entre las sombras —les dijo Clyde Hopkins llegando a su lado con el sombrero en la mano y Deborah agarrada a su brazo.

—¿Tiene miedo de que se escape? —le preguntó Deborah a Emmaline al ver lo juntos que estaban—. Seguro que puede dejarlo solo el tiempo suficiente como para que baile después con una amiga.

Emmaline la miró con el ceño fruncido.

—Bueno, ni siquiera ha empezado aún la música —repuso Matt con algo de incomodidad—. Están afinando los instrumentos.

—Ya... —murmuró Deborah—. Bueno, no deberías estar escondiendo a tu nueva esposa aquí, deberías dejar que fuera a conocer a sus vecinos. Nosotros podríamos mientras tanto encargarnos de comenzar el baile, Matt.

—Bueno, como podrás imaginarte, el primer baile lo tengo reservado para mi esposa. Siento no poder satisfacer tus deseos, Deborah. Seguro que no puedes quitarte de encima a los jornaleros cuando empiece a sonar la música.

La mujer le dirigió una mirada asesina. Después, y con la cabeza muy levantada, se fue hacia el resto de los invitados.

—Podrías haber bailado con ella, ¿sabes? No pasa nada —le dijo Emmaline.

—¿De verdad? Bueno, gracias por darme permiso, pero prefiero ser yo el que saque a bailar a quien quiera.

Soltó su cintura y se inclinó ante ella con caballerosidad. Después le ofreció la mano.

—¿Es esto un vals? Parece un poco rápido, pero la melodía está bien —comentó ella.

Matt sonrió y la tomó por la cintura mientras con el pie seguía el ritmo de la música.

—No sé cómo se llama, cariño. Aquí lo bailamos y ya está —dijo yendo con ella al granero—. Lo harás bien, Emmaline —añadió mientras la besaba en la sien.

Habían despejado el granero para que hiciera de salón de baile. El suelo estaba algo resbaladizo, así que la agarraba con fuerza al dar vueltas. Los pies de Matt se movían con rapidez y comenzaron a dar vueltas y más vueltas siguiendo la rápida melodía. La falda de Emmaline empezó a volar alrededor de sus piernas. Los invitados aplaudían mientras los recién casados bailaban.

Giraron y giraron sin descanso. Emmaline estaba acalorada, pero feliz. Algunos minutos después, otras parejas se unieron a ellos. Todo el mundo parecía estar divirtiéndose y se oían risas y aplausos por todas partes.

Matt la acercó más a su cuerpo y ella deslizó las manos desde sus fuertes hombros hasta su cuello. Encajaban a la perfección. Durante unos mágicos minutos, se dejaron llevar por la música, el baile y aquella noche.

—Me siento como una novia de verdad —le susurró ella.

—¿El baile te hace sentir así? Y yo que pensaba que había conseguido que te sintieras como una novia durante los últimos días —bromeó Matt.

Lo miró con el ceño fruncido, pero no estaba enfadada y no podía aparentarlo. La música, la gente y ese hombre hacían que se sintiera plenamente feliz.

—Estoy sin aliento —le dijo ella cuando terminó la música.

Matthew la llevó hacia la puerta y salieron fuera. Llegaba en ese momento otro coche de caballos.

—Son Otto Schmidt y su esposa —le dijo Matt al oído.

El hombre se acercó a ellos con la mano extendida.

—Veo que llegamos a tiempo para cenar, Matthew. Le dije a Hilda que seguro que asabas un novillo para celebrar la ocasión —le dijo Schmidt con una sonrisa.

Hilda Schmidt sonreía en silencio y los miraba.

—Estamos muy contentos de que hayan podido venir —intervino ella—. Soy Emmaline.

—Ya me lo imaginaba. Estaba en el bazar el otro día cuando Matthew le compró ese vestido. ¿Le ha contado que en el grupo de bordadoras le estamos haciendo una colcha?

—No... —repuso ella mientras miraba a Matt por encima del hombro.

El señor Schmidt se lo llevaba en ese momento hacia donde estaban reunidos unos cuantos hombres.

—Déjelos estar —le aconsejó Hilda al ver que ella parecía disgustada—. Querrán tomar un trago. Seguro que viene pronto a buscarla.

La mujer vio entonces el novillo asado.

—¡Vaya! La carne tiene un aspecto delicioso, ¿ya la ha probado, Emmaline?

—Aquí tiene un plato vacío, señora Gerrity —le dijo otra mujer.

—Es Ruth Guismann —le susurró Hilda al oído—. Su marido es el dueño del bazar y es la que eligió todas las elegantes prendas que Matt le regaló el día de su boda.

Se sonrojó al imaginarse la escena en la tienda.

—¿Quién más estaba allí?

—Bueno, medio pueblo estaba en la tienda esa mañana, la verdad. Nos reímos mucho al ver lo mal que lo pasaba el pobre para elegir todas esas cosas.

Le parecía increíble que todas esas señoras hubieran visto su ropa interior y se sintió mal al pensar en Matt siendo observado por todas ellas mientras le compraba su regalo.

—Aquí tiene su plato —le dijo la otra mujer—. Ahora acérquese a probar la deliciosa carne que produce su marido.

—Gracias, señora Guismann —repuso mientras le servían dos rodajas de humeante ternera.

—Llámame Ruth, querida, como hace todo el mundo.

—¿Lo está pasando bien, señorita Emmaline? —le preguntó Claude desde el otro lado de la mesa.

El hombre se había puesto el delantal blanco que María le había dado y ese día estaba haciendo de camarero.

—Todo está resultando fenomenal, Claude —le dijo ella mientras miraba a las mujeres que la rodeaban como gallinas.

Y se sintió más feliz aún cuando por fin pudo librarse ellas. Fue hasta un árbol y miró su plato. Estaba lleno con carne, ensalada y pan con mantequilla. Tessie daba saltitos a su lado.

—Emmie, ¿a que es una fiesta muy divertida? ¿Viste al hombre que toca el piano? Mueve los dedos muy deprisa, casi no se pueden ni ver —le dijo con los ojos muy abiertos y un muslo de pollo en la mano.

—¿Cómo es que no tienes el pollo en una plato, Theresa? —le dijo Olivia llegando a su lado en ese instante.

—¿Quieres sentarte con nosotras, Olivia? —la invitó ella mientras señalaba la colcha.

—No sabía que tenía que usar mis buenos modales hoy, señorita Oliva —le dijo la niña.

—Los modales no pueden nunca dejarse de lado, estemos donde estemos —repuso la maestra.

Emmaline no quería intervenir, pero no pudo evitarlo.

—Seguro que, por esta vez, podemos disculpar a Tessie. Después de todo, es una ocasión especial.

Olivia asintió con la cabeza, dándole la razón de mala gana.

—Como quiera, señora Gerrity.

—Tengo que irme —dijo de pronto Tessie poniéndose en pie y echando a correr.

Olivia se quedó callada un momento, observando los saltos que daba la niña.

—A esa criatura le habría venido bien tener una madre —comentó entre dientes.

Emmaline se quedó boquiabierta.

—Bueno, me tiene a mí.

Olivia sacudió la mano de manera desdeñosa.

—Me refiero a una familia de verdad. Theresa necesita una mano firme.

—¿Tiene a alguien en mente cuando dices eso? —preguntó ella con incredulidad.

La maestra hizo el mismo gesto de antes con la mano.

—¿Qué importa eso ya? Es demasiado tarde —le dijo—. Además, yo soy sólo la maestra.

Observó atónita cómo se alejaba de allí esa mujer después de haberle hablado de esa forma. Pero se relajó al ver a Matt entre la gente. Como si se hubiera dado cuenta de que estaba observándolo, él miró entonces en su dirección y le dedicó una sonrisa. Un gesto secreto entre los dos. Todos querían hablar con él y no lo dejaban, pero por fin consiguió llegar a su lado.

—¿Adónde ha ido Olivia? —le preguntó.

—No lo sé.

—¿Cómo has conseguido que te dejen aquí sola? —le dijo mientras se sentaba a su lado.

Matt tomó el pedazo de pan que ella tenía en su plato. Colocó encima una rodaja de ternera, lo dobló por la mitad y probó un bocado.

—¡Qué bueno! —le dijo después.

—Lo compartiré contigo —repuso ella poniendo el plato entre los dos.

Él la miró preocupado.

—¿No tienes hambre, cariño?

—Sí, pero estoy tan nerviosa con todo esto... Además, ya he comido algo.

—Pero no demasiado, Emmie —dijo él mirando el repleto plato—. ¿Te encuentras bien?

Lo miró con seriedad.

—Olivia me ha dicho que Tessie necesita una madre. Creo que yo no le parezco bien.

—Hablaré con ella. Supongo que no le he prestado demasiada atención últimamente. Parece que está tomándose demasiadas confianzas, no puedo creer que te haya hablado así.

—No, no le digas nada. A lo mejor lo he interpretado mal. O quizás crea que Deborah habría sido mejor esposa que yo...

—No creo —repuso él con un gruñido—. Deborah no es santo de su devoción.

—Entonces, puede que pensara ocupar ella el puesto —sugirió ella.

—¡Eso sí que no! —replicó rápidamente él—. ¿Me concede otro baile, señora Gerrity?

Se levantó y tiró de ella antes de que pudiera protestar. Fueron de la mano hasta el granero.

Emmaline se lavó la cara en el fregadero de la cocina y se secó mientras miraba por la ventana. Era una noche oscura. Había bastantes nubes en el cielo y apenas se veían estrellas.

Vio las oscuras siluetas de la gente que seguían en el jardín. Del fuego de la parrilla sólo quedaban las ascuas, pero aún había platos con ternera en la mesa de la comida, cubiertos ya con telas para mantenerlos limpios y sin moscas.

Suspiró cansada. La casa estaba en silencio, pero podía escuchar la música y las risas en la lejanía.

—¿Dónde está Emmaline? —oyó que Matt preguntaba a alguien.

Lo vio después salir del granero y cruzar el jardín.

No pudo evitar sonreír al ver su alto y esbelto cuerpo. No podía dejar de mirarlo.

—¡Emmaline! —la llamó él yendo hacia los árboles que había al lado del camino.

Ella fue deprisa hasta la puerta, la abrió y salió al porche. Matt se estaba alejando de allí y fue hacia donde estaba para detenerlo. Abrió la boca para llamarlo, pero una figura salió entonces de la oscuridad del porche y se acercó a ella.

El hombre ahogó sus palabras con una mano y la asió con la otra por la cintura. La arrastró así hasta un lado de la casa.

Intentó gritar, pero el individuo apretaba con fuerza su boca.

Pateó y se movió todo lo que pudo, intentando liberarse.

Aquel hombre andaba con rapidez y la llevó hasta el camino. Allí, detrás de unos arbustos, esperaba un caballo.

—Escúcheme bien. Estese quieta y no haga ningún ruido, ¿me ha entendido?

Ella asintió. Estaba aterrorizada y le temblaban las piernas. Estuvo a punto de caer al suelo, pero él la sujetó.

—De pie, he dicho de pie —gruñó él mientras apretaba con fuerza su hombro.

El hombre sacó una cuerda de la silla de montar y se la ató con facilidad alrededor de sus brazos y cintura.

Le quitó la mano de la boca un momento para colocarle la cuerda y ella aprovechó esos preciosos segundos para llenar de aire sus pulmones y gritar con todas sus fuerzas.

Gritó mientras él la insultaba. Gritó mientras él se

subía a la silla y tiraba de la cuerda que la ataba. Gritó mientras él se inclinó para subirla encima del caballo.

Esperó con la boca abierta hasta ver el brazo del hombre frente a su cara. Entonces lo mordió con todas sus fuerzas. No tenía más arma que sus dientes para defenderse.

Pero no necesitó más. El grito que dio el hombre fue casi tan sonoro como lo habían sido los suyos. No soltó fácilmente su presa, sino que cerró los ojos y siguió mordiendo. El caballo no dejaba de moverse nervioso. Y a ella, atada como estaba, le costaba mantenerse en pie.

—¡Maldita mujer! —gruñó el individuo al oír gritos que llegaban desde la casa.

Soltó la cuerda y golpeó a Emmaline con fuerza a un lado de la cabeza.

—Emmaline, ¿dónde demonios te has metido?

Era Matt, era la voz de Matt... Pero la oía lejos...

—Aquí, estoy aquí, Matt —susurró ella mientras caía al suelo.

Dio con la cara en el suelo y sintió las pisadas del caballo alejándose de allí.

—Le mordí —murmuró sin fuerza—. Le mordí...

Sintió entonces unas cálidas manos levantándola del suelo.

Trece

—¿Tienes alguna idea, Claude?
—No, señor, ninguna —repuso el hombre mientras miraba alrededor del granero—. Será mejor que descanse, jefe. No va a conseguir nada pasándose todo el día dándole vueltas en la cabeza.

Matt se encogió de hombros y se sentó al lado de Claude.

—Me imagino que sería un forajido o un jornalero intentando ganar algo de dinero extra. Pero, ¿quién le pagaría para que hiciera algo así y por qué? O a lo mejor se trata de alguien que nos odia por alguna razón. La verdad es que no lo entiendo —dijo él con frustración.

—Bueno, está claro que a alguien no le cae demasiado bien la señora Emmaline, pero no consigo comprender cómo alguien podría querer acabar con ella.

—Lo que no sabía el pobre es que ella es de armas tomar —añadió.

—Sí, es verdad. Tiene la misma valentía y el mismo color de pelo que su padre. Creo que ese malnacido se lo pensará dos veces antes de intentar hacerle daño de nuevo.

—Me encargaré de que no tenga la oportunidad de volver a acercarse a ella.

—Bueno, no puede atarla a la cama, patrón. Sabe que no le gusta estar en la casa, sino montar a caballo y enseñar a la niña.

—A partir de ahora no montará sin mí. De momento, me encargaré de que no salga de la cama hasta mañana por lo menos. El médico quiere asegurarse de que su cabeza está bien. La verdad es que le dije que alargara las cosas porque necesito un par de días para organizarlo todo antes de que esté de nuevo en pie —le dijo de manera confidencial.

—María me dijo que la señora se queja porque usted quiere poner rejas en las ventanas.

Matt lo miró y se puso en pie. Miró hacia la casa con el ceño fruncido.

—No creo que las rejas pudieran detenerla. Es de ideas fijas. Le dije lo de las rejas para tomarle el pelo, pero lo cierto es que va a tener que limitar sus movimientos.

—Todos nos encargaremos de vigilarla y protegerla, jefe —le prometió Claude mientras se levantaba con esfuerzo—. Mis articulaciones necesitan aceite, cada vez estoy peor.

María tocó la campana del porche que anunciaba la cena.

—Han matado un par de pollos esta mañana. Seguro que hay empanadillas y pollo.

Claude levantó los ojos al oír aquello y sonrió.

—Bueno, supongo que no me vendría mal comer algo. Ya que María se ha molestado tanto...

—Eso me parece a mí —le dijo Matt.

Se dirigió a la casa, subió deprisa los peldaños del porche y se detuvo en seco al ver una silueta tras la puerta.

—¡Emmaline! ¿Qué demonios haces levantada?

—Yo también le deseo buenas tardes, señor Gerrity —repuso ella con sarcasmo—. Estoy cansada de que me sirvan la comida en una bandeja y de pasarme horas contando las flores del papel de la pared. He decidido levantarme de la cama de una vez y volver a la normalidad.

—Tienes un bulto enorme en la cabeza y las manos magulladas —le dijo él con preocupación.

Creía que ella se iba a quejar y protestar, pero le sorprendió con una dulce sonrisa.

—Lo siento... Sé que estás preocupado, Matt, y te lo agradezco, pero necesito levantarme, de verdad. Por favor, no te enfades conmigo.

Cerró la puerta y la tomó entre sus brazos. Sus manos estaban acostumbradas al duro trabajo en el campo y a lidiar con reses y caballos, pero con ella se deshacía en ternura.

Inclinó la cabeza y escondió la cara en su pelo. Le encantaba aspirar su dulce aroma. Le parecía increíble que aquella mujer pudiera excitarle tanto con su mera presencia.

—Puedes cenar con nosotros y después volverás a la cama. O lo haces o te llevaré yo en brazos. Me quedaré contigo un rato —le prometió con seductor tono—. ¿Qué te parece, querida?

Ella lo empujó indignada y con todas sus fuerzas, pero no consiguió nada.

—No puedes conmigo, cariño —le dijo él.

—He intentado ser amable —repuso ella con el

ceño fruncido—. Hasta te lo he pedido por favor. ¡Y todo lo que consigo de ti es un desagradable ultimátum!

—Sí, admito que me sorprendió el tono, no es propio de ti ser tan amable.

Emmaline le dirigió una dura mirada.

—Me doy cuenta de que debió de ser muy difícil para ti pedirme algo por favor, Emmie —reconoció él—. Así que creo que reconsideraré mi...

—Me da igual lo que digas —interrumpió ella—. No pienso volver a la cama y ya está.

Vio cómo se ponía enfurruñada y no lo pudo evitar, a pesar de que Claude estaba ya en la casa detrás de ellos, se inclinó para besar los labios que estaban tentándolo.

La sorprendió antes de que le diera tiempo a apartarse y la tomó con fuerza entre sus brazos, pegándola a su firme cuerpo. Ella no se resistió más de unos segundos, después respondió con la misma ternura que él le mostraba.

Entre sus brazos perdió la batalla, se relajó y se dejó llevar por todas las cosas que aquel hombre le hacía sentir.

Él se apartó lentamente, sin dejar de mirarla a los ojos.

—No me habías besado así desde que... —comenzó ella.

—Calla... —repuso Matt inclinándose de nuevo sobre ella para besarla.

—Creo que será mejor que me vaya y entre a la casa por la otra puerta, así creo que podré conseguir algo de cena —dijo Claude detrás de ellos—. Parece que a algunos no les gustan las empanadillas de María tanto como a mí.

Emmaline se quedó boquiabierta al darse cuenta de que el jornalero los había visto discutir y besarse.

—No te pongas así, Emmaline —le dijo Matt mientras la acompañaba al comedor—. Claude es bastante discreto, ¿sabes? No le dirá a nadie que nos abrazamos y besamos como si estuviéramos casados —bromeó él.

Matt miró a Claude entonces.

—Ve a lavarte las manos y asearte, Claude. Ahora vamos nosotros.

Cuando se quedaron solos, ella lo miró avergonzada.

—Ya fue bastante difícil para mí que no dejaras de rodearme con tus brazos en público, Matt. No puedo creer que me hayas besado cuando Claude podía vernos.

—No parecías tan avergonzada hace un par de minutos —bromeó Matt con media sonrisa— Además, Claude no va a escandalizarse por eso. Además, es culpa tuya que te besara. Resultas demasiado tentadora con ese vestido tan bonito, tus rizos y tus ojos brillantes...

—¿Crees que puedes convencerme con un par de halagos? Estás muy equivocado, Gerrity —le dijo ella—. Ve a lavarte. María no dejará que te sientes a la mesa con esa manos.

Pero él no se movió. Tomó su mano y mordisqueó sus dedos. La miró a los ojos.

—Emmaline...

—¿Qué pasa?

—No quiero que salgas sola de la casa. No tienes por qué estar en la cama, pero no quiero que salgas afuera, ¿de acuerdo?

—De acuerdo. Al menos por hoy —aceptó ella—. Hablaremos esta noche de todo esto.

Matt la seguía mirando con el ceño fruncido. Se daba cuenta de que estaba muy preocupado y temía por su bienestar.

—Ésta es la mejor parte de estar casados —susurró Emmaline en medio de la noche.

Estaba acurrucada contra su firme y sólido cuerpo y Matt le transmitía su calor. Él deslizó las manos a su alrededor y cubrió con una sus pechos y con la otra su estómago. Después siguió acariciándola por todas sus curvas y valles.

—¿Tienes sueño? —le preguntó Matt.

Ella respondió con un gemido.

—¿Qué significa eso?

—Que estoy casi dormida —murmuró ella.

Pero tenía los ojos abiertos y una sonrisa en la boca. Temblaba pensando en lo que estaba a punto de ocurrir. Podía sentir cómo Matt agarraba la tela de su camisón y tiraba de ella hacia arriba.

—¡No me mientas! —exclamó él entre risas y caricias.

Matt hizo que se girara y quedara boca arriba. Él comenzó a acariciarle los pechos por debajo del camisón, jugando con sus pezones y sin dejar de besarla.

—No me hables así, Gerrity.

—Es que no parecías dormida, Emmaline.

—¿Por qué? ¿No crees que tengo razones para estar cansada? Me he pasado toda la tarde remendando tus camisas y bajando los bajos de los vestidos de Tessie. Estaba casi dormida cuando te metiste en la cama.

—Eres una mentirosa —repuso él mientras desabotonaba su camisón—. Llevo pensando en esto todo el día, señora Gerrity, y no me creo que estuvieras casi dormida —añadió mientras le abría la prenda.

—Voy a tener frío. Recuerda que he estado algo enferma —replicó ella con una pícara sonrisa.

—Yo te mantendré caliente —le prometió Matt mientras le quitaba con dificultad el camisón.

Ella rió al ver lo complicado que lo estaba haciendo.

—Podía haberme levantando y quitármelo yo misma —le dijo.

—No, me gusta hacerlo.

Se echó sobre ella y tomó su cara entre las manos. Le encantaba cómo olía Emmaline. Su piel guardaba la esencia de su jabón de flores y un dulzor femenino.

Enterró su nariz en el pelo de Emmaline y la besó en el cuello.

—¿Te gusta? —le preguntó después de oírla gemir.

—Has hecho que me estremeciera.

—¿Sí?

La besó en la garganta y acarició la curva de sus hombros y brazos. Después tomó sus manos entre las de él y se las llevó al torso, en el hueco que quedaba entre los dos.

—Tócame aquí, Emmie —le pidió él mientras llevaba su mano hacia el oscuro vello que cubría su pecho.

—¿Dónde? —repuso ella acariciándole el torso y dejando que sus dedos se enredaran en los suaves rizos.

—Te avisaré cuando llegues al sitio indicado —le dijo él.

La miró con intensidad mientras lo acariciaba y rozaba con sus suaves dedos. Ella lo estudiaba con interés, intentando interpretar las expresiones de su rostro. Cerró de repente los ojos e intentó suprimir un gemido.

—Lo estás haciendo muy bien, cariño —le dijo entonces.

—¿Yo también estoy consiguiendo que te estremezcas? —le preguntó Emmaline.

—Desde luego... Y no creo que pueda soportarlo por más tiempo.

Sujetó las manos de Emmaline y se inclinó sobre ella, deleitándose con la suavidad y las sensuales curvas de su cuerpo.

No podía controlarse por más tiempo. La deseaba con un apetito atroz y su boca la buscaba con una necesidad casi animal. Vio cómo ella entreabría los labios y se lanzó sobre sus pechos con ferocidad, besando, mordiendo y lamiendo su tierna piel. Sabía que la estaba marcando, que sus dientes le dejarían un pequeño moretón que Emmaline podría ver por la mañana en el espejo y que le recordaría sus caricias y besos.

—¿Te he hecho daño? —le preguntó mientras besaba con ternura la zona.

Ella sacudió la cabeza.

Matt estaba consiguiendo que se estremeciera una vez más. No podía soportar sus caricias, pero tampoco podía vivir sin ellas.

Él se echó de nuevo sobre su cuerpo y se deslizó en su interior, elevando sus rodillas con las manos para estar aún más dentro.

No podía controlar la cabeza, la sacudía de un lado

a otro, completamente embriagada con el placer y todas las sensaciones aún muy nuevas que él le provocaba.

Llevó las manos al cuello de Matt y se agarró a él como a una tabla salvavidas.

—Matt... Matt...

No podía pensar con claridad, tan sólo murmurar su nombre. Creía estar enloqueciendo.

Lo acariciaba sin parar, tenía que explorar cada centímetro de su piel.

Le temblaba todo el cuerpo. Matt susurraba también su nombre y supo en ese instante que no podía haber otra mujer para él, que ella era única.

—¿Emmaline? —suspiró sin aliento.

—Aquí estoy, Matt, aquí estoy —repuso ella.

La presión que se había ido acumulando entre los dos fue creciendo en intensidad, hasta llevarlos al borde mismo de la nada, a un mundo de placeres infinitos.

La abrazó con más fuerza que nunca y se dejó llevar, perdido para siempre en esa mujer.

—Sabía que no eras muy inteligente, pero no me imaginaba que pudieras ser tan tonto —le dijo la mujer con furia, mientras daba vueltas por el granero.

—Me pareció una buena oportunidad para llevármela conmigo. Estaba sola en la cocina. Tenía intención de asustarla cuando saliera al porche, después pensé que atarla y dejarla abandonada en algún sitio unas horas. Quería que tuviera miedo y se largara de aquí.

La mujer lo fulminó con la mirada.

—No quiero que la asustes —le dijo con malicia—. Quiero que desaparezca de la faz de la tierra.

—Creo que la recompensa no es lo bastante alta como para que haga algo así. Si la quería muerta, debería haberlo dicho.

—Quiero que desaparezca. ¡De un modo u otro, la quiero fuera de aquí! Pero no sé si tienes valor para hacer algo así...

Él la agarró con fuerza por los hombros.

—Ahora mismo, tengo más valor que cerebro —le susurró al oído.

Ella intentó liberarse, pero no era lo suficientemente fuerte.

—Se te olvida quién está al mando de la situación —le recordó ella.

—¿Es que se va a echar atrás ahora? Me prometió que pasaríamos un tiempo juntos...

La mujer se soltó y se alejó de allí.

—Te lo prometí, pero no me has dado lo que quería.

—La próxima vez, no seré tan amable, señorita. De un modo u otro, tendrá que ser más dulce conmigo porque tengo intención de cobrarme mi recompensa.

—Entonces ya sabes lo que tienes que hacer.

Él asintió.

—Tengo un plan. Conseguirá por fin lo que quiere —le prometió el hombre.

«Y yo también lo conseguiré», pensó mientras la miraba de arriba abajo con admiración.

Catorce

La llegada de cuatro caballos en el tren de la tarde fue el evento más importante del día para el jefe de estación. Y el hecho de que fueran acompañados de una pareja de ancianos vestidos de forma elegante no hizo sino aumentar su interés. Las noticias se extendieron pronto por el pueblo. Abraham Guismann se enteró en su tienda, mientras hablaba con el reverendo. Otto Schmidt se apresuró a preparar un coche de paseo para transportarlos a donde quisieran ir. Pero los dos se quedaron sin posibilidad de negocio.

—¿Quiénes serán? —se preguntó Abraham al verlos pasar delante de su tienda en otro coche.

Parecían del este y lamentó no haber podido mirarlos mejor.

—Me da la impresión de que deben de ser los abuelos de Emmaline Gerrity —repuso Otto—. Parece que es allí hacia donde se dirigen. Seguro que les llevan los caballos como regalo de boda.

—Son unos bonitos ejemplares...

—Sí, pero creo que alguien se va a llevar una gran sorpresa esta mañana. No los esperan...

—El sobrino de Harley me ha dicho que traen mucho equipaje, como si fueran a quedarse bastante tiempo.

—Tenemos visita, jefe.

Matt se quitó el sombrero y se limpió el sudor de la frente con la manga.

—¿Alguien con quien quiera hablar, Claude?

Temía que fueran Clyde Hopkins y su hija. Empezaba a hartarse de ellos.

—No los conozco, no los había visto en mi vida. Parecen muy elegantes y han llegado con unos magníficos caballos.

—¿De qué estás hablando?

—Será mejor que vaya a verlo —le sugirió Claude—. La señorita Emmaline está petrificada en el porche y con la mano sobre la boca. Me ha dado la impresión de que estaba llorando...

Matt miró hacia la casa con los ojos entrecerrados mientras llevaba un potro al establo.

—Toma, Bill —le dijo a uno de los mozos—. Límpialo bien.

—Claro, jefe —contestó el chaval—. ¡Dios mío! ¡Mire qué caballos!

—Sí, ahora mismo iba a acercarme a verlos —repuso Matt mientras se quitaba los guantes e iba hasta la casa.

Se concentró en la esbelta figura del porche, limpiándose la nariz y los ojos con su pañuelo bordado. Después, sonrió a los recién llegados y bajó a recibirlos. Los observó desde lejos.

—Abuela, abuelo... ¡Qué alegría veros! —les dijo Emmaline deteniéndose frente a ellos.

Se inclinó sobre su abuela para darle un beso en la mejilla. La señora lo aceptó con una ligera sonrisa. Y, mientras su nieta saludaba al alto y delgado caballero, la anciana estudió minuciosamente el atuendo de la joven.

—Menos mal que te hemos traído ropa algo más decente, Emmaline —le dijo.

—Aquí a nadie le parece que mi vestimenta no sea decente, abuela —repuso la joven sonrojándose—. Hace tanto calor que lo más apropiado es este tipo de ropa.

—Una dama como tú debe vestirse como Dios manda, Emmaline. Pareces una criada.

Vio que Emmaline parecía estar intentando contener una sonrisa. Su ropa era exactamente como la de María, pero fabricada con telas más costosas.

—He estado ayudando a María en la cocina —contestó ella con entusiasmo—. Me está enseñando a hacer tortillas de trigo.

—¡A saber qué es eso! —replicó la señora con una mueca de desagrado.

Emmaline miró hacia donde estaba él y Matt se acercó.

—Bueno, con un poco de suerte las tendremos sobre la mesa a la hora de la cena —le dijo él mientras alargaba la mano hacia Emmaline.

Ella la tomó y miró a sus abuelos.

—Abuelo, éste es Matthew —anunció ella con orgullo en su voz.

Se quedó esperando al lado de su esposa mientras el altanero caballero de Kentucky lo miraba de arriba abajo.

El hombre alargó su mano, enfundada en cara piel. Matt le ofreció la suya, llena de callos por el duro trabajo y tostada por el sol.

—Señor —lo saludó Matt con una leve inclinación de cabeza.

—Señor Gerrity —repuso el hombre.

No sonreía, pero había algo en sus ojos que le transmitió confianza. Creía que, después de todo, esa visita podía hacerle mucho bien a Emmaline.

—Señora —dijo mirando a la abuela, mientras se llevaba la mano al sombrero—. Estamos encantados de recibirlos en nuestra casa.

—Intentaremos no incomodarlos más de lo necesario —repuso Clara Rawlings—. Decidimos apresuradamente hacer este viaje. Nos pareció mejor que enviar las pertenencias de Emmaline por tren —explicó mientras miraba a su alrededor—. El paisaje es desolador, Emmaline, no tiene nada que ver con la belleza de tu hogar.

—Bueno, he echado de menos algunas de las cosas que he dejado atrás, pero me gusta vivir aquí.

Clara Rawlings frunció el ceño mientras se miraba las botas, llenas de polvo, y el árido paisaje.

—No es a lo que estás acostumbrada, abuela, pero tiene una belleza propia.

—Te hemos traído un regalo de boda, Emmaline —le dijo su abuelo—. ¿Reconoces tu caballo?

—Por supuesto —repuso ella emocionada, contemplando su yegua favorita.

Soltó la mano de Matt y fue hasta el animal. Pegó su cara a la de la yegua y acarició con familiaridad sus crines.

Él se dio cuenta al contemplarla de que había echado mucho de menos a su yegua. Emmaline no solía hablar mucho de ello, pero estaba claro que no había sido fácil para ella adaptarse a esa nueva vida. Se le hizo un nudo en la garganta al ver la escena.

La abuela contemplaba a Emmaline con el ceño fruncido, no parecía gustarle esa vida para su nieta. Pero el abuelo no podía esconder media sonrisa al observarla.

—No tengo palabras para agradeceros que me hayáis traído a Fancy —les dijo Emmaline con los ojos llenos de lágrimas.

—Tú abuelo sugirió que, ya que has decidido quedarte aquí por el bien de tu hermana, te agradaría tener un caballo algo decente para poder montar —le dijo la abuela.

Matt apretó los dientes para no responder. Le parecía increíble lo que estaba sugiriendo la señora, creía que Emmaline estaba allí en contra de su voluntad y sufriendo penurias. Fulminó a su esposa con la mirada, como si ella fuera la culpable de esa situación.

Ella se dio cuenta de lo que pasaba. Parecía estar entre la espada y la pared.

—He... He estado montando aquí, abuela —dijo ella tragando saliva—. Es distinto, he tenido que acostumbrarme al tipo de silla que se usa en el oeste.

Miró a Matt desesperada. Era una situación angustiosa, todo el mundo parecía reprocharle algo y ella estaba en medio. Él ya no la miraba enfadado, sino más bien con una máscara de frialdad, que era casi peor.

Matt estaba furioso. Acababa de darse cuenta de que Emmaline sólo se había casado con él por el bien de Theresa. Le parecía que ella había sido una consumada actriz durante todo ese tiempo, haciéndole creer que apreciaba su compañía cuando no era así.

No sabía por qué la abuela creía que Emmaline estaba haciendo un gran sacrificio al acceder a casarse con él y quedarse en Arizona. Él, por lo menos, no había sugerido nada parecido en el telegrama que les envió para anunciarles su unión.

Él creía que Emmaline debería estar contenta de tener la oportunidad de vivir en la casa que había sido de su padre. A él le parecía una opción mucho mejor que seguir en compañía de su estirada e intransigente abuela.

—Bueno, estoy seguro de que vuestro ganado mejorará mucho si tu marido tiene el suficiente talento como para hacer buen uso del semental que hemos traído —comentó Clara con firmeza—. La ganadería Rawlings es reconocida por la calidad de sus caballos. Puede que tu hermana se beneficie también de la oportunidad de montar un caballo con pedigrí.

Aquellas palabras colmaron su paciencia.

—Siento no poder ofrecerle algo a cambio, señora. No tengo demasiado que ofrecer. Emmaline no está disponible y ella es mi más preciado bien —le dijo él—. Me temo que mis caballos están acostumbrados a trabajar duro y con mucho calor. Se echarían a perder en el este, sin nada que hacer a excepción de comerse la hierba de sus jardines y pasear a cuatro mequetrefes de ciudad.

—¿Cómo ha dicho? —repuso indignada la señora—. No teníamos intención de cambiar caballos, señor Gerrity. Y está claro que Emmaline no formaría nunca parte de ese tipo de negocio. Son un regalo para nuestra nieta, una dama que parece no valorar en su justa medida.

Emmaline parecía muy incómoda, temerosa de que aquello se descontrolara aún más.

—No pasa nada, Emmaline —le dijo su abuelo tomándola por el brazo—. Tu abuela está un poco cansada después de un viaje tan largo. Estoy seguro de que no ha querido decir eso.

—No se preocupe, señor Rawlings —intervino Matt—. No quiero que su esposa piense que no valoro el regalo de Emmaline. Después de todo, cuatro caballos de carreras de pura raza es justo lo que necesitamos aquí en el desierto.

—¡Matt! —exclamó Emmaline, tomando su mano—. Mi abuela no quería decir eso...

—Bueno, ahora sé que te has casado conmigo sólo por el bien de tu hermana y que echabas de menos un buen caballo que montar. Así que es un alivio que hayan llegado para rescatarte, cariño.

—Matt... ¿Podemos entrar en la casa, dejar que mi abuela se acomode y seguir con esto más tarde? —le pidió ella con ojos suplicantes.

—Sí, ¿hay algún sitio donde pueda quitarme el polvo del camino? ¿Un lavabo o algo así?

—Tenemos cuarto de baño, abuela —le dijo Emmaline—. También puedes asearte en tu propio dormitorio. Nos encargaremos de que te lleven una jarra y una palangana.

—¿Tenéis cuartos de invitados? —preguntó sorprendida la señora, mientras subía al porche.

—Sí, señora, y dormimos en camas de verdad desde hace años —replicó Matt con sarcasmo.

—Supongo que habrá habido algunas mejoras desde que mi hija vivió aquí.

—Sí, señora, intentamos ir con los nuevos tiempos.

Entraron y los abuelos miraron a su alrededor con obvio interés.

—Tienes un hogar muy acogedor, Emmaline —le dijo su abuelo.

—Gracias, pero el mérito es todo de la madre de Matt. Creo que no era así de agradable cuando yo era pequeña.

—¿Hay alguien que pueda ayudarnos con el equipaje, hija? —le preguntó su abuelo.

—Me encargaré de que lo hagan un par de mis hombres —repuso Matt yendo hacia la puerta.

Estaba algo más tranquilo. Le agradaron las palabras de reconocimiento de Emmaline hacia su madre. A su modo, ella se había puesto de su lado.

La cena fue deliciosa. María se había esforzado mucho por hacer una exquisito menú. Matt había estado muy callado durante toda la comida, participando poco en la conversación. Olivia también estuvo muy silenciosa.

Y Emmaline no podía creerse que hubieran superado la cena sin más discusiones ni crisis. Se esforzó por mantener la conversación alrededor de la comida y el viaje en tren de sus abuelos. También ayudó a María a servir para que todo estuviera perfecto.

Para cuando llegó el postre, que ella había ayudado a preparar, estaba agotada. Había convencido a María para hacer tarta de manzana, era un postre típico del este y quería esforzarse por conseguir que sus abuelos se sintieran a gusto.

Matt y Jonathan Rawlings se excusaron poco después para ir a los establos y comprobar que los nuevos caballos estuvieran bien.

Matt se dio cuenta pronto que el abuelo de Emmaline era algo más que las caras ropas que llevaba. Charlaron durante largo rato sobre su propiedad en Kentucky. Le daba la impresión de que era un abuelo afectuoso y que su mujer no parecía dejarle expresar su sentimientos.

—Tiene un hogar y un rancho muy agradables, señor Gerrity —le dijo el caballero.

—Preferiría que me llamara Matt. Señor Gerrity suena demasiado formal para un jornalero.

—No creo que pueda describirse como un mero jornalero —comentó Jonathan con admiración—. El hombre que pudo convencer a mi nieta para que se casara con él después de una relación tan breve, debe sin duda poseer muchas otras cualidades.

Matt no pudo evitar sonreír.

—Bueno, no hay mucho más, se lo aseguro. Pero puedo ser muy persuasivo.

—Emmaline parece estar contenta con su vida aquí.

—Espero que no tengan la intención de convencerla para que vuelva al este con ustedes, porque creo que está bastante satisfecha en el rancho.

—¿Tienen vecinos cerca?

—Sí —repuso Matt de mala gana, pensando en los Hopkins.

—¿Y hay alguien, alguna mujer, que Emmaline pueda tener como amiga?

—La verdad es que no. Deborah Hopkins y su padre son nuestros vecinos y llevan años intentando conseguir unir nuestros ranchos. La relación ha empeorado bastante con la aparición de Emmaline y nuestro rápido matrimonio.

—La joven lo pretendía para ella, ¿no?

—Sí, supongo que sí —repuso Matt—. Pero el pueblo está lleno de otras mujeres que aprecian a Emmaline, lo han hecho desde el principio.

—Fue educada como una dama. Supongo que habrá sido duro para ella no tener los lujos a los que estaba acostumbrada en casa.

—Ella se olvidó pronto de sus altivos aires de damisela, ahora es una más y creo que el rancho le sienta bien —repuso él algo ofendido.

Jonathan Rawlings se echó a reír y levantó la mano en gesto de rendición.

—Supongo que mis palabras le han sonado algo pomposas. Tiene que entender que Emmaline es todo lo que tenemos.

—Bueno, desde mi punto de vista, ella no se siente demasiado valorada. Emmaline está aquí porque éste es su hogar. Nos casamos por nuestras propias razones. Una de las principales fue nuestra hermana Theresa. Si no hubiera sabido de ustedes nunca más, creo que lo habría superado, pero ya que han venido, les doy la bienvenida en mi hogar. Sólo espero que no la hagan sentirse mal por querer vivir en la casa de su padre y no le hagan sentir que ya no es una dama sólo porque haya elegido dejar de llevar corsés.

El anciano asintió con la cabeza.

—Creo que nos entendemos perfectamente, Matt. Será mejor que volvamos a la casa y nos encarguemos de suavizar la situación entre Emmaline y mi esposa.

—De acuerdo, de todas maneras, es hora de retirarse.

—¿Tiene que encargarse de esas cosas a estas horas? —le preguntó Clara Rawlings a Emmaline con estupor—. Tiene personal que pueda hacerlo por él, ¿no?

—Sí, pero le gusta supervisarlo todo y asegurarse de que lo hacen bien, abuela.

La anciana miró a su alrededor con ojos críticos.

—Este tipo de hogar no está preparado para acontecimientos sociales. Es una pena que este salón no sea algo más... Algo más formal y elegante.

—A mí me gusta. De hecho, me encanta la casa.

—Bueno, Emmaline, pero no olvides dónde está tu hogar. Todo esto... Cuando no puedas aguantarlo más, ya sabes dónde está el tren de vuelta a Lexington...

—Nada me espera en Kentucky —repuso ella—. Éste es mi hogar, con Matt y Tessie.

—Pero nosotros somos tu familia, querida. Representamos generaciones de Rawlings, una familia de gran influencia durante casi dos siglos en este país.

—Matt y Tessie son ahora mi familia. Tessie es todo lo que me queda de mi padre.

—Bueno, no has perdido mucho. No entiendo cómo pudo convencer a tu madre para traerla a este lugar dejado de la mano de Dios.

—El caso es que la convenció. Ojalá no se hubiera ido.

—¿Cómo puedes decir algo así, Emmaline? Si no se hubiera ido, habría muerto en este miserable lugar.

—Bueno, acabó muriendo en Kentucky, pero tampoco creo que fuera demasiado feliz allí.

—De no haber sido por ese odioso hombre, aún estaría viva, y seguramente casada con alguien de su clase social.

—Bueno, mi madre lo eligió, así que me imaginó que lo quiso, al menos al principio. Estás hablando de mi padre y yo lo quería.

—Él no tenía tiempo para ti. Se pasaba el día con el ganado y dejando que mi pobre hija se marchitara en este terrible clima.

—Pero sí que tuvo tiempo después para escribirme cartas cuando me fui.

—¿En serio?

—Sabes que sí —la acusó Emmaline—. Me mandó cartas durante años, pero nunca las recibí.

—Nos pareció que no había necesidad de mantener el contacto, pensamos que lo entenderías cuando crecieras. Tu madre quería protegerte de él.

—No te creo —repuso ella con frialdad.

Clara Rawlings se puso pálida y se levantó.

—No puedo creer lo que sugieres, Emmaline. Tu madre sabía lo que era mejor. Fue su decisión.

—No creo que mi madre tomara ninguna decisión desde nuestra vuelta a tu casa, abuela. Se convirtió de nuevo en tu niña pequeña hasta el día de su muerte.

—¿Crees que escondí esas cartas de tu padre?

—Sé que lo hiciste, me lo dijo Matt.

—¿De eso se trata? —exclamó furiosa—. ¿Aceptas la palabra de un extraño por encima de la de tu propia sangre?

—Matt es mi marido, abuela. No es un extraño. Si me lo dice, lo creo.

—¡En ese caso, seguro que no nos quieres en tu casa más tiempo del necesario! Pensábamos quedarnos unos días, pero esto cambia nuestros planes. Se lo diré a tu abuelo cuando vuelva.

Emmaline asintió. Sentía un gran dolor en su corazón. Ansiaba obtener el amor de su abuela, pero sabía que esa anciana no albergaba esos sentimientos hacia ella, que nunca los había sentido.

—¿También es mi abuelita? —le preguntó Tessie a Emmaline, mientras ésta le ponía el camisón.

—No, me temo que no.

—Bueno, de todas maneras no parece muy simpática. Pensaba que las abuelas eran todas dulces.

—Creo que tienes razón, Tessie —le dijo ella cepillando su larga melena.

Abrazó después a la niña. Su relación había cambiado mucho desde su llegada al rancho y cada vez eran más comunes los abrazos y caricias. Le emocionaba tenerla en su vida.

—La verdad es que no necesito una abuela, te tengo a ti, Emmie. Y las dos tenemos a Matthew.

No pudo evitar pensar en el serio y frío rostro de su marido ese día.

—Sí, las dos tenemos a Matthew —le dijo con nueva esperanza en su corazón.

Quince

—Siento que no puedan quedarse más tiempo, Jonathan —le dijo Matt.

Les habían anunciado el cambio de planes antes del desayuno.

—A Clara le desagrada mucho el clima caluroso y seco, seguro que se encuentra mejor cuando vayamos más al norte —explicó el abuelo.

Matt miró a los Rawlings y después a Emmaline. Sabía que estaba pasando algo, aunque no sabía el qué.

Clara Rawlings apenas probó el desayuno. No dejó se suspirar todo el tiempo.

—Veo que has dejado el luto, Emmaline —le dijo a modo de acusación.

Ella tragó deprisa lo que estaba masticando para responderle, pero él le dio una patada con el pie para que no dijera nada.

—Le pedí a Emmaline que no se pusiera los vestidos negros que trajo —intervino Matt—. El clima aquí es demasiado cálido como para llevar ese tipo de ropa. Así que fue al pueblo, compró tela y entre María y ella han hecho ropa cómoda.

Emmaline frunció el ceño. Sabía que Matt sólo quería defenderla, pero le daba rabia que no le dejara contestar.

Él cubrió entonces su mano con sus largos dedos y dejó que su calor la relajara y derritiera poco a poco su enfado.

Levantó la vista para mirarlo. Seguía serio, había estado así desde que llegaran sus abuelos. Matt la miró y le transmitió lo que quería de ella con una mirada. No le costó entenderlo. Matt quería evitar que discutiera esa mañana con su abuela y quería defenderla de sus ataques.

Ella relajó el puño entre los dedos de Matt y suspiró.

—Matt cree que es mejor recordar a mi padre de otra manera —comentó ella con calma.

Miraba a su abuela con dignidad y orgullo.

—Me gusta la ropa que llevo ahora y le estoy muy agradecida a María por enseñarme a coser faldas y blusas.

La verdad era que los dos habían discutido largo y tendido sobre su atuendo y que se decidió a comprar las telas sólo después de que Matt la amenazara con quemar sus trajes de luto, pero pensó que sus abuelos no tenían por qué saber todos los detalles del proceso.

—Bueno, seguro que a tu padre no le habría importado de un modo u otro —replicó Clara Rawlings—. No tenía ningún interés en ese tipo de cosas.

—Eso sí que es verdad, señora Rawlings —repuso Matt—. A Sam no le importaban esas tonterías. Poco le habría importado si Emmaline llevaba luto o no. Igual le pasaba a mi madre. Ella está viva en mi memoria y eso es lo que de verdad cuenta.

Lo miró emocionada, le habían sorprendido sus palabras. Normalmente no era tan elocuente. Lo cierto era que no le había oído hablar de su madre desde el primer día que montaron juntos a caballo. Le sonrió con ternura, quería curar la herida que la llegada de sus abuelos había producido en su frágil relación.

Matt la miró, pensaba que Emmaline estaba sobrellevando la situación bastante bien. Tenía ojeras y parecía cansada, pero se mantenía entera. Cuando se acostó la noche anterior a su lado, creyó que ya estaba dormida, pero después pensó que quizás estuviera sólo fingiendo, lo más seguro era que se comportara de una manera más distante porque le incomodaba que sus abuelos estuvieran durmiendo bajo el mismo techo.

Esperaba que las cosas volvieran pronto a la normalidad. Se puso en pie al terminar de comer y la miró a los ojos. Emmaline le suplicó con un gesto que se controlara. Eso fue lo único que consiguió contenerlo para no tomarla de la mano y llevarla hasta el dormitorio para disfrutar juntos de su pasión y sus cuerpos. Resignado, decidió que ya habría tiempo para esas intimidades más tarde.

Miró al abuelo de su esposa, parecía muy satisfecho con el abundante desayuno.

—Si no tuviéramos ya dos cocineros en la casa, le ofrecería el puesto, señora —le dijo a María.

—Sobre mi cadáver —repuso Matt con humor—. María, me llevo al señor para que no tengas la tentación de irte con él.

—Muy bien —dijo Jonathan poniéndose en pie—. ¿Qué planes tiene, señor Gerrity?

—He pensado que podríamos salir a montar un rato, señor Rawlings. Tengo que ir al norte a ver qué tal está el ganado.

—Es un paseo precioso —le dijo Emmaline—. A lo mejor podríamos ir con ellos, abuela.

—Supongo que no tiene una silla para montar de lado disponible, ¿verdad, señor Gerrity?

—No tengo ninguna, señora —repuso él—. Tendrá que usar una silla como Dios manda.

—He traído tu traje de montar, Emmaline —le dijo la señora algo ofendida.

—No te preocupes, abuela. Estoy acostumbrada ya a usar una falda de piel que era de la madre de Matt. He montado varias veces con el otro tipo de silla y me resulta muy cómodo, la verdad.

—Estoy segura que también estabas cómoda en casa, en una silla como las que usan las damas.

—Ya había montado a horcajadas más de una vez antes de venir a Arizona —dijo ella con sinceridad.

—¿De verdad?

—Sí. Los mozos de las cuadras me dejaban montar sus caballos en el picadero. Esos animales estaban acostumbrados a llevar a hombres y les hubiera resultado extraño llevar todo el peso del jinete a un lado.

—Veo que no tenía conocimiento de todo lo que pasaba en mi propia casa...

—Bueno, creo que había otras cosas de las que Emmaline tampoco sabía nada —intervino Matt.

—¡Matt! —exclamó Emmaline, intentando evitar la discusión.

Entendía lo que quería de él. No estaba preparada para soportar otro enfrentamiento con su abuela por culpa de las cartas. Decidió complacerla.

Vio cómo le temblaban los labios y tenía que parpadear para controlar las lágrimas. Estaba entre la espada y la pared, intentando superar la situación de la mejor manera posible. Lo menos que podía hacer era cerrar la boca y no decirle a esa dama tan estirada lo que pensaba.

—¿Quieres venir con nosotros, Emmie?

La vio vacilar unos segundos, pero su estricta educación pudo con ella.

—No, me quedaré aquí con la abuela. ¿Volveréis a tiempo para cenar?

—Bueno, yo debería estar de vuelta a mediodía, espero que no sea una imposición en tus planes, Matt —intervino Jonathan—. La abuela de Emmaline y yo deberíamos volver hacia Forbes Junction a primera hora de la tarde para tomar el tren de la noche.

—Sólo estaremos fuera un par de horas —le aseguró Matt—. Tessie estará ocupada con sus deberes y sus clases toda la mañana, ¿no, Olivia?

—¿Tengo que hacerlo? ¿No puedo tomarme un día libre para estar con Emmie? —preguntó Tessie.

—De acuerdo, creo que podemos dejar las clases por hoy, la verdad es que tengo algunas cosas que hacer en el pueblo —le dijo Olivia—. Me llevaré el coche de paseo. O quizás le diga a uno de los hombres que me lleve.

Matt asintió y salió satisfecho del comedor, todo parecía estar en orden.

Tessie corrió a los brazos de su hermana y le tomó la mano entusiasmada.

—Nos lo vamos a pasar muy bien, ¿verdad, Emmie? —le dijo muy contenta.

Su hermana asintió y dejó que la pequeña tirara de ella.

Sus abuelos se fueron y se quedó con una sensación de vacío. Emmaline pensó en lo que había sido la visita de sus abuelos e intentó sacar alguna conclusión positiva de ella, pero no se le ocurrió nada.

La alegre conversación de Tessie fue lo único que consiguió levantarle el ánimo. Decidió olvidarse de su pesar y jugar a la comba con su hermana pequeña.

Hacía mucho calor afuera, el sol quemaba con fuerza en la arena del patio. Emmaline se sentó en un banco contra la pared de la casa y se sacudió con cuidado la planta de los pies.

—Ya te he dicho que no puedes saltar a la comba descalza —le recordó la niña sonriendo.

—Ya, ya... Tienes razón —le dijo.

—Pero la verdad es que nunca te había visto saltar tan deprisa. Sólo saltaste dos veces, pero muy alto, Emmie.

Oyeron una risa detrás de ella. Alguien parecía estar vigilándolas.

—Sí, fueron unos saltos estupendos, señorita Emmaline —le dijo el hombre.

Ella miró por encima del hombro, dejó que el pie cayera deprisa al suelo y se mostró muy digna.

—¿Estás espiándonos, Gerrity?

Las miraba desde las sombras del oscuro vestíbulo, no podía ver su rostro, pero intuía por su voz que ya estaba mucho más relajado, sin la tensión que lo había atenazado desde que aparecieran por sorpresa sus abuelos. Le bastaba con mirarlo para que el corazón le latiera con más fuerza. Él la había protegido, había intentado que ellos no pudieran hacerle daño. Se le llenaron los ojos de lágrimas al darse cuenta de hasta qué punto amaba a ese hombre.

Se sintió segura de sus sentimientos en ese instante, no entendía de dónde provenía aquello, pero sabía a ciencia cierta que Matthew Gerrity era el dueño de su corazón.

Ya se había dado cuenta tiempo atrás de que su

unión con él estaba escrita en el cielo, que era justo lo que necesitaba, pero en ese momento fue consciente de que lo que sentía por él no era nada más, ni nada menos, que amor.

Se puso de pie lentamente. Tessie le agarró la falda.

—¿Adónde vas, Emmie?

—Creo que voy a entrar un ratito, Tessie, hace mucho calor aquí —le dijo sonriendo.

Se llevó entonces las manos a la cara y sintió una lágrima escapándose de sus ojos. Matt se acercó deprisa a su lado.

—¿Qué pasa, cariño? —le dijo mientras le acariciaba el brazo.

—Tengo que lavarme la cara, eso es todo —contestó ella pasando a su lado.

—Emmie, ¿estás llorando? —le preguntó una preocupada Tessie—. ¡Matt, no deberías haberle tomado el pelo, has hecho que se sienta mal! —añadió enfadada.

—Emmie está bien —le aseguró Matt a su hermana—. Creo que tiene mucho calor, nada más.

Escuchó un portazo detrás de él y supo que era la puerta de su dormitorio, el que compartía con ella.

—Vamos, Tessie. A ver qué nos puede dar María para refrescarnos —le dijo Matt a su hermana, mientras entraban en la fresca casa.

Encontraron a María en la cocina.

—¿Puedes darle a Tessie algo para refrescarse?

—Limonada —intervino la niña.

—Bueno, a lo mejor encuentro un poco. ¿Y para usted, señor Matt?

—Yo no quiero nada. Tessie va a estar aquí un rato contigo, ¿de acuerdo?

Salió entonces de la cocina y fue hasta la puerta de su dormitorio sin hacer ruido.

Abrió silenciosamente el picaporte y la buscó con la mirada. A través de las blancas cortinas entraba la brillante luz de esas horas de la tarde.

La encontró sobre la cama, acurrucada en la colcha, con las piernas dobladas y los brazos alrededor de las rodillas, parecía una niña.

Se acercó a ella y se arrodilló a su lado.

Levantó lentamente una mano y acarició su cuello, donde sus rizos estaban aún húmedos por culpa del calor del patio. Ella se había sujetado el cabello en alto para luchar contra las altas temperaturas. Desde allí caía una sedosa cascada rojiza.

Soñaba con enredar los dedos en esos rizos, pero se contuvo.

Ella se movió un poco y suspiró. Parecía estar sollozando.

Se dio cuenta de que Matt estaba a su lado. Le daba rabia que la viera así, tan frágil y llorosa, no quería que el hombre que la esperaba pacientemente al lado de la cama tuviera que soportar verla tan vulnerable.

No podía creerse que él se hubiera hecho dueño de su corazón tan fácilmente y sin aparente esfuerzo. Le había bastado con estar allí a su lado, con ser él mismo, con protegerla y cuidar de ella como lo había hecho todo ese tiempo.

Matt había tejido una red a su alrededor y ella había estado demasiado distraída con todo como para darse cuenta de lo que pasaba.

«Si así es como se siente una al estar enamorada, preferiría no estarlo», pensó ella.

Levantó la cabeza y se limpió la cara con la mano.
—¿Qué quieres?

Matt se acercó más a ella y le acarició la cara con la otra mano.

—¿Qué te pasa, Emmie? ¿Te ha molestado que me riera de ti?

—No —replicó ella con frialdad.

—Emmaline, mírame, por favor —le pidió él con firmeza.

Abrió los ojos.

—No soy una niña, Matt. No me enfado cuando bromeas conmigo. Puede gustarme más o menos, pero no me enfado.

Matt parecía perplejo. Ella se daba cuenta de que sufriría mucho si él llegaba a saber lo tonta que era. Estaba claro que él estaba dispuesto a aceptar la responsabilidad de estar casado con ella. Y también que le atraía lo suficiente como para buscarla cada noche en su dormitorio. Pero no creía que fuera a recibir de buen grado las palabras que su pobre corazón enamorado se moría por decirle.

Ese matrimonio no se había celebrado por amor y ella no quería darle más motivos para sufrir.

Se había pasado su vida esperando recibir el amor de los demás, el amor que nunca llegaba. Su padre había dejado que se la arrebataran de su lado sin luchar. Su madre no había cuidado de ella, se había dejado morir sin protestar, sin hacer nada por cambiar su vida. En sus abuelos tampoco había encontrado el cariño que ansiaba. Delilah había sido la única que le había ofrecido algo de afecto, su querida niñera, al menos hasta que se hizo demasiado mayor para tener una.

—Me pregunto por qué se casaría mi madre con mi padre —comentó de repente.

—¿Por qué estás ahora pensando en eso? —le preguntó él con estupor.

Ella lo miró y sonrió. Vio cómo Matt se relajaba al ver su cara. Después estalló en una carcajada.

—¡No tengo ni idea! —le dijo con algo de timidez—. Creo que pienso demasiado, Matt.

Él suspiró, parecía aliviado.

—¿Vas a estar con cosas de mujeres unos días, Emmie? —le preguntó Matt.

—¿Qué me estás preguntando, Matt? —replicó ella completamente atónita y ruborizada—. Si te refieres a mí... Si estás hablando de lo que creo que estás hablando, bueno... Tengo que decirte que no es asunto tuyo.

—Sí, supongo que me estaba refiriendo a lo que crees que me refiero. Y sí que es asunto mío, señora Gerrity, sobre todo cuando no dejas de llorar y te comportas como...

Sin terminar la frase, Matt se levantó mientras la agarraba de la cintura y la obligó a levantarse con él. Aquello pudo con ella.

—Déjame en el suelo, ahora mismo —le exigió—. ¡Mis cosas personales no quiero tener que comentarlas con nadie, Gerrity!

Matt la atrajo hacia su cuerpo y se inclinó hasta que sus caras quedaron una frente a la otra. Dejó que su boca rozara suavemente sus labios.

—Si no me lo dices, tendré que averiguarlo —le susurró él.

—¿Cómo? —replicó ella.

Pero después abrió la boca al entender sus palabras.

—¡No, ni hablar! Ni lo pienses, Gerrity. ¡Bájame ahora mismo y no me toques!

Sus pies no tocaban el suelo, pero podía agitar las

piernas y darle una patada. Alargó los brazos y tiró del pelo de Matt mientras él reía con ganas.

—¡Bájame ahora mismo!

—No puedo, me estás tirando del pelo —repuso él con una mueca de dolor.

Matt la dejó en el suelo entonces, pero sólo el tiempo suficiente para tomarla en brazos y dejarla sobre la cama. Se tumbó sobre ella y sonrió al ver su cara.

—Ahora sí que estoy enfadada —murmuró ella entre dientes.

—Bueno, si vas a estar enfadada, no me queda más remedio que sujetarte en la cama hasta que estés contenta de nuevo —le dijo él mientras le daba besos y más besos.

Ella cerró los ojos, pero no le sirvió de nada, sólo consiguió que sus sentidos se dejaran seducir más fácilmente por las caricias y atenciones de Matt. No tardó mucho en responder a sus avances con el mismo ardor.

—Estoy enfadada de verdad, ¿sabes? —suspiró ella.

—¿Ahora también? —le preguntó Matt, sin dejar de besar y morder sus labios.

—¡Matt! ¿Es que no vas a escucharme?

—Claro, cariño, como quieras —replicó él algo frustrado.

—Tessie está en la casa, a lo mejor en el pasillo, preguntándose dónde estamos y qué estamos haciendo —le recordó ella mientras empujaba su torso para ganar espacio.

Matt se incorporó y apoyó las manos en el colchón. La miró y suspiró.

—¿Sería mucho pedir que no sigas enfadada esta noche? —le preguntó con media sonrisa.

Se derritió al ver su expresión, parecía un niño pequeño suplicando que le dieran un dulce.

—La verdad es que no estoy enfadada —reconoció ella.

—¿No? —Le preguntó él mientras acariciaba su mejilla—. Dime, Emmie. ¿Por qué estabas pensando antes en tu madre? ¿En qué pensabas?

Emmaline lo miró y se mordió el labio inferior.

—Creo que necesito saber más de mi padre —le dijo—. Nunca lo llegué a conocer de verdad.

—No sé qué recuerdos tienes de Sam, pero sé de algo que puede ayudarte a conocerlo mejor.

Se quedó callada, parada como una gacela en el crepúsculo y tan bella como el animal. Abrió la boca para hablar, pero no dijo nada.

—Tus cartas, las que Sam te envío, están aquí, cariño —le confesó él—. Las iba metiendo en una caja cada vez que alguien se las enviaba de vuelta. Y te las guardó por si volvías algún día.

Dieciséis

—Emmaline Gerrity, no te había visto desde la fiesta en tu casa —le dijo Ruth Guismann desde el mostrador—. ¿Vienes a por víveres? Pensé que Matt ya había enviado a alguien el otro día. Algunos se giraron para mirarla y no pudo evitar sonrojarse. Saludó a un par de mujeres con la cabeza y se acercó a Ruth.

—Necesito algunas cosas que a Matt se le olvidaron, como vainilla y sal. María estaba desesperándose en la cocina, así que le dije que me hiciera una lista —explicó mientras sacaba un papel del bolsito.

—Déjame ver —repuso Ruth revisando la lista—. Ahora te busco todo esto.

Le llamó la atención un rollo de tela que había sobre el mostrador.

—Bonito, ¿verdad? Llegó ayer en el tren desde San Luis.

Levantó el rollo y sacó un metro de tela. Era muy fina y delicada, con flores.

—Es ideal para hacerle un vestido a Tessie para la iglesia —le dijo—. Creo que me llevaré un poco.

—Muy bien, casi he terminado con la lista. Puedes darte una vuelta por la tienda mientras completo lo que necesitas. Acaban de llegar zapatos de niños. Me imagino que le quedaran ya pequeños a Theresa los que su madre le compró en otoño.

Se abrió la puerta de la tienda y, al girarse, vio que se trataba de Deborah Hopkins, que entraba entonces. Se acercó directamente a donde estaba ella.

—¡Vaya, es la novia! ¿Cómo se le ha ocurrido dejar sólo a Matt? ¿O lo tiene escondido en alguna parte? —le dijo mientras miraba detrás del mostrador.

—Hola, Deborah —replicó ella entre dientes—. Está bien saber que ya sale, me temía que no pudiera moverse después de todo lo que bailó en la fiesta —añadió sin poder contenerse.

—Admito que tuve que descansar después de la fiesta, bailé con todos los solteros de la zona. Le habría mandado alguno, pero estaba tan pegada a Matt... Sabe que no puede mantener a un hombre a su lado pegándose a él de esa manera, ¿no? Se necesita algo más.

—Nunca me habían acusado de algo así, Deborah. Al contrario de lo que piensa, las manos que sujetaban con fuerza no eran las mías. Parece que, estos días, Matt no soporta tenerme a más de dos pasos de distancia. Supongo que aprecia lo que tiene —dijo con gesto modesto, pero sin poder ocultar una sonrisa.

—El lío que formó con ese vaquero fue de lo más vergonzoso.

—¿Lío?

—Estoy segura de que Matt se sintió avergonzado

con ese jaleo. Le haría sentirse un idiota ver que se iba con ese vaquero como lo hizo.

—¿Idiota? ¿Cree que se sintió idiota porque casi me secuestran? Me han dicho que estuvo de lo más heroico, llevándome en brazos hasta la casa como lo hizo y pendiente de mí.

Le parecía increíble que Deborah pudiera acusarla de haber querido irse con ese forajido.

—Hace años que lo conozco y nunca lo he visto pendiente de nadie —dijo Deborah como si dudara de sus palabras.

Intentó controlar su genio, pero no pudo.

—Claro que está pendiente de mí, después de todos somos recién casados. Podría contarle... —comentó mientras se cubría la boca con falso pudor—. Pero claro, plantada y sin novio como está, no creo que pudiera entender esas cosas.

La miró entonces con suspicacia y los ojos entrecerrados.

—¿O a lo mejor sí sabe de esas cosas? —preguntó maliciosamente—. ¡No, claro que no!

—Podría haber sido mío, ¿sabe?

—Bueno, seguro que usted habría podido ser suya, si Matt lo hubiera deseado, claro. Pero, según he oído, no estaba muy interesado. A lo mejor lo que usted le ofreció no consiguió tentarlo.

Ruth Guismann se acercó a las mujeres. Parecía estar disfrutando con la conversación.

—Emmaline, tengo todo listo. ¿Cuánta tela vas a necesitar para Theresa?

—Creo que con tres metros será suficiente —le dijo—. Y me llevo todo lo que pueda necesitar para hacerlo. Matt me dijo que comprara lo que quisiera. Es muy generoso, ¿sabes?

Emmaline pasó al lado de Deborah para acercarse de nuevo al mostrador. La mujer le agarró el brazo y le clavó las uñas con crueldad.

Decidió que tenía que controlarse e intentar arreglar la situación, estaba segura de que a Matt no le agradaría saber lo que se habían dicho, pero se detuvo al oír la amenaza de Deborah.

—No has ganado la batalla hasta que tengas un hijo, Emmaline. ¿Y si no llega nunca ese día?

Se sonrojó al instante. No podía creer que supiera tanto del testamento.

—¿Qué es lo que sabes tú de eso?

—Mi tía trabaja para el señor Hooper, el abogado —replicó la mujer.

—Entonces debería estar avergonzada de ir contando por ahí lo que no debe —le dijo mientras libraba su brazo de la garra de Deborah.

Fue hasta donde estaba Ruth y se dispuso a recoger sus compras.

—¡Sheriff Baines! —gritó Matt.

—¿Tienes algún problema, Matt? —le dijo el oficial, dándose la vuelta para mirarlo.

Volvió hacia la oficina de mala gana. Le gustaba Forbes Junction porque no había mucho trabajo, pero si surgía algo, era el mismo implacable hombre de ley que había sido siempre, a pesar de su edad. Se acercó a Matt, estaba seguro de que no era nada urgente.

—¿Te apetece desayunar?

—Bueno, lo miraré mientras come —le dijo él—. Pero es un poco tarde para desayunar, ¿no?

Llegaron hasta el hotel y esperaron a que un joven les abriera la puerta.

—Es que no me gusta comer lo que Hilda prepara para los prisioneros. La verdad es que perdí el apetito esta mañana cuando vi el plato de puré grisáceo y pan duro que le llevaba a Smokey.

Matt acompañó al sheriff hasta el comedor y colgó su sombrero en el perchero.

—¿Qué hace el viejo Smokey en la cárcel?

—Lo pillamos borracho, como de costumbre.

—¿Estaba peleándose otra vez? —le preguntó Matt mientras una camarera con delantal blanco les servía dos tazas de café.

Hailey Baines se encogió de hombros.

—No se ha peleado lo suficiente como para hacer daño a alguien, pero necesitaba un sitio para recuperarse.

La camarera llegó de nuevo con un plato de tortitas y huevos revueltos. Después lo miró a él.

—¿Va a desayunar también, señor Gerrity?

—¿Cómo le han servido tan rápido?

—Lo vimos acercarse por la calle —le confió la camarera—. A estas horas del día, si sale de su oficina, el recepcionista nos lo dice y nos ponemos a cocinar su desayuno.

—Será mejor que tenga más cuidado, sheriff —le dijo Matt riendo—. No es bueno ser tan predecible.

—Tengo un horario muy complicado —contestó Hailey—. Y ellos intentan ayudarme un poco.

—Bueno, yo sólo tomaré un café, gracias —le dijo a la camarera—. No quiero entretenerme mucho, no puedo dejar a Emmaline mucho tiempo.

—¿Ha venido contigo esta mañana?

—Sí, estos días no dejo que se aleje de mí más de dos pasos, pero está en la tienda con una lista de cosas que necesitamos. Le dije que se quedara allí hasta que fuera a buscarla.

—¿A la misma mujer a la que tuviste que ir a buscar a una taberna para casarte con ella? —preguntó el sheriff con incredulidad.

—Bueno, ha cambiado bastante. Sabe que es mejor que no vaya por ahí sola.

—¿Tienes problemas, Matt?

—Sí. Estuviste allí el día de la fiesta, cuando alguien intentó secuestrarla al lado de la casa...

Hailey Baines asintió.

—¿Ha pasado algo más?

—No, nada más desde entonces. Pero ya sabes que alguien le disparó el día de la boda.

El sheriff asintió de nuevo.

—Pero sería alguien cazando, ¿no?

—Eso quiere creer Emmaline, pero yo no estoy de acuerdo. Sobre todo después del accidente con el caballo.

—Demasiada coincidencia, ¿no?

—No estoy tranquilo a no ser que la tenga cerca y es muy difícil llevar así un rancho.

—¿Tienes alguna idea de quién puede estar detrás de ella y por qué?

—Al principio pensé que sólo eran bromas de mal gusto, que alguien quería que se marchase de vuelta a Kentucky. Pero cuando intentaron secuestrarla, me di cuenta de que era mucho más. Cualquiera que me conozca sabría que no iba a dejar que mi esposa se fuera, por muy asustada que estuviera.

—¿Y lo está?

—¿Que si está asustada? ¿Emmaline? No, asustada, no. Enfadada, bastante. Preferiría que estuviera asustada. Cree que el mordisco que le pegó a ese mequetrefe es bastante para que no se le vuelva a acercar.

—Bueno, tuvo mucha suerte —le dijo el sheriff levantándose—. ¿Te has terminado ya el café?

—Supongo que sí —repuso él mientras dejaba la taza medio llena en la mesa—. Sólo quería decirte que sigo preocupado con todo esto. Es como si esperara que pasara algo más en cualquier momento.

—¿Sabes si alguien ha contratado jornaleros de fuera? ¿Y tus empleados? ¿Los conoces bien?

—Llevo bastante tiempo con el mismo grupo de hombres. El más nuevo es Kane, pero ya lleva un año conmigo.

—¿Y Clyde Hopkins? ¿Ha contratado a alguien nuevo?

Matt lo miró y se encogió de hombros.

—Que yo sepa, no, pero la verdad es que no me he fijado demasiado.

—Así que no tienes nada que ofrecerme, Matt. Ninguna pista —comentó el sheriff—. Hasta luego, Molly —le dijo a la camarera.

—¿No pagas el desayuno? —preguntó él sacando la cartera.

—No, me pasan la factura una vez a la semana. Deja el dinero, Matt. Yo te invito al café. Es lo menos que puedo hacer después de todo lo que comí el otro día en tu casa.

—Bueno, será mejor que vaya a buscar a Emmaline. Quería hablar contigo porque pensé que a lo mejor habías oído algo por aquí, no sé.

—Me temo que no, pero seguiré con los ojos muy abiertos. Te lo diré si descubro cualquier cosa. Y si pasa algo, ya sabes dónde encontrarme.

Salieron del hotel y volvieron hacia el despacho del sheriff.

—Le doy vueltas y más vueltas y sigo sin entenderlo. ¿Quién podría querer hacerle daño?

—¿Está alguien enfadado por tu matrimonio con ella?

—No que yo sepa, excepto por Deborah Hopkins. Pero ella no se atrevería con algo así.

El sheriff lo miró con interés.

—No subestimes la rabia de una mujer despreciada.

Matt no podía creer lo que estaba oyendo.

—Bueno, sólo quería comentarlo. A lo mejor merece la pena pensar en ello —explicó Baines.

—Te dije que te quedaras en la tienda hablando con Ruth hasta que volviera —le dijo Matt enfadado, mientras la miraba de arriba abajo para comprobar que estaba bien.

—Ya te lo he dicho, Matt. Me cansé de esperar y salí para colocar los paquetes en el coche. Dejé lo más pesado en la tienda para que lo recogieras tú.

No pensaba decirle nada de Deborah, aún se sentía avergonzada de haberse enfrentado con ella como lo había hecho. Tuvo que salir para tranquilizarse. No podía estar en la tienda con Deborah allí.

—Bueno, pues no quiero verte sola por ahí —le dijo mientras la tomaba con dos fuertes manos por la cintura y la subía al coche de caballos.

—¡Por Dios, Matt! Puedo subirme sola sin que tengas que tratarme como a una niña —repuso ella mirando a su alrededor para asegurarse de que nadie lo había visto.

—No te pongas así por nada.

Matt desató las riendas que estaban atadas al poste y se acercó a ella.

—¿Es esto todo lo que has comprado? —le preguntó mientras señalaba las dos cajas que había subido al carro.

—Si has traído dos cajas llenas de comida, lo has traído todo —replicó ella de mala manera.

—Entonces, estamos listos —murmuró él subiéndose al carro y tirando de las riendas—. He visto a Deborah dentro de la tienda cuando entré a recoger las cajas. ¿Has hablado con ella? ¿Te ha dicho algo?

—Sí, hablamos —repuso Emmaline mientras colocaba los paquetes que tenía a sus pies.

—¿Qué más has comprado?

—Algunas cosas para Theresa. Ha crecido mucho y le quedan pequeños los camisones. También necesitaba un vestido para los domingos y le he comprado un par de zapatos de piel para llevar con él.

—Bueno, vamos a pasar mucho tiempo en casa. Al menos hasta que todo se tranquilice, así que Tessie no va a necesitar ropa de domingo durante algún tiempo.

—Espero que no pretendas que no vayamos a la iglesia, sólo porque un idiota intentó...

—Ese idiota podría haberte subido a la silla sin problemas si no le hubieras mordido —le recordó él.

—No estoy dispuesta a que ese sinvergüenza me convierta en prisionera en mi propia casa.

—De acuerdo, Emmie —dijo él con una sonrisa para intentar suavizar las cosas—. No discutamos por eso. Puedes ir a la iglesia si quieres, pero tendré que llevarte yo.

—¿Vas a ir a la iglesia?

—Sí, no soy un ateo, ni un bárbaro, ¿sabes?

—Bueno, eso sí que es un milagro —repuso ella con humor.

—¿Ya no estás enfadada?

—No estaba enfadada, sólo algo molesta contigo y tu manera de tratarme.

—¿Qué quieres decir?

—¡Mírate! Parece que crees que sólo porque eres mi marido puedes decirme qué hacer en todo momento.

Creía que iba a protestar, pero Matt no abrió la boca, así que decidió seguir.

—¿No se te ha ocurrido pensar que a lo mejor estás preocupado por nada? No he hecho otra cosa más que salir de la tienda, poner los paquetes en el carro y esperar allí a que vinieras. De la manera que actúas, parece que me acusas de andar buscando jaleo.

Matt puso los ojos en blanco.

—No puedo creer que seas tan inocente, Emmaline. Hay un hombre en algún sitio que tiene la intención de hacerte daño. Ya te ha intentado disparar y secuestrarte. Y eso sin contar el accidente del caballo. ¿Necesitas más razones? —le preguntó mientras la miraba con intensidad.

—No es eso. Es que creo que estoy bastante segura a las diez de la mañana y en medio del pueblo. Además, pensé que quizás sólo se trató de una broma que se les fue de las manos. ¿No hacen esas cosas por aquí? Ya sabes, como llevarse a la novia durante una hora o así...

—Las bromas son una cosa, Emmie, lo que te pasó a ti fue un intento de secuestro. No tiene nada que ver. Tienes que entender que, hasta que sepamos qué es lo que pasa, hay que tener cuidado.

—Pero no sé qué puede pasar a plena luz del día.

La miró de reojo. Tenía los labios apretados y parecía muy compungida.

Le rodeó la cintura con un brazo y la trajo más cerca de su cuerpo.

—Quítate el sombrero, Emmaline.

—¿Para qué? —preguntó ella con sorpresa.

—¿Es que tienes que cuestionar cada cosa que te pido? Hazlo, por favor.

Emmaline suspiró, pero se desató la cinta bajo la barbilla y se quitó el sombrero.

—Ya está. ¿Contento?
—Bueno, ahora es mucho más fácil besarte y morderte el cuello, sin todas esas flores y lazos.
—¿Eso es lo que querías? ¿Besarme?
—Por supuesto —le dijo mientras se inclinaba para hacerlo.

Como si fuera la primera vez, saboreó la dulce frescura de su boca. Sólo había querido besarla para que los dos se olvidaran de la discusión, para estar más unidos, para disfrutar de ese momento un instante. Pero el aroma de esa mujer y su sabor lo habían seducido de nuevo y se encontró perdido en un beso que había comenzado de la manera más inocente.

—Sabes tan bien —murmuró mientras besaba su cuello—. Y cómo hueles...
—Debe de ser por el jabón que he usado esta mañana —repuso ella cerrando los ojos.
—No, no es eso. Creo que eres tú. Hueles así por todas partes...
—¿Sí? —preguntó ella riendo—. Me estás haciendo cosquillas. No, no... ¡Matt!

Dejó de mordisquear su cuello y se apartó de mala gana.

—Vaya, sabes cómo ofender a un hombre, Emmie —le dijo fingiendo enfado.

Se sentó derecho en su asiento. Parecía despreocupado, pero vigilaba atento a su alrededor.

Emmaline lo miró. Matt no se relajaba, vigilaba el camino con atención. Se mordió el labio inferior mientras pensaba en todo aquello.

—Estás preocupado de verdad, ¿no?
—Sólo necesito un poco de tiempo para descubrir

qué está pasando, Emmie. Lo solucionaremos todo muy pronto, te lo prometo.

Deslizó su mano bajo el brazo de Matt y apretó sus fuertes músculos.

—Bueno, no voy a ponerme nerviosa. Sé que vas a cuidar de mí. Y prometo tener cuidado, de verdad. Haré lo que quieras.

—¿Sabes qué? He estado pensando... ¿Recuerdas lo que te dije la otra noche, sobre las cartas de tu padre?

Sus palabras atrajeron toda su atención. Deseaba poder leerlas más que nada en el mundo.

—¿Sabes dónde las guardaba?

—Claro, cariño. Están en una caja fuerte en su despacho.

—Entonces, ¿por qué no me las has dado aún?

—No lo sé, supongo que pensé en hacerlo cuando fuera el momento apropiado.

Emmaline cerró satisfecha los ojos. Le encantaba saber que había estado en lo cierto al confiar en que Matt le decía la verdad. No pudo evitar pensar en su abuela.

Se acercó más a él en el asiento, apretando su fuerte brazo contra su pecho y apoyando en su hombro la mejilla. Matt la abrazó entonces.

—Cuando lleguemos a casa, ¿de acuerdo?

Se quedó callada un instante, después asintió lentamente con la cabeza.

—Sí, cuando lleguemos a casa.

El gran sillón de piel la rodeaba como un abrazo. Tenía las cartas sobre el regazo y le daban un extraño calor. Era casi como si él estuviera allí, podía sentir su presencia. Tocó la primera de las cartas y la abrió con cuidado. Se le llenaron los ojos de lágrimas al leer las primeras palabras.

Mi querida hija, rezo para que tu madre te lea esto. Tengo la esperanza de que recuerdes siempre que tu padre te quiere y te echa de menos cada día. Te envío besos y abrazos, tu padre.

Dobló la nota con dedos temblorosos y volvió a guardarla en el sobre. Se dio cuenta de que esa carta había esperado veinte años a que su destinataria la leyera por fin.

La segunda parecía más larga.

Mi querida hija, los caballos se han ido ya hacia el norte para no sufrir el calor del verano en esta parte de Arizona. He enviado también tu poni, no hay aquí nadie ya para montarlo. Estará esperándote hasta que vuelvas. María te envía todo su cariño y reza todos los días por ti. Espero que disfrutes visitando a tus abuelos. Te quiero mucho, papá.

No podía creérselo, su padre creía que ella iba a volver, no lo entendía. A lo mejor su madre le mintió haciéndole creer que sólo estarían fuera un tiempo.

Guardó la carta sin poder contener las lágrimas y vio que había algo más en el sobre. Era el dibujo de un poni de pelo oscuro, un recuerdo que su padre le había enviado para que se acordara de su caballo favorito.

No podía ni imaginarse cuánto habría sufrido al ver que le impedían tener contacto con su hija.

Tomó las cartas en sus manos y las sujetó con fuerza contra su pecho.

—¡Papá...! —sollozó con todo el dolor de su corazón.

—Emmaline...

Levantó la vista y se encontró con los ojos de Matt, que la miraba desde la puerta.

—Emmie, tu padre no querría haberte visto llorar, sino que las leyeses por fin y te sintieras feliz.

—Pero es tan triste, Matt... ¿Por qué no me dijo nadie cuánto me quería?

Se acercó a ella y se puso de rodillas a su lado. Acarició con ternura su cara y ella se dejó querer, cerrando los ojos unos momentos.

Buscó uno de sus pañuelos bordados para secarse las lágrimas, pero Matt fue más rápido que ella y le ofreció el de tela roja que llevaba atado al cuello.

Ella se limpió la cara y se sonó la nariz.

—Gracias —le dijo con algo de timidez—. Te lo lavaré.

—No te preocupes, tengo más. Además, me da la impresión de que tienes más lágrimas en tu interior de las que puedes secar con esos diminutos pañuelos que usas —contestó Matt mientras la abrazaba—. Creo que será mejor que tengas algunos de los míos en el escritorio hasta que termines de leer las cartas.

Sonrió al escucharlo y lo besó en el cuello.

—Creo que ahora ya estaré bien —le susurró.

Miró las cartas de nuevo y sacó la segunda.

—Mira, Matt. Éste era mi poni... Creo que se llamaba Ranger —le dijo mientras sacaba el dibujo.

Matt lo miró con atención.

—Sí, a Sam se le daba bien dibujar. Se parece mucho. Este poni murió sólo hace cuatro años.

—¿En serio? Si hubiera vuelto antes, podría haberlo visto de nuevo —repuso con amargura—. ¿Cómo voy a poder perdonarlos algún día después de lo que me han hecho? Por eso se fueron antes de tiempo, ¿sabes? Tuve una discusión con mi abuela por culpa de las cartas...

—Ya me lo imaginé, cariño —le dijo Matt—. En cuanto a lo de perdonarlos, eso es algo que tienes que conseguir tú. Si te sirve de consuelo, creo que no eran conscientes de que te estaban haciendo tanto daño.

—Pero ella debería saberlo... Mi madre tenía que darse cuenta de hasta qué punto necesitaba...

Era demasiado difícil explicarlo con palabras.

—Bueno, seguiré después con la cartas.

Volvió a meterlas todas en el cinturón de piel que las había mantenido unidas durante años.

Matt abrió el último cajón de la mesa y sacó la caja de metal que había guardado ese secreto tanto tiempo. Levantó la tapa y ella dejó dentro su tesoro.

—Papá...

—Los abuelos se han ido.

—¿Qué creía? Creía que se iban a llevar a su nieta con ellos, ¿no? —repuso el hombre—. Eso me quitaría mucho trabajo.

—No seas tonto. No voy a conseguir quitármela de encima tan fácilmente. Sabe lo que tiene, casada con Matthew Gerrity y propietaria de medio rancho.

—¿Qué es lo que desea más? ¿A Gerrity o su rancho? Parece que depende de mí para conseguirlo, ¿no? —le dijo mientras se aproximaba a la mujer—. Estoy deseando probar esta piel tan suave... —añadió acariciando su cara.

—¡No me toques! Conseguirás el dinero cuando cumplas tu parte.

—No quiero sólo dinero... Podría hacer que se lo pasara muy bien ahora mismo...

Ella sacudió la cabeza asqueada al oler su aliento cargado de whisky.

—Ni aquí, ni ahora —replicó con firmeza—. Tengo que irme antes de que me echen en falta.

—Bueno, pero no sé cuándo voy a poder hacerlo, Gerrity vigila con atención a su esposa.

—Muy bien —asintió ella—. Estaré atenta y haré lo que pueda.

Diecisiete

—¿Podemos ir hoy a montar? —le pidió Tessie—. Ya he terminado toda la comida.

—Escucha, preciosa —repuso Matt—. Aún tienes deberes que terminar.

—No, hoy no. La señorita Olivia ha dicho que me merezco un descanso porque me he estado portando muy bien.

—¿De verdad? —preguntó Matt mientras miraba a la mujer—. ¿Olivia?

—Si no le importa —repuso la maestra—. Después de todo, si Theresa estuviese en una escuela, ni siquiera tendría que estudiar durante estos meses de verano.

Se quedó mirando a la mujer.

—¿Quiere usted tomarse también unas vacaciones, Olivia? No lo había pensado, pero quizás tenga familia o amigos a los que quiere ir a visitar.

—No, señor Gerrity. No tengo a nadie. Mi familia está en el este y no estamos muy unidos.

—Bueno, si cambia de opinión, dígamelo. En cuanto a Tessie, creo que no debería estar estudiando muchas horas durante el verano, es verdad. De todos modos, tiene que pasar más tiempo con su hermana y Emmaline está deseando enseñarle sus libros.

—Lo que de verdad me gustaría hacer es dar un largo paseo a caballo con ella —intervino Emmaline—. Estoy cansada de estar todo el día en la casa, Matt.

—Emmie, sabes que tenemos que tener cuidado —repuso él.

—Deja de darme reprimendas como si fuera una niña pequeña, lo que estoy esperando es que se te ocurra que quizás podríamos salir todos juntos, una excursión familiar.

—¿Una excursión familiar? —repitió él con el ceño fruncido.

Negó con la cabeza de inmediato.

—Dices que no sin ni siquiera pensar en ello.

—Esto es un rancho, Emmaline, y lo llevo yo. Tengo que encargarme de que todo funcione y de que se hagan las cosas como quiero, de otro modo, no salimos adelante. No tengo tiempo para excursiones familiares y tampoco para discutir contigo esta mañana. Además, me prometiste el otro día que harías lo que te pidiera.

—Sabía que ibas a sacar el tema —replicó Emmaline—. Sé que tienes mucho que hacer, Matt, muchas responsabilidades. Es una pena que Tessie y yo no seamos una de ellas. Eso es todo.

—¡Eso es injusto! Estoy todo el día pendiente de ti, por si no te has dado cuenta. A Tessie no la he oído quejarse aún. Y, esta semana, ya te he dedicado un día entero.

—¿Cuándo? —repuso ella—. ¿Hablas del día que fuimos al pueblo? Tú pensabas ir de todos modos.

Olivia los miraba con interés mientras discutían. Aprovechó un silencio para ponerse en pie.

—Bueno, yo voy a retirarme a mi cuarto, si no les importa —les dijo en voz baja.

—Mira lo que has hecho —lo acusó Emmaline mirando a la joven—. Has conseguido echarla.

—¿Yo?

Theresa también estaba pendiente de ellos y se le llenaron los ojos de lágrimas.

—Yo... Yo no quería ir a montar, de todos modos —les dijo con tristeza—. Vamos, Emmie. ¿Por qué no leemos o algo así? Supongo que Matt tiene mucho trabajo...

Viendo la situación, echó la cabeza hacia atrás y respiró profundamente antes de hablar.

—Vamos a ver, chicas. ¿Por qué no hacemos un trato? Haré lo que tengo que hacer esta mañana y después de comer saldremos los tres juntos hasta el arroyo de los pastos del norte.

—¡Matthew! ¡Te quiero tanto! —exclamó la niña con alegría, echándose a sus brazos.

—Emmaline, ¿no vas a mostrarte tan agradecida como tu hermana? No me importaría que tú también me dieras un beso —le dijo para intentar hacer las paces con ella.

—Es una idea maravillosa, Matt —contestó Emmaline.

—Ahora tienes que darle un beso —intervino Tessie.

—Sí, ahora tienes que darme un beso —repitió él con una sonrisa divertida.

Estaba claro que no iba a ponérselo fácil. Se acercó

a ella y la tomó en sus brazos, besándola antes de que tuviera tiempo de protestar.

Emmaline intentó murmurar algo, pero sus palabras quedaron ahogadas en un beso que consiguió derretirla. Aceptó la disculpa de Matt.

—Emmaline... —susurró él—. Creo que soy el hombre con más suerte. Tengo entre mis brazos a la mejor mujer del estado. Y además a la mejor hermanita que nadie pudiera tener —añadió sonriendo a Tessie.

Ella se apartó de él. Sabía que estaba ruborizada, podía notarlo.

—Vete ahora, Matt. Te veremos a la hora de la comida, ¿verdad, Tessie?

—Sí, te estaremos esperando, Matthew.

—Jefe, no quiero acusar a nadie, pero creo que debería hacer algo con el último jornalero que ha contratado —le dijo Claude acercándose a él en los establos.

Matt lo miró con el ceño fruncido.

—¿Hablas de Kane?

—Sí, así es. Creo que se está escaqueando y no hace bien su trabajo.

—Está en el norte con el ganado —repuso Matt—. ¿Cómo sabes lo que hace o deja de hacer?

—Ése es el problema. Tucker lo vio en el pueblo el otro día. Kane intentó excusarse, pero Tucker dice que se comportaba de manera extraña, como si estuviese ocultando algo. Hasta intentó convencerlo de que no le dijera a nadie que le había visto.

—Vaya, vaya... —murmuró entre dientes—. ¿Qué

crees que se trae entre manos, Claude? ¿Y quién diablos hace su trabajo mientras él está de juerga en el pueblo?

Claude se encogió de hombros. Después lo miró como si se le acabara de ocurrir algo.

—A lo mejor había ido al pueblo a visitar a una de las mujeres del... —dijo mirando a su alrededor—. Bueno, ya sabe de lo que hablo —añadió entre risas.

—Si está tan desesperado, debería pedir que lo sustituyéramos en los pastos. No puedo permitirme tener un trabajador que no asume sus responsabilidades y se va sin más.

—El problema es que parece que no es la primera vez que lo hace.

—¿Has estado ocultándome esto, Claude? —le preguntó irritado.

—No, pero la otra vez me ocupé yo mismo del asunto, jefe. Ahora, al ver que volvía a escaquearse, pensé que era mejor hacérselo saber.

—¡Justo lo que me faltaba! Ya andamos cortos de jornaleros y ahora esto...

—¿Va a ir a verlo y a hablar con él, jefe?

—No, no tengo tiempo, al menos no hoy. Le prometí a Emmaline y Tessie que las llevaría de paseo, así que será mejor que dejemos de charlar y nos pongamos a trabajar. Ya voy con retraso.

—¿Van a ir a bañarse al arroyo?

—No sé si conseguiré que la señorita Emmaline se meta en el agua, pero a Tessie le va a encantar pasar el día fuera y poder quitarse los zapatos. Las dos están hartas de estar metidas en casa.

—Bueno, tiene un día muy ocupado. ¿Quiere que le ayude con los potros?

—Claro —repuso él agradecido, mientras observaba a las jóvenes yeguas.

—Son unos magníficos animales —comentó Claude.
—¿Son difíciles?
—No, pero no les gusta que los monte cualquiera. Les he puesto las mantas y las sillas para que se acostumbren. Earl montó a una ayer. Se lo dije a él porque pesa poco y esa yegua lo lanzó por los aires —le contó Claude riendo.
—¿Qué te parece si las apareamos con nuestro semental a ver qué sale?
—Estoy seguro de que ha estado pensando en ello desde que llegaron, ¿verdad?

Matt se encogió de hombros.

—No sé... Creo que sería interesante ver cómo son las crías de estas dos razas.
—Supongo que no estaría mal tener caballos con las patas más largas. Correrían más y tardaríamos menos tiempo en llegar a los sitios.
—Muy bien, de momento hay que domar a estas yeguas —le dijo Matt—. Por cierto, la semana que viene vendrá un ranchero de Fénix, quiere ver lo que tenemos. Hay que traer un par de caballos de los pastos del norte, creo que van a interesarle.
—Vamos a ponernos manos a la obra, entonces, no queremos que sus mujeres tengan que esperar por usted, ¿verdad?

El arroyo estaba bastante lleno para esa época del año. Tessie estaba de pie en el agua, mojada casi hasta las rodillas. Había enrollado sus pantalones vaqueros todo lo posible. Recordó lo que la niña le había dicho de ellos la primera vez que se los puso en su presencia.

—Mi papá me compró estos pantalones de niño —le había explicado a Emmaline con orgullo.

—Me alegra que recuerdes tantas cosas de tu padre, cariño.

—También era tu papá, Emmie. ¿No tienes recuerdos de él?

—Muy pocos, Tessie. Muy pocos —le había contestado ella con pesar.

La niña la había mirado entonces con tristeza.

—Lo siento, Emmie. A veces le echo mucho de menos. Y también a mi mamá. Pero después recuerdo todas las cosas bonitas, como cuando me llevaba en brazos y bromeaba conmigo.

No pudo evitar sonreír al recordar ese día y el abrazo cariñoso que le había dado su hermana. Estaba feliz con ella y contenta de haber podido ganarse su corazón.

Miró a Matt. Estaba tumbado en el césped, bajo unos árboles que había en la orilla. Vio que estaba ya medio dormido. Dobló las piernas y apoyó la cara en las rodillas. Un día así era justo lo que había estado necesitando. Se quedó contemplando a Matt. Había una ligera y agradable brisa. La hierba entre sus pies estaba casi seca, por eso era tan importante llevarse los caballos al norte en verano.

Matt se movió y lo observó mientras se estiraba.

«Nunca me canso de mirarlo. Ha sido así desde que llegué y más aún después de casarnos... Me da la impresión de que lo conozco de toda la vida», pensó ella con una sonrisa en la boca.

Él abrió entonces los ojos y la vio.

—¿De qué te ríes, Emmie? —le preguntó aún medio dormido.

A pesar de haber estado casi dormido, podía sentir la atención de Emmaline en él. Su mirada le daba calor y le transmitía mil emociones. Era algo que no dejaba de fascinarle. Era capaz de percibir que acababa de entrar en la habitación donde estaba él aun antes de levantar la mirada. Quizás fuera por su aroma, que había aprendido a identificar, o por el ruido de sus faldas.

«Sea como sea, el caso es que esta mujer me ha robado el corazón», pensó él.

—No me reía de nada. Sólo estaba disfrutando de la tarde —repuso ella.

Emmaline no estaba dispuesta a admitir que había estado admirando su cuerpo mientras dormía. Pero así había sido. Matt Gerrity era el tipo de hombre con el que soñaban las mujeres. Lo cierto era que no le sorprendía que Deborah estuviera tan furiosa al haberlo perdido. Y seguro que había muchas más. No le extrañaría que hubiera roto muchos corazones por allí.

Matt cerró los ojos y se durmió de nuevo. La brisa movió un mechón sobre su frente y le dieron ganas de apartárselo, pero se contuvo. La verdad era que necesitaba descansar, recordó la noche anterior y el hecho de que no había podido dormir demasiado. No pudo evitar sonreír de nuevo.

—¿Y ahora por qué sonríes? —le preguntó él abriendo sólo un ojo—. Tienes un gesto muy pícaro.

—No, no... —mintió ella—. Sólo estaba pensando en que necesitas la siesta, como eres tan viejo...

Se acercó más a él sobre la hierba. Levantó la cabeza de Matt y la colocó en su regazo.

—Bueno, alguien me mantuvo despierto hasta tarde —le dijo él con media sonrisa—. Una mujer me estuvo molestando hasta más de medianoche y como soy tan viejo...

Dejó entonces que los dedos apartaran el mechón que caía sobre su frente.

—No mientas, Gerrity —replicó ella—. Yo era la que quería dormir y tú... Tú estuviste... Ya sabes.

—¿Yo estuve qué, Emmie? Todo lo que hice fue...

—¿De qué estáis hablando? —preguntó Tessie desde el río—. ¿Ya os estáis peleando otra vez?

—No —repuso Matt—. Sólo estoy bromeando con tu hermana, Tessie. Creo que necesita meterse en el río para que se le bajen un poco los humos.

—¿Puede meterse conmigo?

—Claro. Hasta le ayudaré a quitarse las botas —se ofreció Matt.

Se incorporó y le estiró las piernas. Le quitó las botas y se quedó después parado.

—¡Estos son mis calcetines! —exclamó fingiendo enfado.

—Sólo los he tomado prestados. Mis medias son largas y demasiado calientes para este clima.

—Parece que has estado robándome ropa sin que me enterara. ¿Qué más llevas puesto?

Tiró con fuerza de ella por un pie hasta arrastrarla sobre la hierba.

—¡No dejes que te haga eso, Emmie! —gritó Tessie entre risas.

—¡Suéltame, Gerrity! No llevo nada más puesto que sea tuyo. No me vale nada más —le dijo mientras intentaba soltarse—. Te crees muy duro, ¿no?

—Bueno, algo más duro que una damisela de ciudad con calcetines de hombre... —bromeó él.

—¡Hace mucho que dejé de ser una damisela de ciudad y lo sabes muy bien, vaquero feo y sucio!

—¡Hazle cosquillas, Emmaline! —le aconsejó la niña desde el agua.

—¡Eso no es justo! —protestó Matt al ver que Emmaline se ponía de rodillas y atacaba sus costillas con los dedos—. De acuerdo, de acuerdo. Me rindo —agregó soltando su tobillo—. Pero no has jugado de forma justa.

Emmaline corrió al río y se metió sin importarle empaparse. Se levantó un poco la falda de piel y comenzó a salpicar a Matt mientras reía sin parar.

Matt no podía dejar de mirarla. Era bella como un cuadro. Su pelo se había soltado de la trenza y brillaba bajo el sol de la tarde. El corazón comenzó a latirle con fuerza en el pecho.

Ella vio cómo la observaba.

—¿Por qué me miras así, Matt? —le preguntó desde allí.

Fue hacia la orilla y su hermana la ayudó a salir.

Matt se acercó, la tomó por la cintura y la sacó con facilidad del agua.

—Tessie, ¿puedes salir sola?

—Sí. Matthew, creo que deberíamos comprarle pantalones a Emmaline para que no tenga que sujetarse la falda todo el tiempo cuando está en el agua.

—Según la abuela de tu hermana, las damas no llevan pantalones.

—¡Pero Emmie no es una dama! Emmie es Emmie —protestó la pequeña.

—¿Has oído eso? —le preguntó a Emmaline—. No eres una dama. Tu hermana acaba de decirlo.

Ella le hizo una mueca de desagrado y lo miró a los ojos.

—¿Eso crees tú también? Entonces, ¿qué es lo que soy?

La miró de arriba abajo. La blusa estaba un poco abierta en el cuello y podía entrever la curva de sus pechos. Toda ella era una tentación. Suspiró con fuerza antes de hablar.

—Bueno, señorita Emmaline. Creo que eres toda una mujer —le dijo con admiración.

—No puedo seguir viniendo cada dos por tres para verla. No tiene por qué vigilarme.

—¿Cuándo piensas hacer algo? ¿O es que tengo que buscarme a otra persona? —preguntó la mujer.

—No, sólo necesito asegurarme de que todo saldrá bien y de que recibo después mi recompensa.

—¿Qué quieres? ¿Un adelanto? —le dijo ella acercándose a donde estaba escondido el hombre bajo un árbol.

Colocó las manos en sus hombros y lo besó en los labios. Aquello despertó el interés del individuo, que la abrazó sin piedad para hacerla suya.

—No se mueva, mujer —gruñó él—. Me debe esto. Lleva semanas tentándome y sólo me estoy cobrando un par de besos, pero espero que haya más después. Además del dinero, claro.

—Sólo un beso —asintió ella sin poder zafarse de él—. Pero sé rápido, cualquiera podría vernos aquí fuera.

—Lo que daría porque fuera de noche.

—Pues no lo es, idiota. Estamos a plena luz del día. Vuelve a tu sitio y no quiero volver a verte hasta que te hayas encargado de todo. Estoy cansada de esperar.

—Yo también, yo también —repuso él ajustándose los pantalones.

Dieciocho

—Que el Señor esté con vosotros, podéis ir en paz.

La voz resonó en el templo de altos techos. Los bancos estaban casi todos llenos. Las damas agitaban sus abanicos y los hombres se limpiaban el sudor de sus frentes con blancos pañuelos. Todo el mundo parecía encantado de que hubiera terminado la misa. Se prepararon para salir. Matt había escuchado al reverendo con atención. Ir a la iglesia no era una de sus prioridades, pero había sido bastante interesante ese día.

Hacía años que no iba a la iglesia. Emmaline había asistido varias veces desde su llegada, siempre con María. Pero las cosas habían cambiado. Ella se lo había pedido y por ella estaba dispuesto a hacer muchas cosas.

—Me alegra haberla visto, señora Gerrity —le dijo a ella el reverendo—. Y también que haya venido su marido.

—Me ha gustado su sermón, reverendo —le aseguró Matt mientras salía de la iglesia.

Tomó el brazo de Emmaline para bajar las escaleras y llevarla hasta el coche que habían llevado esa mañana. Tessie ya había salido y los esperaba al lado de otra niña.

—Parece que Tessie ha visto a una amiga —comentó Emmaline.

—Es la hija del reverendo, no había estado con ella desde que murió mi madre.

—A lo mejor podemos llevarla a casa a pasar el día con nosotros —le sugirió Emmaline.

—No podemos hacerlo, Emmie —le dijo él—. Ya nos hemos arriesgado demasiado viniendo a misa hoy, no quiero asumir el riesgo de que pase algo con la niña de otras personas. Esperemos un poco a que se solucione todo.

—Supongo que tienes razón —repuso ella suspirando—. Es que me da pena que no tenga amigas.

Tessie y la otra niña se acercaron en ese instante a ellos.

—Matt, ésta es Rose. Solía verla en la iglesia cuando mamá...

No pudo terminar la frase. Emmaline se acercó a ella y acarició su espalda.

—Me alegra que hayas podido ver hoy a Rose, cariño —le dijo con afecto—. A lo mejor otro domingo nos la llevamos a casa después del servicio para que estéis todo el día juntas.

—Me encantaría, Emmie.

Las dos niñas sonrieron y comenzaron a hablar entre ellas.

—¡Los recién casados! —exclamó Ruth Guismann acercándose a ellos—. Iremos a verte un día de estos,

Emmaline. Tenemos que entregarte la colcha que te hemos hecho, ¿recuerdas?

Matt se apartó para dejar que Emmaline charlara con las otras mujeres, que empezaban a salir poco a poco de la iglesia.

—A lo mejor podríamos acercarnos mañana por la mañana —sugirió Hilda Schmidt, nada más llegar al grupo—. Le diré a Otto que nos prepare un carromato para después del desayuno.

—Bueno, yo pensaba ir por la tarde, pero supongo que puedo decirle a mi marido que se encargue unas horas de la tienda.

Emmaline las miró perpleja. Le estaban organizando el plan del día siguiente. Le parecía increíble que se hubieran invitado a su casa sin que ella la ofreciera, no estaba acostumbrada a ese tipo de informalidades.

—Me encantará recibiros —les dijo.

—Vendrán un par de señoras más —le comunicó Ruth—. Probablemente, la esposa del reverendo Tanner y también Julia Hooper.

Si iba a tener visita, tendría que decirle a María que preparara algún postre especial, pero Hilda Schmidt interrumpió sus pensamientos.

—Y no te preocupes por nada. Sólo queremos verte un rato y llevarte la colcha.

—Muy bien. Bueno, ahora tengo que dejarlas, Matt tiene que irse ya —les dijo.

Se dio la vuelta y vio que Matt estaba ya desatando los caballos y metiendo a Tessie en la parte de atrás. Se despidió deprisa de las señoras, encantada de tener una excusa para irse.

—A lo mejor la mamá de Rose la puede llevar mañana —sugirió ella—. Así podría jugar con Tessie.

—¿Mañana? —preguntó Matt—. ¿Qué es lo que pasa mañana?

—Algunas de estas señoras nos harán una visita mañana.

—¿Crees que se quedarán todo el día?

—No, claro que no —repuso ella alarmada.

—Bueno, será agradable para ti tener un poco de compañía, ¿no?

—Sí, pero no creo que estén más de una hora allí —le dijo mientras lo miraba de reojo.

El pelo de Matt estaba ya bastante largo. Pensó en cortárselo un poco. Miró su perfil, su fuerte mandíbula y su cabello oscuro y fuerte.

«Es mío», pensó con orgullo y un sorprendente sentido de propiedad.

Matt aún no lo sabía, pero iba a decírselo un día de esos. Le confesaría pronto cuánto lo quería. Se acercó más mientras él tiraba de las riendas de los caballos y metió el brazo por debajo del de su marido.

—¿Estás bien, Emmie?

—Estoy bien.

—Si tú lo dices...

Matt no podía relajarse mientras conducía el carro. No dejaba de buscar el horizonte en busca de una nota de color, un movimiento sospechoso. No podía concentrarse en Emmaline cuando tenía que vigilar por su seguridad, pero nada le impedía disfrutar de su mano en el brazo ni de su dulce aroma.

—Súbeme la manga de la camisa —le pidió él.

Emmaline desabrochó el puño y le dobló la manga con cuidado.

—Hace mucho calor hoy —le comentó.

—Deja que te suba la otra —le dijo Emmaline mientras se inclinaba para hacerlo.

No pudo evitar estremecerse al sentir el pecho de su esposa contra el brazo mientras le subía la otra manga. Después tomó la mano de Emmaline y la colocó en el hueco de su codo, como la tenía antes, pero entonces tocando su piel desnuda. Suspiró satisfecho y siguió vigilando.

Rose viajaba en la parte de atrás de carromato entre su madre y la señora Hooper. Estaba deseando ver a Theresa y jugar con ella.

Se pasaron gran parte de la mañana jugando a la comba en el patio. Después corrieron entre risas hasta los establos. Convencieron a Claude para que ensillara el caballo de Tessie y las dejara montarlo.

Algún tiempo después, la madre de Rose la llamó desde la casa y la pequeña salió de los establos muy compungida.

Era ya la hora de la comida, pero Theresa seguía muy triste desde que se fuera su amiga.

—No entiendo por qué Rose no ha podido quedarse más tiempo —les dijo.

Emmaline y Matt se miraron a los ojos y se comunicaron sin palabras.

—Esta semana no, Tessie —le dijo ella.

—Tenemos mucho trabajo estos días —confirmó Matt—. Ya vendrá Rose otro día, ¿de acuerdo?

Pero la niña siguió enfurruñada y comenzó a jugar con su comida.

—Tessie, si no puedes estar sentada y comer lo que tienes en el plato, tendrás que irte a tu dormitorio —le dijo Matt con firmeza.

Sin decir nada, la niña empujó la silla, se levantó y salió de allí.

—¡Matt! —exclamó ella indignada.

—Tiene que aprender, Emmaline. No puede hacer siempre lo que le apetezca.

—Bueno, pero podrías haber sido un poco más agradable.

—Las dos tenéis que aprender a aceptar órdenes.

—Prometí obedecer, pero eso no incluye aceptar órdenes como si fuera un jornalero.

—No empieces otra vez, Emmie. Tengo mucho que hacer esta tarde y no tengo tiempo para vigilaros. Así que no os mováis de la casa, ¿de acuerdo?

Se mordió el labio. Sabía que no era justo. Matt tenía que trabajar al sol, pasando calor en la parte oeste del rancho, donde estaban los terneros. Iba a ser una tarde muy larga para él y los otros dos hombres con los que iba a trabajar.

Ella, en cambio, podría quedarse en la fresca casa leyéndole algo a Tessie o cortándole lo que iba a ser su nuevo camisón con ayuda de María.

—Me quedaré en casa y vigilaré a Tessie —le dijo ella con una sonrisa de disculpa.

Vio cómo se relajaba delante de sus ojos. Se levantó y se acercó a ella.

—Dame un beso, Emmie —le pidió.

No podía dejar de mirarla. Estaba preciosa con ese vestido azul.

Emmaline se levantó y a Matt le faltó tiempo para abrazarla y besarla, sin importarle que María entrara en ese instante en el comedor para limpiar la mesa. Su esposa era toda una belleza.

Se derritió entre sus brazos y sus cuerpos se moldearon el uno al otro. Ella lo rodeó con los brazos y le besó en el cuello. Matt se rió.

—No voy a conseguir siquiera salir de casa si sigues haciendo eso —le dijo.

—Bueno, querías que te besara. En realidad, me ordenaste que lo hiciera —comentó ella con una sonrisa dulce y perezosa—. Como ves, soy una esposa muy obediente y buena.

Él maldijo entre dientes y se puso los guantes.

—Vas a matarme a disgustos —le dijo mientras salía de allí—. No salgas de la casa.

Emmaline cerró el libro y se limpió las lágrimas. Siempre se emocionaba con aquella historia. Era agradable leer tranquilamente en su fresca habitación.

Se dio cuenta de que no sabía qué estaba haciendo Tessie. Se imaginó que estaría jugando con su muñeca o durmiendo una siesta, pero se puso en pie para ir a ver cómo estaba.

Llamó con los nudillos en la puerta de su hermana y la abrió. No estaba dentro. La ventana que daba al patio estaba abierta y la suave brisa movía las cortinas.

—Tessie... —la llamó en voz baja.

Salió y fue a la cocina. Se imaginó que estaría allí con María. Pero allí tampoco había nadie. Encontró a María en el porche, limpiando judías verdes. Y sola.

—¿No está aquí Tessie? —preguntó mientras miraba el patio.

María levantó la vista deprisa.

—¿No está con usted? ¿Tampoco en su dormitorio? —preguntó la mujer con confusión.

—He estado leyendo todo este tiempo. He ido ahora a buscarla y no la encuentro.

Emmaline se colocó la mano a modo de visera y estudió el horizonte.

—No habrá salido por allí. No hay nada que ver —le dijo María.

—¿Dónde está Olivia? A lo mejor se la ha llevado de paseo o algo así.

—No la he visto en toda la tarde. Últimamente nunca está por aquí. Creo que por fin ha dejado de interesarse en el señor Matt y se ha fijado en alguno de los jornaleros...

—No creo que ése sea su tipo de hombre —repuso Emmaline con incredulidad—. Pero si ella tampoco está con Tessie, será mejor que mire en las cuadras.

Bajó las escaleras del porche y rodeó deprisa la casa. Tenía el pulso acelerado y le costaba respirar. Se le hizo eterno el camino hasta los establos.

—No, señora, no la he visto por aquí —le dijo Claude quitándose el sombrero—. Ahora que lo pienso, su caballo estaba en el picadero antes de la cena. Pero no podría ser, seguro que lo ha guardado alguno de los mozos.

—¿Su caballo? ¿Sigue allí?

—Seguro que sí, voy a mirar.

Pero la yegua de Tessie no estaba en su sitio y tampoco en el picadero.

—¡No me lo puedo creer! —comentó el hombre—. ¿Cree que la pequeña podría haber salido sola?

—No lo sé. Matt se enfadó con ella en el comedor y la mandó a su habitación.

—Ya me he enterado, pero no puedo creer que saliera sola y viniera a por su caballo. Voy a mirar por aquí a ver si la encuentro.

—Ensilla mi yegua —le ordenó ella con firmeza.
—No sé si debería hacerlo, señorita Emmaline —le dijo él—. Sé que al señor no va a gustarle.
—El señor Gerrity no está aquí ahora mismo, yo sí.

Matt recogió los tres terneros que Guismann le había pedido para vender carne en su tienda y se los llevó esa tarde. Era un trabajo pesado y difícil. Decidió que se tomaría una cerveza fresquita en El liguero dorado cuando terminara ese largo día y saldara cuentas con Guismann.

—He oído que el sheriff iba a ir a verte esta tarde —le dijo Abraham—. Creo que era importante.

—¿En serio? —repuso él sorprendido.

—Puede que esté aún por aquí. Vino a la tienda hace media hora, más o menos.

Hicieron cálculos y después Matt salió del bazar.

No había nadie en la oficina del sheriff, pero uno de los empleados le dijo lo que quería saber.

—El sheriff ha ido al hotel a recoger al ayudante.

Salió deprisa y fue hasta el edificio del hotel. Se los encontró en la puerta. Baines parecía preocupado.

—Tengo algo que enseñarte, Matt. He recibido un cartel esta tarde que quiero que veas.

Hailey se sacó un papel del bolsillo de su chaleco y se lo mostró.

—No estoy seguro, el dibujo es un poco borroso, pero se parece mucho a uno de tus jornaleros. Dice que en Texas lo buscaban por matar a un hombre durante una pelea en una taberna.

—Déjame ver —le dijo Matt mientras lo miraba con detenimiento—. ¡Por todos los diablos!

—¿Qué te parece?

—Que es Kane, sheriff. Le he dado trabajo en mi rancho a un criminal...

—¡Vamos para allá! —le dijo el sheriff a su ayudante.

Los dos corrieron a por los caballos que tenían atados frente a la cárcel local.

—Mi caballo está al lado de la tienda, voy a por él. Os veo allí en un minuto.

—¡Matt! —lo llamó el sheriff desde la otra cera—. ¿Dónde está Emmaline?

—¿Emmaline? —repitió él con un escalofrío—. Me prometió que no saldría de la casa. Espero que haya cumplido su palabra.

—Bueno, puede que no tenga nada que ver con los incidentes de estos días —le dijo el sheriff.

Pero su rostro seguía mostrando la preocupación que sentía.

Diecinueve

El agua del arroyo estaba tan fresca como la última vez que estuvo allí con Matt y Emmaline. Pero ese día era distinto, miró a su alrededor. Se sentía desolada.

La señorita Olivia le había dicho que aquello sería su secreto, que no tenían que contarles a sus hermanos que iba a ir hasta allí, pero Tessie empezó a preocuparse al alejarse del rancho.

—Bueno, al menos la señorita Olivia sabe dónde estoy —se dijo en voz alta para animarse un poco—. Y me dijo que se lo diría a Emmie para que viniera a buscarme...

No necesitaba otra excusa. Se sintió más aliviada.

—Matt se va a arrepentir de haberme castigado cuando vea que no estoy allí y que no me encuentra por ninguna parte —se dijo con satisfacción mientras chapoteaba.

Su caballo estaba al lado de la orilla, concentrado en la hierba que crecía allí. Sabía que su hermano iba a estar muy enfadado al ver que había salido por su cuenta a caballo.

—Estoy muy enfadada contigo, Matthew. Te has portado mal conmigo —comentó—. Me preguntó si estará preocupado por mí...

Aburrida y triste, salió del río y se sentó en el césped de la orilla. Estaba cansada después de las emociones del día. Se tumbó poco después.

—Descansaré aquí un poco y después volveré a la casa. No entiendo cómo no ha venido Emmie aún a buscarme... —se dijo entre lágrimas.

Cerró los ojos y no tardó mucho en quedarse dormida.

El trayecto hasta el sitio donde habían pasado la tarde ese día no le había parecido tan largo la primera vez. Emmaline guardaba en su corazón las horas transcurridas allí. Matt había estado muy relajado y feliz.

—Si no está allí, no sé dónde podré encontrarla —se dijo mientras cabalgaba al galope—. Debería haber pasado la tarde con ella, con el disgusto que tenía... A lo mejor Olivia está con ella.

Azuzó a Fancy para que subiera una colina. Algunos minutos después, vio por fin el lugar del otro día y distinguió los árboles que crecían al lado del arroyo. Esperaba que estuviera allí.

Golpeó con más fuerza las espuelas al ver la yegua de Tessie atada a un árbol. Estaba tan concentrada en aquella imagen que no vio al jinete que se le acercaba desde el oeste y que estaba a menos de un kilómetro de distancia.

De repente, escuchó un disparo de rifle y miró hacia allí sin soltar las riendas. Con incredulidad, vio que se le acercaba alguien a caballo y con un arma apuntando al cielo.

—¡Pero qué demonios...!

Miró de nuevo al jinete, su cara estaba cubierta con un pañuelo. Estaba segura de que Tessie corría peligro. Tiró de las riendas para detener al animal.

El hombre le apuntaba con el rifle y ella no podía dejar de mirarlo aterrorizada. Rezó para que su hermana estuviera bien. Esperaba que aquel tipo no viera el caballo de Tessie.

—¡Es una mujer inteligente! —gruñó el hombre—. Ya me pareció que un disparo conseguiría atraer su atención.

—¿Quién es y qué es lo que quiere? —preguntó ella con el corazón en la boca.

—Obtendrá muy pronto sus respuestas —le dijo—. Acérquese más a mí, le ataré las manos y nos iremos de paseo.

Ella lo fulminó con la mirada. Le bastaba con pensar en que ese hombre pudiera tocarla para que se le revolviera el estómago.

—¿Eres el mismo que intentó secuestrarme?

—Me ha reconocido, ¿verdad? Si cree que no sé que su hermana está en el arroyo, se equivoca.

Aquello era una amenaza en toda regla. Su primera preocupación era mantenerlo alejado de la niña, pero no sabía si rendirse a ese hombre iba a conseguir salvar a Tessie.

Levantó de nuevo la mirada hacia él y después, fingiendo sorpresa, miró por encima de su hombro.

—¿Quién es ese tipo que viene por allí? —gritó.
—¿Dónde?

El hombre se giró para mirar, fue todo lo que necesitó para azuzar desesperadamente a Fancy. Era una yegua muy rápida, un caballo de carreras y no le costó dejar atrás al forajido.

Galopó hacia el noroeste, en dirección contraria al arroyo. Estaba desesperada. Sabía que no era buena idea alejarse aún más del rancho, pero pretendía sobre todo alejar a ese hombre de Tessie.

Otra colina se levantaba delante de ella. Creía que si azuzaba lo suficiente a Fancy, podría llegar allí mucho antes que aquel hombre y perderlo de vista un tiempo. Eso esperaba...

Le sorprendió ver que otro jinete aparecía entonces delante de ella. No era un hombre y aquello le sorprendió aún más. La mujer también empuñaba un arma y le sonreía.

—¡Olivia! —exclamó perpleja, mientras tiraba de Fancy para que se detuviera.

—No te muevas —le ordenó la maestra mientras le apuntaba con un revólver.

—¡Olivia!

—No se mueva —dijo el hombre detrás de ella cuando llegó al lado de las mujeres.

Lo entendió entonces todo. Miró a uno y otro. No había salida posible.

Pero creía que no tenía nada que perder y que, si la querían, iban a tener que atraparla primero. No le quedaba más remedio que dirigirse al norte, hacia donde estaban los caballos.

Fancy respondió al instante, antes incluso de que ella le diera la señal, la yegua echó a correr a una velocidad que pilló por sorpresa a sus enemigos. Tardaron en reaccionar unos segundos.

—¡Maldita estúpida!

—¡No vas a conseguir nada insultándola! Dispara —le gritó Olivia—. Apunta y dispara.

—No, la atraparé —dijo el hombre azuzando su caballo.

—¡Será imbécil! —exclamó Olivia con desprecio—. Tendré que hacerlo yo.

La mujer sujetó el revolver en alto, apuntó y disparó.

Fancy levantó la cabeza y dio un alarido espantoso, casi como un grito humano. Después se estremeció y cayó al suelo.

—¡Estúpida! —exclamó el hombre mientras bajaba del caballo y corría hasta donde había caído Emmaline—. Parece que ha matado al caballo. Sangra como un cerdo...

El hombre miró a Emmaline, un bulto había aparecido ya en su cabeza. Se fijó entonces en el caballo. Sangraba profusamente por los cuartos traseros, pero aun así trataba de levantarse sin mucho éxito.

—Deja el caballo. Recoge a Emmaline y vámonos de aquí —le dijo Olivia llegando a su lado.

—Quería llevarme su caballo cuando huyera, podrían haberme dado mucho dinero por él —protestó él.

—No te preocupes ahora por eso, si haces tu trabajo, yo te daré el dinero. Ahora mira si está viva la recién casada.

—Ya lo he comprobado, aún respira.

La tomó en brazos y la colocó sobre la silla.

—Vámonos —le dijo él.

—Sería mucho más fácil dejarla aquí. Sólo tienes que dispararle y podrías huir.

—No disparo a mujeres —repuso él enfadado—. No me importa si se muere mientras la llevo en el caballo, pero no voy a dispararle.

—No quiero estar tanto tiempo fuera de la casa —le explicó Olivia.

—Entonces, vuelve. Pero recuerda que quiero que tengas preparado el dinero tras los establos a eso de medianoche. Y que no se te olvide que me debes algo más —le dijo mientras comenzaba a tirar de su caballo y se alejaba de ella.

La maestra se quedó mirándolo con frustración. Atardecía ya en el horizonte, era casi la hora de la cena y ella tendría que estar presente si no quería que sospecharan de ella.

—¿Dónde está Emmaline? —preguntó Matt con urgencia al entrar en la casa.

—Ha ido a buscar a Theresa —repuso María muy preocupada.

—Pero, ¿a dónde ha ido Tessie? ¡Se supone que tenían que estar en la casa! —gritó enfadado.

—Lo sé, lo sé. Pero la pequeña se escapó mientras yo limpiaba las judías verdes y la señorita Emmaline leía en su dormitorio. Cuando vimos que no estaba, la señora fue a buscarla. Pensó que quizás estuviera en el arroyo, donde las llevó usted el otro día.

—¿Tessie salió a caballo sola? ¿Quién ensilló su yegua? —preguntó incrédulo.

—Ya estaba ensillada, jefe —le dijo Claude llegando deprisa a la casa en ese instante—. Ella y su amiga habían estado montando esta mañana y creemos que después entró en los establos sin que nadie la viera y se fue con su yegua.

Matt maldijo entre dientes.

—¿Estarán bien? —preguntó María angustiada.

Fue hacia el caballo, dispuesto a ir a buscarlas, pero vio entonces llegar otro jinete y detuvo su caballo. Le sorprendió ver que era Olivia, no sabía que pudiera montar.

—¿Dónde ha estado? —le preguntó con suspicacia mientras la observaba.

—Salí a buscar a Theresa —explicó—. Me dijo que iba a ir a jugar al arroyo, incluso después de que le dijera que no lo hiciera.

—¿Por qué no te encargaste de que se quedara en la casa?

—Hice todo lo posible, señor. Me prometió que no saldría de su habitación y la creí.

Gruñó y aceptó sus explicaciones.

—Entra en la casa, Olivia. Me imagino que no encontraste a Tessie, ¿no?

—No... La verdad es que no sabía muy bien dónde estaba el arroyo y no quería perderme, así que decidí volver.

Gruñó de nuevo, esa mujer le parecía completamente inútil. Miró al sheriff.

—Vamos, Hailey.

Fueron hacia el norte. No era un trayecto demasiado largo, pero estaba muy impaciente. Él señalaba el camino. Baines y su ayudante iban tras él.

Algunos minutos después llegaron cerca del arroyo. Vio los árboles y la yegua. Se sintió muy aliviado.

—Ahí está el caballo —les dijo a los otros hombres.

—¿Ves a la niña?

—Sí —comentó después—. Está al lado del arroyo. Tumbada...

—¡Se está moviendo, Matt! —exclamó Hailey—. Veo su mano, parece que se está estirando.

No se había sentido más aliviado en su vida. Vio a la niña levantarse y mirarlos.

—¡Matthew! —gritó mientras alargaba hacia él sus bracitos—. He tenido una pesadilla. Había disparos y todo... Creo que he dormido mucho, ya es casi de noche.

Saltó de su caballo y la abrazó.

—Te juro, cariño, que un día de estos te voy a dar los azotes que te mereces. ¡Me has dado un susto de muerte!

—Siempre dices eso, Matt —repuso ella riendo—. Pero sé que no vas a pegarme.

—Esta vez puede que lo haga —le dijo mientras la miraba de arriba abajo para ver si estaba bien—. ¿Dónde está tu hermana? ¿Dónde está Emmaline? —preguntó con el ceño fruncido.

—No lo sé. Se supone que iba a venir a buscarme, pero no vino y me dormí.

Miró el horizonte con preocupación mientras la escuchaba.

—¿Quién dijo que iba a venir a buscarte? ¿Emmaline te dijo eso?

—No. La señorita Olivia me dijo que debería venir al arroyo y que le iba a decir a Emmie que viniera después a buscarme.

—Esa historia no se parece a la que nos acaban de contar en la casa —intervino el sheriff.

Hailey hizo que su caballo girara y volvió al lugar donde había visto antes algunas huellas. Matt lo vio alejarse y se le hizo un nudo en el estómago.

—Tad —le dijo al ayudante—. Lleva a Theresa a casa, por favor. Métela allí sin que vea a la señorita Olivia, si puedes. No quiero que esa mujer se acerque a mi hermana. Que Claude y María se queden con ella hasta que vuelva yo. Todo esto se está complicando por momentos. Empiezo a creer que Olivia... Bueno, luego hablamos.

Tad asintió y Matt fue hasta donde estaba el sheriff.

—¿Qué es lo que has visto, Hailey? —le preguntó al llegar a su lado—. ¿Son huellas de dos caballos?

—Creo que son tres aquí. Pero después uno de los caballos volvió al rancho.

—¿Crees que son huellas de Emmaline?

—Bueno, estas herraduras no están hechas en el pueblo, eso lo tengo claro —le dijo el sheriff—. Creo que pueden ser de uno de los caballos que le trajeron sus abuelos. Las otras son de por aquí, puede que incluso de tus caballos.

—Eso me temo... Pero está demasiado oscuro para seguir las huellas, ¿no?

Hailey miró hacia el cielo.

—Podemos seguir un rato. Creo que será una noche clara, a lo mejor podemos avanzar.

—¿Cuánto tiempo hace de estas huellas?

—No soy un indio, Matt. No lo sé —le dijo mientras volvían a montar.

Emmaline estaba helada, muerta de frío y su primer instinto fue echar mano de la colcha que tenía siempre sobre la cama. Se estremeció y se hizo una bola. Sus manos estaban entumecidas por el frío. Intentó moverlas, pero no pudo. Estaba confundida, no entendía qué pasaba.

Abrió los ojos y tuvo que volver a cerrarlos para protegerse del brillo de una fogata. No entendía nada, en su dormitorio no había chimenea.

Giró la cabeza y gimió. Tenía un gran dolor en la frente que seguía por el resto de la cabeza y la nuca.

—Ya está despierta, ¿no? —dijo un hombre de repente a su lado.

Estiró los brazos para defenderse de él, no quería que volviera a tocarla. Vio que tenía las manos atadas por las muñecas. Miró a su alrededor. Estaba en una cabaña de madera. Había una mesa, un par de taburetes y una chimenea de piedra. A pesar del fuego, estaba helada hasta los huesos. Tenía sudores fríos y náuseas. Se le nubló la vista y pestañeó para intentar ver con claridad.

—¿Qué es lo que quiere de mí? —le preguntó en un susurro.

—Lo que quiero y lo que va a pasar son dos cosas bien distintas —le dijo.

Lo miró entonces con más atención.

—¿Le conozco?

—Puede que sí, puede que no. He estado por ahí, pero sobre todo aquí.

—¿Y dónde estamos?

—A unos diez minutos de un buen fuego. En cuanto guarde mis cosas, se quedará aquí sola. Bueno, excepto por ese tonto de la esquina.

Miró al otro lado de la pequeña habitación. Había un bulto en el suelo, al lado del fuego.

—He tenido que ocuparme también de él —le dijo—. No pensaba tener que hacerlo, pero bueno...

Oyó un gruñido y se dio cuenta de que la otra persona estaba despierta.

—Lo siento, Jackson, no tengo nada contra ti. Pero no puedo dejar testigos, eso es todo —le dijo acercándose a ella y tocándole la cara—. Es una pena que no tenga tiempo para usted, creo que podríamos haberlo pasado muy bien, pero me temo que el jefe vendrá pronto a buscarla y tengo que salir huyendo.

Emmaline se estremeció cuando la tocó y apartó la cara.

—¿Por qué hace esto? —le preguntó.

—No debería haberse casado con ese hombre, cariño. Si hubiera sido más lista, se habría vuelto al este y lo habría dejado todo como estaba.

—Pero, ¿qué le importa eso a usted? —preguntó ella con un hilo de voz.

—A mí, nada. Pero sí a la mujer que me contrató. Quiere a su hombre y no le importa hacer lo que sea para conseguirlo.

—¿Dónde está...? ¿Qué le ha hecho a Tessie? —preguntó llena de pánico.

—Nada. No la he tocado. Ella no tiene nada que ver. De hecho, si no fuera por la niña, Gerrity no necesitaría... Bueno, ya está, no tiene que saber nada más. De nada le va a servir...

Oyeron más gemidos del hombre que estaba en el suelo.

—No te pongas así, Jackson. Si te hubieras vuelto al rancho cuando te dije, no estarías aquí.

—Kane...

—Se te ha salido el pañuelo de la boca, ¿eh? Bueno, de todas maneras no podrás soltarte.

El tal Kane fue a la puerta y la abrió. Dejó que el aire de la noche entrara en la cabaña.

—Bueno, me temo que esto es todo, amigos —les anunció—. Siento no poder quedarme a ver el fuego, pero tengo que ir a cobrar mi recompensa. Si no he calculado mal, amanecerá antes de que llegue el jefe a la cabaña, es imposible que me encuentre siguiendo las huellas de noche. Para entonces, vosotros no seréis más que cenizas y él...

—No creo —replicó Emmaline recuperando su voz—. Es listo, ¿sabe? Y conseguirá descubrir qué está pasando y dónde estamos.

—En ese caso, será mejor que me vaya ya.

Salió de la cabaña y metió un gran tronco de pino. Metió las ramas verdes dentro de la chimenea y esperó a que comenzaran a arder.

Fue después a por más leña y la colocó sobre el tronco y la mesa. Emmaline estaba aterrorizada contemplando como las astillas más secas prendían enseguida.

Dio una patada a los taburetes hacia la chimenea para que ellos también se quemaran.

Miró a uno y otro y sonrió.

—Siento no poder quedarme, pero ya llego tarde —les dijo mientras salía.

Cerró la puerta de un portazo. La habitación ardía como un horno.

—Jackson... —llamó ella con desesperación.

—Lo siento, señora. Estoy atado de manos y pies.

Emmaline levantó las manos y comenzó a morder la cuerda que las sujetaba. Empezaba a llenarse de humo la sala. Sentía un terrible dolor en la nuca y la frente. Cerró los ojos y siguió mordiendo y tirando de la cuerda.

—Estamos tardando mucho más de lo que quisiera —le dijo Matt al sheriff.

—Vamos a perder pronto la luz de la luna, pero me da la impresión de que no estamos muy lejos.

Llegaron a una colina, al otro lado estaba el fértil valle donde tenía su ganado.

—Tengo dos hombres ahí abajo, espero que hayan mantenido los ojos abiertos y hayan visto algo. No entiendo por qué vendría aquí, no le encuentro ningún sentido.

—Me apuesto lo que quieras a que es allí donde la ha llevado.

—Vamos, entonces.

Miró el valle a su alrededor. A un extremo de la fila

de árboles, donde estaba la cabaña de madera, vio una luz. Después, distinguió una llama contra el cielo de la noche.

—¡Hailey! —exclamó aterrorizado—. ¡Mira allí! —dijo, mientras señalaba la cabaña.

Los dos hombres azuzaron a los caballos y se dirigieron hacia allí tan deprisa como pudieron. Matt montaba como un loco, sin poder dejar de pensar en la mujer que estaba en peligro.

Emmaline observó las llamas prendiendo la mesa y las patas. La cabaña estaba ya llena de humo. El fuego se disparó hacia arriba y comenzó a consumirlo todo.

«Es demasiado tarde, el techo ha prendido», pensó desesperada.

Cerró los ojos y unas lágrimas resbalaron por sus mejillas.

—¡Escuche, señora! —le dijo Jackson.

Intentó concentrarse en las palabras de Jackson, pero había inhalado humo y se ahogaba. Oyó dos voces más, pero no estaba muy segura. Se quedó inerte escuchando, intentando contener la respiración.

Escuchó un disparo y más gritos. Otro disparo más y ruido que parecía no estar muy lejos.

—¡Que me maten si no me parece estar oyendo la voz del jefe! —exclamó Jackson con una carcajada—. Aguante, señora, aguante —le dijo al oírla toser—. Seguro que Matt Gerrity vendrá enseguida.

Le dolía tanto la cabeza que no creía poder aguantar. Cada vez que tosía, le daba la impresión de que estaba a punto de estallar.

—Matt —susurró mientras levantaba las manos para cubrirse la boca.

Agachó la cabeza para escapar del humo que cubría las paredes y empezaba a rodear su cuerpo.

—¡Emmaline!

Se abrió la puerta de golpe y entraron los dos hombres. Matt iba delante y miró a su alrededor. Vio el cuerpo de su esposa y fue a por ella deprisa. En dos grandes zancadas, la sacó de allí.

—¡Ayúdeme, Gerrity! —dijo un hombre desde la esquina.

—¿Jackson? ¿Eres tú?

—Yo me encargo, Matt —le dijo el sheriff mientras arrastraba al jornalero fuera de la cabaña.

Matt corría sin sentido, sólo quería llevar la valiosa carga que llevaba en sus brazos lejos de la cabaña y sus llamas. Cayó después de rodillas en el suelo y la abrazó con fuerza.

—¡Emmie! —la llamó con urgencia—. ¡Emmie, contéstame, por favor!

La dejó con cuidado en el suelo y apartó el pelo de su cara. Tomó sus manos y le quitó rápidamente las cuerdas.

Ella tosió entonces, ahogándose con el aire fresco que llenaba de nuevo sus pulmones. Gimió de dolor y abrió la boca para inhalar aire. No parecía poder dejar de toser.

—Emmaline... —susurró él.

No podía hablar, la emoción se había agarrado a su garganta y no podía decir nada más. Se le llenaron los ojos de lágrimas al contemplar su fragilidad y sus heridas.

—Emmie, he estado a punto de perderte —murmuró entre lágrimas—. ¡Dios mío, Emmaline!

La abrazó contra su pecho. Estaba viva, no podía creerlo. Le dio las gracias a Dios en silencio, al Dios que había tenido olvidado durante años, al Dios de Emmaline que había escuchado su plegaria mientras cabalgaba en mitad de la noche a buscarla.

—¿Matt? ¿Eres tú? —murmuró ella contra su cuello—. ¿De verdad estás aquí?

—Aquí estoy, Emmie —le aseguró él—. Estoy aquí, cariño.

—Me gusta que me llames así —le dijo ella estremeciéndose.

—Deja que te ponga mi camisa. Estás helada, Emmie.

La dejó en el suelo y se quitó deprisa la prenda, después cubrió con ella su cuerpo. La noche era fría, pero no le importaba. Emmaline miró su torso y brazos con preocupación.

—Esos tiros que oí... ¿No estarás...?

—Estoy bien —la interrumpió él—. Y ya me he encargado de todo. Quédate aquí un minuto, ahora mismo vuelvo.

Emmaline no podía dejar de toser y le dolía todo el cuerpo, sobre todo la cabeza y las muñecas, pero se sentía más feliz que nunca con la camisa de Matt a su alrededor. Se sentía segura.

Miró a Matt, tiraba de un caballo sobre el que había atado un bulto.

—Éste está listo ya, sheriff.

—Muy bien, Jackson también.

—¿Estás bien, Jackson? —le preguntó su jefe.

—Sí, sólo algo avergonzado de haberme dejado engañar así, jefe. No tenía ni idea de sus intenciones. Me dijo que volviera al rancho con alguna excusa, me negué y me atacó.

—Bueno, no va a volver a causar problemas —dijo el sheriff—. ¿Está Emmaline lista para hacer el trayecto? ¿Estará bien?

—Sí, se pondrá bien —contestó Matt—. No nos esperéis, saldremos en cuanto podamos.

Emmaline escuchó a los tres caballos alejándose. El cielo seguía iluminado por las llamas, que no hacían sino crecer. Vio cómo se acercaba sobre ella la alta sombra de Matt.

Se agachó a su lado y acarició su cara.

—Voy a llevarte a casa, Emmaline —le dijo tomándola en brazos.

Cerró los ojos y respiró profundamente. Lo miró entre lágrimas. Estaba serio y parecía muy enfadado. Tenía la mandíbula apretada y el ceño fruncido, pero sonrió al verlo.

Matt era suyo y lo quería. Eso era todo lo que importaba.

Veinte

El viaje de vuelta fue más largo de lo previsto. Matt iba despacio, no quería que el traqueteo del caballo le produjera más dolor aún a Emmaline. Además, el animal tenía que llevar doble peso y eso se notaba. Ella llevaba la cabeza inclinada sobre él y los ojos cerrados. Matt temía que los abriera en cualquier momento y viera que su yegua favorita no estaba allí.

Matt apretó los dientes al recordar que había tenido que apuntar a Fancy a la cabeza y dispararle para que no sufriera. La habían encontrado sangrando y agonizando en el suelo.

Dio un rodeo para no pasar por el mismo sitio donde yacía Fancy, pero le hubiera dado igual hacerlo, porque Emmaline parecía no ser consciente de nada.

No podía creerse que le hubieran hecho daño de nuevo, esa vez había estado a punto de perderla. La abrazó con más fuerza aún.

—No debería haberme ido al pueblo ayer —murmuró en voz alta—. Debería haberme quedado cerca del rancho, vigilando...

Ella se movió al oírlo y apretó su mano.

—No digas eso, Matt. Fue culpa mía por no estar vigilando a Tessie...

Él tiró de las riendas para detener al caballo. La tomó entre sus brazos y colocó sobre su regazo, con la cabeza apoyada en su brazo izquierdo. Se quitó los guantes y acarició las mejillas de su esposa, limpiándole las cenizas y la sangre seca.

Apretó las espuelas ligeramente y el caballo comenzó a trotar despacio.

—Tú y Tessie sois mi responsabilidad, Emmie. No estuve cuando me necesitaste —le dijo.

—No, Matt. Yo estaba a cargo de Tessie. No te culpes —repuso ella con firmeza.

—Bueno, creo que somos los tres los que nos sentimos culpables. Tessie se sintió fatal cuando la encontramos y ahora además sabe que tú estabas en peligro. Seguro que nos está esperando en el porche, estudiando el horizonte para vernos llegar.

—¿Queda mucho?

—Una hora, más o menos. ¿Quieres parar y descansar un poco?

La miró. Tenía los ojos cerrados y respiraba aún con dificultad. No podía creer que Olivia, esa joven callada y educada, hubiera estado a punto de dejarla sin la mujer que... Le costaba decirlo.

«No puedo negarlo más tiempo, ella es mi vida y está siempre en mi mente. Llegó con aires de grandeza y discutiendo por todo. Además, no parece que esté enamorada de mí. Claro, que no sé si podría distinguirlo. Y si le digo que la quiero, puede que se ría de mí. A lo mejor ni siquiera es amor. Sólo sé que me gusta tenerla en la cama a mi lado...», pensó él mientras la miraba con el ceño fruncido.

Lo único que tenía claro era que Emmaline le pertenecía y no iba a dejar que se fuera de su lado. La abrazó con fuerza y la observó. Deseaba que ella lo miraba como miraba a Tessie y que le tratara con cariño, sin estar siempre a la defensiva.

—Matt... ¡Me estás asfixiando! —exclamó ella.

Se dio cuenta de que la había estado abrazando con demasiada fuerza.

—Lo siento, cariño. Pronto llegaremos y podrás descansar en tu cama —le prometió.

—Quiero ver a Tessie.

—Muy pronto, Emmie. Muy pronto.

El enfrentamiento con Olivia fue breve. La mujer no pudo ocultar su sorpresa al ver llegar a Emmaline y eso le dejó claro a Matt que era culpable. El sheriff la tomó del brazo y le dijo que estaba detenida. Perdió entonces sus finos modales y su serenidad.

—¡No he hecho nada malo! ¡No tienen pruebas! —gritó al ver el cuerpo de Kane sobre su caballo.

—Tenemos la palabra de Tessie, que valdrá mucho frente a un tribunal. Le mentiste para que fuera al río.

—¿La palabra de una niña contra la mía?

—Disparó a mi yegua cuando intenté huir —intervino Emmaline con un hilo de voz.

—No, intentaba disparar al forajido —replicó Olivia.

—Le ordenaste que me matara —añadió Emmaline—. Y después dijiste que lo harías tú misma.

—¡Eres una advenediza! —le gritó la mujer fuera de sí—. Matt se habría casado conmigo si no te hubieras quedado aquí. Sé que eso es lo que quería su madre cuando me contrató y Matt empezaba a interesarse por mí cuando llegaste tú. ¡Éste no es tu sitio!

Empezó entonces a insultarla con palabras soeces. Emmaline se puso pálida. Matt fue hacia ella, la tomó en brazos y metió en la casa.

El sheriff y su ayudante se llevaron a la prisionera y también el cuerpo inerte de Kane.

La casa estaba tranquila y en paz. Tessie había observado con preocupación las heridas de su hermana y la había besado para que se curara pronto.

Matt cerró las cortinas y cubrió el cuerpo de Emmaline con una sábana. Le había quitado ya la ropa con cuidado y lavado las heridas.

—¿De verdad te habías empezado a fijar en Olivia antes de que llegara yo? —le preguntó ella.

—Tiene mucha imaginación esa pobre mujer —replicó riendo.

—Yo sabía que le gustabas mucho —susurró ella.

—Tienes que dormir, Emmie. Cierra los ojos y descansa, ¿de acuerdo?

Se tumbó a su lado y la abrazó. Ella suspiró satisfecha. Le encantaba ver que estaba a salvo ya y en su cama, donde tenía que estar.

Sintió el brazo de Matt sobre sus costillas y dio gracias a Dios por estar allí con él. Siempre había tenido la certeza de que él la salvaría. No había dudado nunca.

Sintió la necesidad de verlo y giró la cabeza. Él la estaba observando.

—Hola, Emmie —susurró él con la voz aún tomada por el sueño.

—Hola —repuso ella mirándose—. No llevo casi nada puesto.

—Lo sé. Fui yo quien te metió en la cama, ¿recuerdas?

Matt levantó la sábana para estudiar sus heridas. Las manos comenzaban a cicatrizar. Tomó una y luego la otra y las besó con ternura.

—Adoro tus manos —le dijo.

—¿Las adoras?

—Sí —murmuró él acariciando su pelo—. Y adoro tu cabello.

—¿También lo adoras? La última vez me dijiste que sólo te gustaba.

—La verdad es que adoro todo tu cuerpo, cada parte de ti, Emmaline Gerrity.

La miró de arriba abajo, estudiando cada centímetro de su bello cuerpo.

—¿Me quieres, Gerrity? —le preguntó ella entonces.

Él asintió con la cabeza y esperó a ver su reacción.

Fue increíble. Emmaline lo miraba como a veces miraba a Tessie, pero había algo distinto en sus ojos. Toda ella florecía frente a sus ojos, como los cactus del desierto. Era la cosa más bonita que había visto en su vida.

—¡Matt! —exclamó emocionada mientras se humedecían sus ojos—. Matt...

—¿Sí?

Ella lo abrazó y enterró su cara en el cuello de Matt.

—Yo llevo tanto tiempo queriéndote... —le dijo con la voz tomada por la emoción.

Le pareció que aquello era una especie de rendición para ella.

—¿Desde cuándo, Emmie? —preguntó él.

—No quiero decírtelo, no quiero que te rías de mí...

—No lo haré... Dímelo.

—Desde antes de que pasáramos la noche en el hotel, desde esa tarde.

—¿Esa tarde? ¿Antes de que nos casáramos?

—Bueno, después de la primera boda y antes de la segunda, cuando encargaste que me prepararan un baño en la habitación e hiciste que alguien me llevara la ropa de novia que me habías comprado —le confesó ella.

—¿Eso consiguió que me quisieras?

—Sabías lo que necesitaba, Matt —le dijo ella con las mejillas encendidas—. Estabas dispuesto a casarte de nuevo delante de un reverendo y hacer las cosas como yo necesitaba. Me di cuenta entonces que esa boda iba a hacerme feliz.

—¡Cualquiera lo hubiera dicho! —replicó él.

—Bueno, es que tenía miedo, ¿sabes?

—¿De mí? Yo nunca podría hacerte daño, Emmie.

—No de ti... De todo. Ya sabes, del acto en sí... De la parte en la que tú... ¡Ya sabes lo que quiero decir! —protestó ella con vergüenza.

—Pero ya no te duele, ¿verdad?

—No.

—¿Te duele la cabeza, Emmie? —susurró él.

Emmaline negó con la cabeza ligeramente.

—¿Y el resto del cuerpo? ¿Estás muy molesta?

—Sólo en el costado, pero no me duele mucho.

—¿Aquí no te duele? —preguntó él acariciando su pecho.

—Un poco, cerca de las costillas.

Él se agachó para besar el moretón que se había formado allí.

—Bueno, seguro que aquí no te ha besado Tessie.

—¡Matt! —lo riñó ella.

—¿Seguro que no voy a hacerte daño? —le preguntó él mientras luchaba contra el deseo de poseerla.

—Te necesito, Matt —murmuró Emmaline—. Necesito que acaricies todas mis heridas y que consigas con ello que me olvide de todos los malos recuerdos.

Él tomó la cara de su esposa entre las manos.

—Te quiero, Emmie. Siempre te querré. Voy a cuidar de ti y Tessie toda mi vida.

Ella sollozó emocionada.

—No llores más, Emmie. ¿Me oyes? O no volveré a decírtelo.

—A veces lloro de felicidad —le dijo ella mientras se limpiaba las lágrimas.

—¿Eres feliz?

Emmaline asintió con la cabeza.

—Te quiero, Matt —repuso ella abrazándolo y besándolo con ternura.

Fue una invitación que Matt no pudo resistir.

Comenzó a hacerle el amor de manera apasionada, pero contenida, para no hacerle más daño en sus recientes lesiones.

—Matt, por favor... Te necesito... —susurró ella cuando ya no podían esperar más.

Y se dejó llevar entre sus brazos, deleitándose en la deliciosa intimidad que compartían.

—Te quiero, Emmie —le dijo una vez más.

Tessie tenía muchas preguntas. Miró a sus hermanos mientras comían.

—Entonces, ¿la señorita Olivia no va a volver? ¿La has echado porque me mintió, Matt?

—A veces la gente hace cosas malas, cariño. Tu maestra nos mintió a todos y provocó que pasaran cosas muy malas. Ahora la van a castigar por ello.

—¿Quién me va a dar clases ahora? A lo mejor ya puedo ir a la escuela, ¿no?

—Aún no. Quizás dentro de un año o dos —repuso Matt con firmeza.

—Yo podría ser su maestra durante un tiempo —sugirió Emmaline.

Matt sonrió, le parecía buena idea.

—Puedo usar sus mismos libros y añadir alguno de los míos. Además, creo que esa mujer estaba presionándola demasiado. Lo mejor será dejar las clases estos meses de verano y empezar en septiembre.

—¿Qué te parece a ti, preciosa?

—Pero, ¿podré ir a una escuela de verdad, entonces? —preguntó Tessie.

—Ya veremos —repuso su hermana.

—Tenemos otro proyecto pendiente, ¿recuerdas, Emmie? Puede que estés muy atareada...

—¡Matt! —lo interrumpió ella sonrojándose.

—Puede que ya haya ocurrido, ¿no? —preguntó Matt.

—Por favor, compórtate —le dijo ella mientras miraba de reojo a la niña.

—Bueno, supongo que podemos hablar luego de eso.

Emmaline miró su plato de comida. Aún tenía algunas molestias en el cuerpo, pero estaba feliz, no podía dejar de mirar a su esposo.

«Me quiere», se recordó ella con emoción.

—Emmaline, ¿estás bien? —le preguntó Matt en ese instante.

—Estoy bien. Estoy cansada, dolorida, pero muy feliz.

—Yo también —intervino Tessie con entusiasmo—. Somos una familia de verdad, ¿a que sí?

—Sí, somos una familia —repuso ella—. Y esto es sólo el comienzo, Tessie.

Epílogo

—¿No deberíamos decírselo a Oswald Hooper? —le preguntó a Matt.

—Pensé que ya estabas dormida —le dijo él—. Tienes que descansar. Además, si el abogado no está ciego, creo que ya se habrá dado cuenta —añadió riendo.

—O dejas de burlarte de mí o voy a cambiar de costumbres. Duermo la siesta todos los días y como todo lo que María me da cada dos por tres. ¡Estoy cansada de que me hables así!

—Vaya, vaya. ¡Cómo estás estos días, Emmaline Gerrity! Sólo quiero cuidarte.

—Ya sabes cómo quiero que me cuides esta noche —repuso ella acurrucándose más a su lado.

—¿Estás segura de que no le haremos daño? Bueno, puedo tener mucho cuidado, pero...

—Matt, estoy bien. El médico ha dicho que el bebé está bien y que faltan casi dos meses para que el pequeño nazca y que...

—¿El pequeño? ¿Crees que será un niño?

—Pensé que eso era lo que querías.

—Bueno, supongo... —repuso él mientras acariciaba su vientre y sonreía al sentir una patada—. Creo que esto es un pie de chico.

—¿Sabes qué? —le dijo él mientras le quitaba el camisón—. El pequeño Sam y yo vamos a votar. Decidiremos qué hacemos esta noche. Tengo que contarte una nueva idea que se me ocurrió hoy mientras metía tu semental en los establos para cubrir unas cuantas yeguas.

—¡Matt! ¡Compórtate, por favor! —exclamó ella escandalizada.

Él comenzó a besarla por todas partes, acariciando su suave piel.

—Lo estoy intentando, Emmie. Pero supongo que no tengo remedio...

—Parece que no, Gerrity —repuso ella—. Pero creo que me quedo contigo de todos modos.

TÍTULOS DE LA COLECCIÓN

Amor interesado - Nicola Cornick

El jeque - Anne Herries

El caballero normando - Juliet Landon

La paloma y el halcón - Paula Marshall

Siete días sin besos - Michelle Styles

Mentiras del pasado - Denise Lynn

Una nueva vida - Mary Nichols

El amor del pirata - Ruth Langan

Enamorada del enemigo - Elizabeth Mayne

Obligados a casarse - Carolyn Davidson

La mujer más valiente - Lynna Banning

La pareja ideal - Jacqueline Navin

www.ingramcontent.com/pod-product-compliance
Lightning Source LLC
LaVergne TN
LVHW091624070526
838199LV00044B/932